W0382876

ICH BIN EINE BESTIE

Psychothriller

Noah Fitz

Impressum:
NoahFitz@gmx.de
Adresse:
Noah Fitz
Postfach 12 10
97962 Bad MGH

Covergestaltung © Traumstoff Buchdesign traumstoff.at
Covermotiv © Oleg Krugliak shutterstock.com

Kommissar Mike Wedekind wird zu einem Tatort gerufen, bei dem er und sein Team erneut eine männliche Leiche finden, der ein Serienkiller die Haut vom Gesicht abgezogen und sämtliche Finger gebrochen hat.

Zuerst hinterlässt der gesuchte Killer keine Spuren und auch keine Hinweise, später jedoch findet Mike Wedekind einen Zettel, der zwischen den Zähnen einer verbrannten Leiche steckt.
Die Zeitabstände zwischen den Morden werden immer kürzer, das Vorgehen des Wahnsinnigen immer brutaler.
Mike Wedekind muss dieses Mal auf die Unterstützung seines Kollegen verzichten, stattdessen steht dem Kommissar eine junge, attraktive Polizistin zur Seite. Das erleichtert die Suche nicht wirklich und birgt andere Gefahren in sich.
Auch in Mikes Privatleben läuft einiges schief, doch dem Kommissar bleibt keine Zeit, sich um seine Ehe zu kümmern, da das Morden einfach kein Ende nimmt.
‚Der Gesichtslose', wie er von der Polizei genannt wird, wütet weiter und hinterlässt eine blutige Schneise aus Leichen.

Prolog

Glasscherben knirschten unter meinen Schuhen, die Bodendielen knarrten trocken, die dunklen Wände rochen nach Moder, die alten Tapeten hingen wie faulige, von schwarzem Schimmel behaftete Hautfetzen herunter und raschelten leise im Abendwind. Irgendwo unten fiel scheppernd eine Tür zu und entlockte mir ein leises Fluchen. „Verdammte Hacke“, flüsterte ich und bewegte mich weiter. Ich hörte meinen Atem. Ich ließ meinen argwöhnischen Blick durch die Dunkelheit schweifen, ohne viel darin zu erkennen.

Meine Kehle war wie zugeschnürt. Ich blieb stehen, lauschte und machte einen weiteren Schritt. Ich lief langsam auf die letzte Tür im Gang zu. Das fahle Licht des Mondes fiel durch eines der Fenster und warf einen grauen Schatten auf den Boden.

Zweiter Stock, die letzte Tür auf der rechten Seite, lautete die Anweisung, die ich von einem anonymen Anrufer erhalten hatte.

Ich blieb erneut stehen und gab mir Mühe, das Rauschen in meinem Kopf zu unterdrücken. Das Poltern meines Herzens war allgegenwärtig und lauter als ein Schmiedehammer.

Ein menschliches Stöhnen erklang verscheuchte das Rauschen hinter meiner Stirn, das mich zu verschlingen drohte. Nachdem ich endlich einen hastigen Blick durch den Türrahmen werfen konnte, vergaß ich für einen Moment zu atmen. Die Tür war aus den Angeln gerissen worden und lag auf dem Boden. Mitten im Raum stand ein Stuhl, darauf saß eine Gestalt.

Ich sah nur den Rücken, wusste jedoch, dass derjenige, der unbeweglich auf dem Stuhl saß, ein Mann war, denn seine Schultern waren muskulös und breit. Der Kopf hing zur Seite und hatte eine unnatürliche Form, das Haar glänzte, als wäre es nass.

Seine Augen waren mit einem schmutzigen Lappen verbunden, und er nuschelte unverständliche Worte. Der Mann war geknebelt, stellte ich mit einem unangenehmen Ziehen in der Brust fest und warf einen hastigen Blick nach hinten, weil ich glaubte, ein Geräusch vernommen zu haben. Nein, ich war fest davon überzeugt, dass außer mir noch jemand da war.

Mit geschlossenen Augen holte ich tief Luft. Langsam hob ich die Lider und schloss sie für einen Augenblick noch fester zu, um mich besser konzentrieren zu können. Doch da war nichts, vielleicht eine aufgescheuchte Ratte, beruhigte ich mich selbst und tat einen weiteren Schritt in den Raum. Die Person war an Armen und Beinen mit einem groben Seil an den Stuhl gefesselt.

Erneutes Stöhnen und gedämpfte Schreie erfüllten den Raum. Der Mann drehte den Kopf hastig nach rechts, weil mein rechter Schuh gegen etwas Schweres stieß. Es war eine Pistole. Ich schwitzte am ganzen Körper. Das T-Shirt klebte an meinem Rücken. Auf der Stirn bildeten sich Schweißperlen. Wie von warmem Nebel umhüllt rang ich nach Luft, die in meinem Hals kratzte. Ich schmeckte Staub, der zwischen meinen Zähnen laut knirschte.

Die erdrückende Sommerhitze war selbst jetzt unerträglich, obwohl es weit nach Mitternacht war. Ich beugte mich nach unten. Meine Finger umschlossen zaghaft den glatten Knauf der Pistole, die schwer in meiner Hand wog.

War das ein Zufall oder göttliche Fügung?, schoss der Gedanke durch meinen Kopf. Eher ein perfider Plan, überlegte ich weiter und sah auf den Lauf, der in die Richtung des Mannes deutete. Ich hob die Waffe auf und starrte weiter auf den Mann.

Abermals schloss ich die Augen und schluckte schwer. Langsam richtete ich den Lauf der Pistole auf den Kopf des Mannes, der Selma das alles angetan haben sollte, wofür ich ihn zu töten bereit war. Die Konsequenzen waren mir zum gegebenen Zeitpunkt egal. Nichts würde mich davon abhalten, dem Mann das Gehirn wegzublasen, aber irgendwie lief alles zu perfekt ab, dachte ich. Meine Hand zitterte leicht.

Der Mann warf ununterbrochen den Kopf hin und her. Er rüttelte an seinen Fesseln. Der Stuhl begann gefährlich zu kippen. Der Schädel des Mannes war an den Seiten kahl rasiert und glänzte im Mondlicht. Das Tattoo an seiner rechten Schläfe, das nur teils von einem Stoffstreifen verdeckt war - ein Stern mit sieben Zacken - entsprach der Beschreibung; es war Pedro. Da bestand kein Zweifel mehr, wusste ich, und entsicherte die Waffe. Das Klicken der Sicherung glich einem lauten Knall.

Mein rechter Zeigefinger spannte sich. Ich spürte den Widerstand des Abzugs.

„Pedro", sagte ich mit rauer Stimme.

Der Mann drehte seinen Kopf weiter nach rechts. Er murmelte etwas und zerrte noch heftiger an den Fesseln.

„Ich bin gekommen, um dir etwas zu sagen“, hörte ich meine kratzige Stimme. Das Vorhaben, die Sache jetzt ein für alle Mal zu beenden, verlangte mir all meine Kräfte ab, aber das tat ich nicht für mich, sondern für Selma.

Erneut fiel etwas zu Boden. Eine Ratte huschte zwischen meine Füße und versteckte sich unter einer losen Diele. Dann geschah etwas, womit ich nicht gerechnet hatte. Ein heller Blitz erleuchtete den Raum und raubte mir die Sicht. Der einzelne Schuss machte mich für einen Moment taub. Das Mündungsfeuer tauchte den Raum für den Bruchteil eines Augenblicks in ein grelles Weiß, kurz darauf folgte ein heftiger Schlag gegen meine linke Schläfe, noch im Fallen konnte ich sehen, wie Pedros Schädel explodierte. Dann fiel ich hart zu Boden. Meine Schulter schrie vor Schmerz, und ich auch. Mein vor Schreck verschleierter Blick stierte in eine Ecke, weil sich dort ein einzelner, weiß glänzender Punkt verfangen hatte. Es war eine Scherbe, darin spiegelte sich der Mondschein wider. Das Überbleibsel eines Spiegels, dachte ich und kämpfte um meine Besinnung. Ich ließ meinen Blick weiter durch den Raum schweifen und wollte schon aufstehen, doch ein heftiger Tritt gegen die Rippen ließ die Luft pfeifend aus meinen Lungen entweichen. Ich atmete heftig durch meine zusammengebissenen Zähne. Alles um mich herum drehte sich. Dann sah ich an der Wand den Spiegel. Darin tauchte zuerst eine Silhouette auf. Nach einem Augenblick nahm die Gestalt schärfere Konturen an, ohne dass ich die

Gesichtszüge erkennen konnte. Der Mann trug eine Skimütze.

Er stand jetzt direkt hinter mir. Es war ein Mann, da war ich mir sicher. Er hielt eine Pistole und schien zu grinsen. Sein Spiegelbild war verzerrt. Unter der Mütze glaubte ich ein spöttisch überlegenes Lächeln zu erkennen, das seinen Mund umspielte.

Gemächlich, ganz ohne Hast, schritt er über meinen Körper hinweg und verdeckte mir die Sicht. Ich sah den Spiegel nicht mehr, nur zwei schwere Stiefel.

Ich spürte, wie eine harte Schuhspitze tief in meinen Bauch drang. Ich keuchte und krümmte mich. Die schwere Waffe flog aus meiner Hand und gab einen Schuss ab. Die Kugel verschwand in der Wand, dabei hinterließ sie in dem morschen Mauerwerk ein klaffendes Loch. Mörtel spritzte mir ins Gesicht. Ich schmeckte Erde, Schimmel und Blut.

Ich glaubte das Heulen mehrerer Polizeisirenen zu vernehmen, aber das hätte auch nur Einbildung sein können. Der Mann wurde auf einmal unruhig. Unter uns erschallten Stimmen. Etwas fiel polternd auf die Bretter. Vor meinen Augen sah ich den Lauf, ein schmaler Rauchfaden kringelte sich daraus und stieg zur Decke. Ich roch den schwefeligen Geruch.

Der Mann gab ein leises Fluchen von sich und klaubte die Pistole vom Boden auf.

Dann fiel auch schon der zweite Schuss aus derselben Waffe, die ich noch kurz zuvor auf den Mann gerichtet hielt. Doch die abgefeuerte Kugel traf diesmal nicht die Wand, sondern mich. Ein heftiges Brennen durchzuckte meine Brust. Ich war wie gelähmt.

Blut floss aus der Wunde und breitete sich vor meinen immer noch umnebelten Augen aus. Ich blinzelte schnell. Dann klärte sich die Sicht allmählich. Eine dunkle Lache glänzte auf dem staubigen Boden und wurde größer. Ich wollte mir nicht eingestehen, dass diese Pfütze mein eigenes Blut war. Der nächste Tritt presste mir die restliche Luft aus den Lungen. Ich würgte und spuckte Galle.

Die Umgebung verschwand stetig und wurde zu einer undurchdringlichen Schwärze, auch die Geräusche verloren sich irgendwo in der weiten Ferne. Meine Augenlider flackerten genauso wie das blaue Licht in dem zerbrochenen Fenster.

Das monotone Poltern unzähliger Schritte brachte den Boden unter mir zum Vibrieren. Ich wusste nicht, ob ich schon tot oder noch am Leben war. Ich glaubte zu schweben. Eine Stimme in meinem Kopf fragte: „Warum hast du das getan?“ Sie war klar und deutlich und gehörte unverkennbar ...

„Ich habe ihn!“, dröhnten die Worte eines Mannes neben meinem Ohr und vertrieben die Stimme aus meinen Gedanken. „Hier ist ein Toter. Sie haben sich gegenseitig abgeknallt“, schrie der Fremde wieder. „Hey, können Sie mich verstehen?“ Eine raue Hand tätschelte meine linke Wange. Sie war warm und trocken. „Wir sind von der Polizei, bleiben Sie wach. Hey, Mann, mach ja nicht die Augen zu.“

„Ich war das nicht“, flüsterte ich, doch meine Lippen bewegten sich nicht. Grobe Hände rissen an meinem Arm und drehten meinen leblosen Körper auf den Rücken. Die ausgekugelte Schulter brannte wie Hölle. „Er kratzt uns ab, scheint aber noch zu atmen“, mischte sich ein zweiter

Schatten hinzu, weil ich alles nur in grauen Tönen wahrnahm. Meine Welt wurde zu monochromen Bildern. Ein heller Lichtstrahl brannte auf meiner Netzhaut. „Er lebt", stellte die zweite, weniger tiefe Stimme fest. „Wenn die Sanitäter nicht bald da sind, ist er tot", fügte der Mann beinahe mechanisch hinzu und wandte sich an seinen Kollegen. „Was ist mit dem da?"

„Sein halber Schädel klebt an der Wand", entgegnete der tiefe Bariton und klang dabei genauso beherrscht und routiniert wie sein Partner.

„Was machen wir mit dem hier?", wollte der jüngere der beiden wissen.

„Nichts, wir warten auf den Krankenwagen und sichern das Haus ab."

„Aber wenn wir nichts gegen die Blutung tun, stirbt er!", begehrte der Mann auf, dessen Stimme nun doch leicht zu zittern begann.

„Wenn sich hier noch mehr verstecken, wirst auch du elendig verrecken. Komm, lass uns nach unten gehen, sonst werde ich das hier melden müssen, weil du dich meiner Anweisung widersetzt hast."

Meine Brust hob und senkte sich nur langsam. Jeder Atemzug glich einem zischenden Gurgeln. Es fühlte sich an, als atmete ich Glasscherben ein, die sich tief in meine Lungen bohrten.

„Pack die Waffen ein und komm mit", warf der Bariton nach und verstummte. „Und fass ja nichts ohne Handschuhe an", ermahnte der Mann seinen Partner.

Eine nie da gewesene Woge eiskalter Angst brandete über mich und ließ meinen Körper erzittern. Ich unterdrückte den Anflug von Panik, der mir den Hals hochstieg und wie Säure in der Speiseröhre brannte. Mir fehlte die Kraft zum Schreien. Ich redete mir gut zu und krallte mich fest an das Leben. Eine gefährliche Mischung aus widerstreitenden Gefühlen stieg in mir hoch - einerseits wollte ich sterben, doch andererseits wollte ich nichts sehnlicher, als am Leben zu bleiben. Ich verlor mit jedem Atemzug stetig die Kontrolle über mich selbst, dann endlich entschwand mir das Bewusstsein, ich fiel in ein dunkles Loch aus Nichts.

Vier Jahre später

Kapitel 1

Der Mann hätte eigentlich schon längst tot sein müssen. Es wäre besser für alle, auch für die Ärzte. Er lebte nur, weil er sich beharrlich an das Leben geklammert hielt, auch wegen der Unmengen an Morphium, die durch seine Adern flossen und ständig nachgepumpt wurden.

Das sachte Heben und Senken der Brust war kaum wahrnehmbar, nur das ungleichmäßige Zucken der grünen Linie auf dem Monitor verriet den Ärzten, dass der Patient noch am Leben war. Sein Gesicht zeigte keinerlei Regung, weil nicht viel davon übrig geblieben war. Das Antlitz glich eher einer Gummimaske, die von Heftpflastern, Klammern und unzähligen Stichen am Schädel festgehalten wurde.

Jemand hatte ihm die Haut von der Stirn und den Wangen abgezogen und den Schwerstverletzten seinem Schicksal überlassen. Drei Junkies hatten den zu Perversionen neigenden Kerl, der sich dazu entschieden hatte, seine kranken Phantasien auszuleben, bei der scheußlichen Tat gestört und ihn zur Flucht gezwungen. Nur darum hatte das Opfer diesen Angriff überlebt. Der ungleichmäßige Schnitt, der mit einem Messer in die Haut eingeritzt worden war, fing am Haaransatz an und verlief beidseitig bis zum Kinn hinunter. Das Gesicht war aufgedunsen, die Nase war zu einem Fleischklumpen zermatscht worden, die Augenlider waren dunkellila und glichen zwei reifen Pflaumen.

Ein dicker Schlauch, der zwischen den dünnen, bläulich verfärbten Lippen herausragte, versorgte den Mann mit Sauerstoff.

Starr, so als wären alle Muskeln dauerhaft abgetrennt worden, schlief der Mann ohne jegliche Regung im künstlichen Koma.

In diesem sterilen Bett mit Bügelfalten in der Decke hätte auch eine Leiche liegen können, dachte der junge Arzt und warf einen prüfenden Blick auf den Monitor. Unter dem Mundschutz juckten seine Lippen, und er begann zu schwitzen, trotz der klimatisierten Luft, die auf zwanzig Grad heruntergekühlt wurde.

Mit ausdrucksloser Miene machte er sich Notizen und verglich die Werte von gestern mit den heutigen. Während er die letzten Zahlen aufschrieb, streikte sein Kugelschreiber. Eine Zornesfalte teilte seine Stirn. Er hauchte die Kugelschreiberspitze an und machte zwei hastige Bewegungen auf dem Blatt.

Die Tinte blieb aus. Also strich er noch heftiger in kreisenden Bewegungen, in der Hoffnung, dunkle Linien zu sehen. Nun ärgerte er sich noch mehr ob seiner Dummheit. Zwei fette Striche verunzierten die fein säuberlich erstellte Tabelle. „Verdammte Kacke", sagte der junge Mann gepresst und warf einen schnellen Blick auf sein Handgelenk. Noch fünf Stunden auf der Intensivstation, dachte er, wodurch sich seine Laune keinesfalls besserte.

„Na, was macht unser Patient?", wollte der Oberarzt wissen, ohne das Zimmer vollends zu betreten. Er steckte nur den graumelierten Kopf durch den Türspalt. In seiner rechteckigen Brille, die nur an der Spitze seiner schmalen

Nase hing, konnte der Assistenzarzt eine helle Reflexion des großen Fensters erkennen.

„Keine Veränderungen", erwiderte Jörg Brenner und klemmte seine Unterlagen unter den linken Arm.

„Ich hoffe, dass der Kerl gefasst wird und unser Patient nicht mehr lange zu kämpfen braucht."

„Aber so schnell wird er sich nicht erholen können", sprach der Assistenzarzt mit einem Frosch im Hals und warf erneut einen traurigen Blick auf den beinahe leblosen Körper.

„Er wird sich nie wieder erholen, wir tun zwar unser Bestes, aber manchmal ist der Tod die bessere Alternative", entgegnete der grauhaarige Mann.

Die Falten um die wachen Augen des leitenden Arztes vertieften sich. Beide schwiegen einen Moment. Dann richtete der Oberarzt seine Brille und verschwand hinter der Tür. Im Flur hallten dumpf seine Schritte und wurden leiser.

Jörg Brenner hegte gemischte Gefühle gegenüber solch krassen Äußerungen, doch er blieb wie so oft ruhig. Sein Vorgesetzter hatte recht in allem, was er mit dem einen Satz ausdrücken wollte. Denn was würde Karim Deniz erwarten, falls er aus dem Koma erwachen sollte?

Jörg Brenner zog an dem Gummiband seines Mundschutzes, weil das dünne Bändchen ihm unangenehm an der Haut rieb. Der Geruch nach verbranntem Gummi war ekelerregend, selbst nach zwei Jahren Dienst mochte er sich daran nicht gewöhnen.

Aber würde sich dieser Patient, falls er es tatsächlich schaffen sollte, wieder ins Leben zurück zu finden, tatsächlich an das neue Gesicht gewöhnen können? Welche gerechte Strafe wäre für den Täter angebracht?, fragte sich Jörg Brenner und kaute dabei auf der Lippe.

Das perverse Schwein, das seit einem Jahr sein Unwesen trieb und Karim das angetan hatte, konnte fliehen und war immer noch nicht gefasst worden. Er hatte dem jungen Mann nicht nur die Haut vom Gesicht gezogen, sondern ihm auch noch sämtliche Finger gebrochen und die rechte Schulter ausgekugelt, wusste Jörg Brenner, denn er hatte die Akten mehr als nur einmal studiert.

Mit finsterem Blick sah er durch das große Fenster nach draußen in den Park. Ein leises Klopfen an der Tür ließ ihn zusammenfahren. Eine junge Frau lugte durch den Spalt.

„Darf ich zu meinem Bruder?“, wollte sie wissen. Ihre Augen waren rot unterlaufen. Auch sie trug eine Haube, ihre untere Gesichtspartie war von dem gleichen Mundschutz verdeckt.

Der junge Arzt nickte. „Bitte, aber vergessen Sie nicht den Schutzanzug“, sagte er und verließ das Zimmer, ohne eine Antwort abzuwarten. Karim Deniz hätte tot sein können. Er war kein Musterknabe, nun hat das Schicksal möglicherweise seinen Tribut gefordert, überlegte Jörg Brenner und hörte, wie seine Schritte in dem langen Korridor von den klinisch sauberen Wänden widerhallten.

Drei Wochen später

Kapitel 2

Aang Chen saß an einem Tisch in einer dunklen Ecke. Die Kneipe war gut besucht. Alles glich hier einem englischen Pub. Der junge Chinese war kein unbekannter Mann in der Gegend; er versorgte eine Menge Menschen mit allen möglichen Drogen – Hauptsache, der Preis stimmte, der Rest war nur eine Frage der Organisation.

Hier und da wurden Stimmen laut, aber das störte Aang nicht. Er strich prüfend mit den Fingern der rechten Hand über die Spitzen seiner frisch frisierten Haare. Der Irokese war sein Markenzeichen. Dieses Mal hatte er sich für ein leuchtendes Gelb mit roten Spitzen entschieden und seine Entscheidung nicht bereut, das tat er eh sehr selten, weil er stets von sich selbst überzeugt war, und das lag ganz bestimmt nicht an dem Konsum von Drogen. Er war ein Dealer und nahm fast nichts, bis auf eine Line oder einen Joint, den er sich ab und zu gönnte, um einen klaren Kopf zu bekommen.

„Hier, dein Scotch, Aang“, sagte eine junge Frau und stellte ein Glas, in dem das Eis klimperte, auf den Tisch, ohne den kleinen Chinesen anzuschauen.

Aang grinste, packte Celina am Handgelenk, sah unter seinen blond gefärbten Augenbrauen zu ihr hoch, warf ihr ein Ich-kann-alles-haben-was-ich-will-Grinsen zu und hob die Mundwinkel zu beiden Seiten an. Auf seinen Wangen waren zwei tiefe Grübchen zu sehen. „Ich wollte Scotch on the Rocks mit zwei Eiswürfeln!“ Sein Flüstern klang herausfordernd. Um ihr zu verdeutlichen, was er meinte, streckte er seinen Zeige- und Mittelfinger in die Luft. „Und nicht mit vier!“ Seine Worte klangen provokativ, er sah sie anmaßend an und fügte hinzu: „Beim nächsten Mal solltest du mir besser zuhören.“ Er hielt immer noch die beiden Finger in die Luft.

„Dann hättest du es ihr auch so sagen sollen, das, was du hier zeigst, ist ein Peace-Zeichen, und jetzt lass sie los“, herrschte ihn eine tiefe Stimme an. „Sonst wirst du nichts mehr haben, womit du dir einen runterholen kannst.“ Ein Berg von einem Mann postierte sich hinter Celina und ließ seine Muskeln spielen, indem er seine dicken Arme vor der mächtigen Brust kreuzte.

Der blonde Riese war ein grimmiger Typ, der scheinbar keine Lust auf Diskussionen hatte, interpretierte Aang aus dem Gesichtsausdruck des Mannes und ließ von Celina ab. Dazu machte er ein Gesicht, als wären die beiden Dreck. Doch der Wikinger verstand dies als Herausforderung und stemmte seine beiden Fäuste gegen die Tischplatte. „Wenn du sie nochmal anrührst, werde ich dich als Klobürste benutzen, hast du mich verstanden, Schlitzauge?“

„Hey, keine rassistischen Äußerungen hier!“, schrie jemand vom Nachbartisch.

„Halt deine Fresse, wenn du nichts zu sagen hast“, beschwerte sich ein anderer in einer Aufwallung von Zorn. Der Stimmlage nach zu urteilen, war derjenige nur deswegen so vorlaut, weil er sturzbetrunken war.

Die stickige Luft war von Alkohol gesättigt und lag wie ein warmer Dunst über dem Lokal.

„Okay, ich bin wieder brav“, knickte Aang ein, weil er wusste, dass er gegen den Muskelprotz keine Chance hatte, auch dann nicht, wenn die Hälfte der Schar sich auf seine Seite stellen würde, was er jedoch stark bezweifelte.

Celina zählte früher zu seinen Stammkunden, war jedoch seit einigen Monaten wieder clean, überlegte er mit einem fahlen Geschmack auf der Zunge, griff nach seinem Glas und verzog süß-säuerlich das Gesicht.

Die honiggelbe Flüssigkeit brannte auf seiner Zunge und ließ sein Gesicht zu einer Grimasse werden. Der Wikinger schnalzte mit der Zunge und ging wieder an die Bar.

Aang war nicht allein in der Bar, und der Abend war noch jung, was ein weiterer Grund war, ruhig zu bleiben und auf eine nächste Gelegenheit zu warten, dachte Aang und legte seinen Kopf tief in den Nacken. Vielleicht würde sich heute doch noch eine Frau hierher verirren, die er abschleppen konnte, um sich endlich richtig entspannen zu können.

„Ist hier frei?“

Aang blinzelte und richtete sich auf. Vor ihm stand eine junge Frau mit rotem Haar, das sie streng zu einem Pferdeschwanz gebunden hatte. Ihre dunklen Augen waren dick umrandet, auch ihre Augenbrauen waren zwei dunkle Balken, trotz all dem vielen Schwarz in ihrem Gesicht war sie sehr attraktiv. Überrascht ob solcher Wendung nickte Aang nur und griff nach seinem Glas. Das Eis darin klimperte hell. Er nippte kurz an seinem Scotch und sagte: „Soll ich für dich was bestellen?“

Sie lächelte und zeigte auf ihr eigenes Glas. „Danke, später vielleicht, ich habe Scotch Soda, und du magst es pur?“

„Ja“, erwiderte er knapp und lächelte wieder. „Ist mein erstes.“

„Mein zweites.“ Sie prostete ihm zu. „Ziemlich voll hier.“

„Hmm.“

„Ich bin neu hier. Magst du dich nicht vorstellen?“, fügte sie hinzu und sah sich kurz um.

„Aang Chen. Und du?“

„Wie bitte?“

„Ich heiße Aang, und du?“ Aang drehte das Glas zwischen seinen Fingern.

„Susi.“ Sie lächelte ihn höflich an und nahm einen kleinen Schluck.

„Wartest du auf jemanden?“, wollte Aang wissen und fuhr sich unbewusst erneut über die Haarspitzen.

„Sehr geil, dein Haar“, sagte Susi und lächelte wieder. „Und die Tattoos auch. Sind es chinesische Drachen oder so?“ Sie verengte die Augen, stemmte sich mit den Ellenbogen an dem kleinen Tisch ab und beugte sich leicht nach vorne, um die bunten Drachen besser sehen zu können. „Mach mal so“, bat sie ihn und drehte ihren Kopf zuerst nach links, dann nach rechts. Aang konnte nicht umhin, ihrer Bitte nachzukommen.

„Hat das nicht wehgetan? Da ist doch nur Knochen unter der Haut.“

Jetzt musste Aang tatsächlich lachen. Er ballte die rechte Hand zu einer Faust und klopfte sich mit den

Fingerkuppen gegen die Schläfe. „Mein Schädel hat schon einiges mitgemacht, ein Paar Nadelstiche sind da ein Klacks.“ Sie war jung und gutaussehend. Mit jedem weiteren Schluck wurde sie noch reizender, stellte Aang mit einem latenten Kribbeln unter den Fingernägeln fest. Seit sie an seinem Tisch Platz genommen hatte, tauchten sehr reizende Bilder hinter seiner Stirn auf, die nicht unbedingt jugendfrei waren.

Aang tat einen großen Schluck und leerte sein Glas, nur die Eiswürfel blieben.

„Du ziehst dir das Zeug ganz schön rein?“ Ein Lächeln umspielte ihre vollen Lippen.

„Eigentlich schmeckt es mir gar nicht“, gab Aang ehrlich zu. „Aber wenn ich mir Whisky-Cola bestellen würde, heißt es wieder, die Asiaten vertragen keinen Alkohol, was tatsächlich der Wahrheit entspricht.“ Beide prusteten laut los. Susi blickte sich wieder um und lachte danach umso lauter. Dabei stieß sie ihr halb volles Glas um. „Wie es aussieht, vertrage ich heute auch nicht viel.“ Susi beeilte sich, die Pfütze mit Taschentüchern, die auf dem Tisch lagen, aufzuwischen.

Aang half ihr eifrig, indem er schnell nach hinten griff und mehrere Papiertücher vom Nachbartisch aus der dafür vorgesehenen Halterung fischte. Er tupfte die restlichen Flecken trocken, dabei berührte er Susi scheinbar unbeabsichtigt an den Händen. Sie zuckte nicht zurück. Wenn das kein gutes Zeichen für einen Flirtversuch war, dachte er, wusste jedoch sofort, dass man sich oft im Leben in ahnungsloser Naivität über etwas freute, das eigentlich nicht existierte und nur Wunschdenken war. Darum machte er sich nicht allzu große Hoffnungen. An willigen Flittchen mangelte es ihm nie, aber er hatte schon seit langem nichts mehr mit einer Frau gehabt, die zumindest den Eindruck einer toughen Lady erweckte und mit beiden Beinen fest im Leben stand.

Eine Kellnerin eilte herbei und zerstörte mit ihrer Anwesenheit die kribbelnde Situation, die langsam zu knistern begann und nun wie eine Seifenblase platzte. Aang rang sich ein gequältes Lächeln ab, als die Frau fragte: „Ist alles in Ordnung?“

„Ja, bringen Sie uns zwei Jacky Cola und frische Servietten.“

Die Frau nickte, nahm das nasse Knäuel aus buntem Papier, das immer noch triefte, und zwängte sich gekonnt zwischen den menschlichen Körpern hindurch, die nicht alle gewillt waren, ihr den Weg frei zu machen. Der hauptsächliche Grund war dem steigenden Alkoholpegel in ihren Blutbahnen zu verdanken, dachte Aang, weil auch er die angenehme Schwere in seinen Beinen spürte und wie sich seine Zunge zu lockern begann. „Sag bloß nicht, dass du Single bist?“, sagte er geradeheraus und nahm wieder Platz. Dann stand er doch auf, hob den Stuhl und stellte diesen näher an Susis.

Susi sah sich um wie eine, die befürchtete, beobachtet zu werden. „Ich bin gerade dabei, mich von meinem Freund zu trennen“, entgegnete sie leise nach einer kurzen Pause.

„Ist er Boxer oder ein Türsteher, der schlecht deutsch spricht?“, versuchte Aang es mit einem Scherz. „Oder ist er mit einem dieser Schlägertypen befreundet, der mich mit seinen Fäusten zu Kartoffelbrei zerstampfen kann, ohne dabei aus der Puste zu kommen?"

Tatsächlich huschte so etwas wie ein Lächeln über ihre Lippen. „Weder das erste noch das dritte", entgegnete sie. Ihr Lächeln wurde zu dem eines eingeschüchterten Teenagers.

Aang rückte noch einen Zentimeter näher an sie heran. „Also ein Türsteher! Ist er ein Türke oder ein Russe?"

„Nein, er ist Arzt und Inder."

Aang breitete seine schmalen Schultern aus, holte tief Luft und legte einen Arm um ihre Stuhllehne.

„Hier, eure Getränke, und ich möchte bitte gleich abkassieren", störte die Kellnerin erneut und zerstörte Aangs Versuch, seinen Arm um Susis Schulter zu legen. „Und stellen Sie bitte den Stuhl zurück an den Platz, an dem er gestanden war. Sie versperren den Gang", sagte sie hastig. „Ja, ich bin gleich bei Ihnen", rief sie über die Schulter und hob ihre Hand zum Zeichen, dass sie den betrunkenen Mann im blauen Anzug sehr wohl registriert hatte.

„Geht alles zusammen oder getrennt?", vergewisserte sie sich noch.

„Natürlich zusammen", schnaubte Aang und holte ein Geldbündel aus seiner schwarzen Jeans.

„Das macht dann ..." Sie hob den Blick und rechnete die Zahlen im Kopf zusammen.

„Stimmt so", brummte Aang und knallte zwei Scheine auf den Tisch. „Ich lege noch einen Zwanziger dazu, wenn ich hier sitzen bleiben darf."

„Tut mir leid", entgegnete die Frau, schob eine lose Strähne ihres dunkel gefärbten Haares hinter das rechte

Ohr, nahm mit spitzen Fingern die beiden Scheine, einer verschwand in ihrem Ausschnitt.

Toller Busen, dachte Aang und sah die Frau fragend und abwartend an. Nun hielt er einen Fünfziger zwischen Zeige- und Mittelfinger geklemmt und flatterte damit. Natürlich wollte er damit seiner neuen Begegnung imponieren. Geld war nie ein Thema für ihn.

Die Kellnerin schüttelte verneinend den Kopf, kniff den Mund zu einem Es-tut-mir-leid-Lächeln zusammen und hob die Schultern. „So lauten die Vorschriften“, sagte sie noch und deutete mit dem spitzen Kinn auf die Stelle, wo der Stuhl gestanden hatte.

Aang blies verärgert die Luft durch die Nase, tat aber das, was die Frau von ihm verlangt hatte.

„Rauchst du?“, fragte er, während sich die Bedienung zu dem Schlipsträger hindurchquälte. Im Augenwinkel sah er, wie einer der Betrunken sie in den prallen Po zwickte. Sie drehte sich um und schüttelte nur den Kopf, weil sich der Mann an seinen Kumpel wandte und so tat, als sei nichts passiert.

„Ich kiffe lieber.“ Susi zwinkerte Aang verschwörerisch zu und hob ihr Glas.

Aang grinste zufrieden. Einer seiner Schneidezähne hatte eine goldene Krone. Dann griff er in die Brusttasche seines weißen Hemdes aus feinem Leinen und fischte unbemerkt eine kleine Tüte heraus, die er in seiner Faust versteckte.

Susi schenkte ihm ein charmantes Lächeln und streckte ihre Hand aus. Sie lag mit der Handfläche nach oben direkt vor ihm. Aang konnte jetzt sogar einen Teil ihrer Brüste sehen, weil sie sich leicht nach vorne gebeugt hatte.

„Gras?“, fragte sie halb belustigt, halb von Freude erfüllt. Langsam richtete sie sich wieder auf. „Hast du vielleicht auch etwas für große Mädchen?“ Sie legte den Kopf leicht zur Seite und beäugte ihn mit einem verschmitzten Lächeln, das Aang sehr gefiel.

Aang drückte seinen Hintern hoch, zog eine andere Tüte aus seiner Hosentasche und schob sie mit der Hand verdeckt über den Tisch. Susi zwängte ihre Finger unter die seinen und griff nach dem kleinen Kuvert. Ihr Lächeln wurde breiter. „Aber vorher möchte ich erst noch einen Caipirinha.“ Sie hob ihr Glas, leerte die dunkle Flüssigkeit in mehreren kurzen Zügen und stellte es zurück. Zwischen ihren geraden Schneidezähnen hielt sie für einen kurzen Augenblick einen Eiswürfel. Dann wanderte das durchsichtige Eis hinter ihre Wange. „Ich lutsche gern am Eis“, sagte sie und strich sich lasziv über die Wölbung am linken Mundwinkel.

So anständig ist die Kleine gar nicht, freute sich Aang und winkte die Kellnerin zu sich. Die Frau nickte und balancierte ein rundes Tablett mit vollen Wodkagläsern an einen Tisch, der von jungen Menschen umsäumt war.

„Was kann ich euch bringen?“, fragte die Dame und hielt das leere Tablett unter der linken Achsel geklemmt. Sie atmete schwer und wirkte gehetzt. Ihre Stirn glänzte leicht, trotzdem machte sie einen netten Eindruck.

Susi lächelte freundlich, zwischen ihren Zähnen krachte das Eis. „Zwei Wodka Martini“, sagte sie noch, bevor

Aang den Mund öffnen konnte, „und Oliven, wenn Sie welche da haben."

Aang runzelte die Stirn.

„Ich habe mich umentschieden, du hast doch nichts dagegen?" Ihre Augenbrauen wurden zu zwei gleichmäßigen Bögen.

„Natürlich nicht", lachte Aang und leerte den Rest seines Getränks in einem Zug. Winzige Eisklümpchen knirschten zwischen seinen Zähnen. Er kaute darauf und gab sein leeres Glas der freundlichen Bedienung, die sich sofort auf den Weg machte.

„Danach können wir ja immer noch eine rauchen." Susi zwinkerte ihm vielversprechend zu und biss sich mit einem sexy Lächeln leicht auf den Finger. Aang spürte, wie etwas sanft sein rechtes Bein empor kroch. Er richtete sich auf und hüstelte. Das wird noch ein schöner Abend, freute er sich und bereute nicht, dass er sich dagegen entschieden hatte, die Nacht mit seinen Kumpels in einer Strippbar zu verbringen.

Kapitel 3

Mike Wedekind lief seine allabendliche Runde, weil er wieder nicht einschlafen konnte. Auch wenn es schon kurz vor Mitternacht war, war die Luft stickig und schwül. Hier und da sah er Gestalten, einige riefen ihm etwas zu, ohne dass er sie verstehen konnte.

Seine bescheidenen Erwartungen von seinem noch bescheideneren Leben welkten mit jedem Tag immer schneller dahin als noch einige Jahre zuvor. Aber wenn man über vierzig war, war es wohl halt so, dachte er und legte einen Zahn zu.

„Hey, du da, bleib stehen!“, hörte er das verebbende Drängen eines jungen Mannes, der sich allem Anschein nach angetrunken hatte. Seine lallenden Worte klangen ganz danach. Der betrunkene Rowdy gehörte zu einer Gruppe, die es sich auf einer Bank bequem gemacht hatte und jeden anpöbelte. Im Augenwinkel sah Mike, wie sich die Gestalt räkelte und ihn mit den Armen wedelnd mit anderen Obszönitäten zu provozieren versuchte. Bier schäumte aus der Dose und lief über seine Hand. „Komm her, ich mach dich kalt, Alter“, rief ihm der übermütig gewordene Typ nach.

Ein Kondom wäre in diesem Fall eine bessere Alternative gewesen, aber das konnte man nicht mehr rückgängig machen, dachte Mike und verlangsamte seinen Schritt, er lief nun einige Schritte rückwärts und sah die kleine Gruppe unverhohlen an. „Spiel nicht den Großen“, entgegnete er in ausdruckslosem Ton, der gleichermaßen streng wie drohend klang, und ließ sich auf keine weitere Konfrontation ein, weil er etwas ganz anderes im Kopf hatte als eine Auseinandersetzung mit halbstarken Typen.

Ihn beschäftigte sein neuer Fall, darum drehte er sich wieder um und setzte seinen Weg fort. Die Tatsache, dass Jürgen Welsch auf einem Schiff im Mittelmeer Cocktails schlürfen durfte, um anschließend einen Trip in die Berge zu machen, ärgerte Mike doch sehr. Während er hier in Berlin blieb und einen Fall zugeteilt bekam, der ihm schlaflose Nächte bescherte, durfte sich sein Partner entspannen, und das fuchste ihn noch mehr. Irgendein Wahnsinniger zog seinen Opfern die Haut vom Gesicht und überließ sie den Ratten. Der erste Übergriff ereignete sich vor sechs Jahren, danach passierte lange nichts, nun war das Monster seit kurzem wieder zum Leben erwacht und setzte seine Gräueltaten fort.

Erst vor wenigen Tagen starb ein junger Türke. Er war nicht seinen Verletzungen erlegen, sondern durch Fremdeinwirkung eines Unbekannten, der das Krankenhaus betreten und wieder verlassen hatte, ohne dabei Aufsehen zu erregen oder von jemandem dabei beobachtet zu werden.

Mike verzog schmerzhaft das Gesicht. Das Seitenstechen breitete sich bis in seinen rechten Lungenflügel aus. Er hielt sich die Seite mit der rechten Hand fest und gab sich Mühe, gleichmäßig zu atmen. Tatsächlich verflüchtigte sich der Schmerz langsam. Mike lief schnaufend weiter und achtete auf den gleichmäßigen Rhythmus seiner Atemzüge.

Noch drei verdammte Kilometer, fluchte er in Gedanken und holte die Worte eines jungen Arztes aus seiner Erinnerung hervor: „Der Patient war auf dem Weg der Besserung und befand sich demnach nicht mehr auf der Intensivstation, was wiederum bedeutet, dass ihn jederzeit jemand besuchen konnte, ohne sich anzumelden. Ja, wir haben Personalmangel, aber das will ja keiner so richtig begreifen. Das Krankenhaus ist kein Hochsicherheitstrakt für Schwerstverbrecher. Und ich verletze nicht meine ärztliche Schweigepflicht, wenn ich Ihnen verrate, dass Herr Deniz kein unbeschriebenes Blatt war. Er hatte so einiges auf dem Kerbholz, das hat sogar seine Schwester bestätigt."

Ein ... aus, ein ... aus, unterbrach Mike seine Gedanken, weil er aus dem Takt gekommen war. Schweiß lief ihm den Rücken hinunter. Ich werde nie wieder so eine Runde drehen, sagte er wie jedes Mal und wurde etwas langsamer, ohne jedoch dabei stehen zu bleiben.

„Wie ist er gestorben?", hörte Wedekind seine eigene Stimme wie aus weiter Ferne und sah den Arzt wieder vor seinem geistigen Auge, der unschlüssig an einer dünnen Krankenakte fingerte.

„Die naheliegendste Erklärung wäre folgende: Jemand hat dem Patienten einige Kubikzentimeter Luft injiziert."

„In die Vene?", hatte Mike wissen wollen. Er war ja auch kein Mediziner und kannte sich in dieser Materie nicht wirklich aus, zum Glück war der Arzt sehr zuvorkommend und auf eine nicht aufgesetzte Art geduldig mit ihm gewesen.

„Nein. Er hat die Luft mithilfe einer Spritze in den Schlauch eingeführt. Aber das müsste eine wirklich große Spritze gewesen sein, mit einem großen Kolbendurchmesser.“

„Also hat sich der Täter dabei Zeit lassen können, weil er sich in Sicherheit wiegte?“

„Wenn Sie es so ausdrücken wollen“, hatte der Arzt entgegnet und die dünne Mappe zu einem Rohr zusammengerollt. Dann ging er um den Tisch herum und nahm Platz, ohne Mike einen Stuhl anzubieten. Er strahlte die ganze Zeit eine unnatürliche Ruhe und Gelassenheit aus, dachte Mike, stolperte und gab ein keuchendes Stöhnen von sich. Die Erinnerung wich von ihm, mit nach vorne gebeugtem Oberkörper blieb er doch noch stehen und starrte auf den grauen Asphalt.

Beide Hände in die Seiten gestemmt, rang er nach Luft. Na, Mike, kannst du noch?, wollte er von sich wissen, ohne die Frage laut ausgesprochen zu haben. Sein vierundvierzigster Geburtstag lag zwei Wochen zurück. Seine Exfrau Katrin hatte ihm sogar zu der geraden Zahl gratuliert. Pascal, ihr gemeinsames Adoptivkind, war den ganzen Abend bei ihm gewesen, mit seinem Kater Ninjago im Schlepptau natürlich. Auch sein siebzehnjähriger Sohn Christoph leistete Mike dabei Gesellschaft.

Jetzt war er wieder allein, weil Katrin und Pascal in Griechenland waren, und Christoph verbrachte die Sommerferien mit seiner Freundin in Bulgarien.

Endlich pfiff Mikes Lunge nicht mehr. Die bleiernen Füße setzten sich langsam wieder in Bewegung. Ich werde mir den Bart abrasieren müssen und die Haare kürzer schneiden, schwor er sich und vertiefte sich wieder in Gedanken. „Was passiert, wenn die Luft in unseren Blutkreislauf gelangt?“, wollte er von dem zuständigen Arzt wissen, der nun in der Akte Notizen machte.

Der freundliche Doktor hatte den Kopf gehoben und war mit müdem Blick im Gesicht von seinem Platz aufgestanden, um an einen Schrank zu gehen. „Sehen Sie, man muss es mit einem geschlossenen System vergleichen. Unser Blut ist nichts anderes als Hydrauliköl in einer Hebebühne oder das Benzin in einem Verbrennungsmotor. Das Blut dient zur Energie. Der Unbekannte musste nur den Schlauch herausziehen, um die Luft direkt in den Katheter zu drücken.“ Der Arzt war vor dem Schrank stehen geblieben, ohne die Türen zu öffnen. Mike sah sich unschlüssig um, weil Jörg Brenner, so hieß sein Gesprächspartner, nachdenklich an seiner Unterlippe kauend auf einen Punkt an der weißen Wand gestarrt hatte, ohne ein Wort zu sagen, so als habe er dort eine vergessene Erinnerung gefunden.

Mike strich sich mit der rechten Hand über den Bart, der ihn immer mehr störte, und holte tief Luft durch den Mund. Endlich konnte er sich wieder aufrichten.

Er sah die letzten Tage aus wie Forrest Gump bei seiner Weltumrundung. Genau dieser Film gab ihm den entscheidenden Impuls, sein Leben umzukrempeln und mit dem Trinken wie auch mit dem Rauchen aufzuhören. Das mit dem Trinken klappte schon mal gut, überlegte er. Noch einen Kilometer, beruhigte er sich selbst und atmete durch die Nase. Erneut tauchte das Gesicht des jungen Arztes vor seinem geistigen Auge auf. Er hörte die angenehme Stimme in seinem Kopf. „Die Luft wandert mit jedem Herzschlag zu unserer Pumpe.“ Er hatte sich die Hand auf die linke Brustkorbhälfte gelegt und Mike einen ernsten Blick zugeworfen. Mike hatte nur mit dem Kopf genickt, so, wie es Jörg Brenner von ihm erwartete. „Die Luft erreicht als allererstes die rechte Herzhälfte. Danach die Lunge. Die Gefäße ziehen sich zusammen, weil Luft kompressibel ist. Der Druck in unserem Herzen steigt so lange, bis die Embolie in die linke Kammer gepresst wird. Zuallerletzt gelangt sie über die Blutbahnen in den restlichen Körper. Es kann zu einem Herzinfarkt führen oder einem Schlaganfall, wenn es unser Gehirn erreichen sollte.“

„Woran ist Karim Deniz nun gestorben?“, hatte Mike Wedekind wissen wollen.

„Das kann ich Ihnen erst nach der Obduktion sagen. Die Leiche liegt in der gerichtsmedizinischen Abteilung. Die Obduktion findet morgen statt, um neun Uhr“, hatte Jörg Brenner gesagt und Mike Wedekind den Rücken gekehrt, weil er etwas aus dem Schrank holen wollte. Mike hatte sich bedankt und war nach Hause gegangen.

Neun Uhr, dachte er mit pochendem Schädel und warf einen Blick auf seine Pulsuhr. In acht Stunden etwa, rechnete er nach und legte einen Zahn zu. Morgen hatte er einen Termin bei Stuck, seinem Boss.

„Sei ja pünktlich, sonst bist du endgültig weg, und deine Resozialisierung rückt in weite Ferne ...“, dabei machte er mit seinen Fingern Gänsefüßchen in die Luft, „... samt deinem Werdegang als Hauptkommissar Wedekind bei der Mordkommission. Streife darfst du natürlich weiterhin fahren, aber selbst diese Aufgabe muss von verantwortungsvollen Beamten ausgeführt werden.“ Ein

Krampf im rechten Fuß brachte den in Gedanken versunkenen Mike Wedekind zu Fall. Er dämpfte seinen Aufprall nur dürftig ab, indem er seine Arme ausstreckte. Trotzdem hatte er Vollkontakt mit dem Asphalt.

„Was für ein beschissener Tag", krächzte er mit verzerrter Miene. Nachdem Mike seine Handflächen begutachtet hatte, richtete er sich auf, indem er sich vom Boden wegdrückte und sich auf den Hintern wälzte. „Sport ist Mord", fügte er hinzu und begann seine verkrampfte Wade zu massieren, die unvermittelt steinhart geworden war. Seine Zehen zogen sich wie die Klauen eines Vogels zusammen.

„Hey, Hurensohn", rief eine Stimme hinter seinem Rücken.

Wedekind drehte sich um und sah drei Gestalten, die langsam auf ihn zukamen. Auch sie trugen Sporthosen, doch nicht der sportlichen Aktivitäten, sondern der Coolness wegen, das konnte er an ihrem Gang erkennen. Die drei Silhouetten zeichneten sich mit jedem Herzschlag deutlicher vor dem schwarzen Hintergrund ab, der vom fahlen Licht der Laternen unterbrochen wurde. Als sie einen der gelben Kegel passierten, fiel Mike sofort auf, dass einer der Typen mit einem Messer hantierte.

„Auch das noch", fluchte Mike und zog sich auf die Beine. Sein rechtes Bein ließ sich immer noch nicht beugen. Wedekind überdachte seine Situation und suchte nach einem Ausweg aus dieser scheinbar aussichtslosen Situation. Weglaufen stand nicht zur Auswahl, auch ohne Krampf würde er es nicht tun. Also spielte er mehrere Szenarien ab, die jedoch allesamt auf denselben Ausgang hinausliefen.

Mike sah die Gesichter erst schemenhaft, dann standen sie so dicht vor ihm, dass er nach ihnen greifen konnte. Sie waren in der Überzahl und vollgepumpt mit Östrogenen, denn wie richtige Männer sahen die Kerle nun wirklich nicht aus - trotz der dichten Gesichtsbehaarung. Mit ihren ausgezupften Augenbrauen, dem gegelten Haar, das akkurat frisiert war, hatten die Typen einen sehr femininen Touch und sahen einfach lächerlich aus mit ihren geblümten T-Shirts. Das einzig Männliche an ihnen war die Sporthose.

Mike ließ die drei Ganoven oder Gangster oder wie auch immer noch näher kommen. Die genaue Bezeichnung für gut gekleidete arbeitslose Taugenichtse, die gerne deutsche Rapmusik hörten, in der es nur ums Bumsen und dicke Autos ging, kannte er nicht wirklich. Vielleicht doch - Gangsterpussis? Mike schmunzelte, machte sich auf eine Konfrontation gefasst und war zu allem entschlossen.

Nachdem sie endlich dicht vor ihm zum Stehen kamen, die Hände in den Hosentaschen, Beine breiter als die Schultern, sprachen sie gleichzeitig durcheinander. Eine Drohgebärde klang schlimmer als die nächste. Wilde, aneinandergereihte Beschimpfungen wurden ihm an den Kopf geworfen. Der Anführer fuchtelte mit seinem Messer herum und schnitt Grimassen.

„Ich bin der Sohn einer Hure, deren Mutter ein Kamel war?“, rief Mike in die kurz entstandene Pause hinein, weil den drei Typen anscheinend die Adjektive, gepaart mit Superlativen, ausgegangen waren. Das alles ließ Mike innerlich rotieren. Die aufsteigende Wut in ihm und der Adrenalinschub lösten den Krampf endlich auf. Mike atmete erleichtert aus, griff nach hinten zum Hosenbund und humpelte schnell auf den Anführer zu.

„Schöne Nagelfeile übrigens“, knurrte Mike. Das Messer schlug er mit der Handkante aus den manikürten Fingern und drückte dem jungen Mann den Lauf seiner Pistole mitten auf die Stirn. „Soll ich dir vielleicht ein drittes Auge verpassen, du Hosenscheißer?“, flüsterte Mike ihm ins Ohr. Mit der rechten Hand packte er den Kerl am Nacken und beugte ihn ein Stück nach unten zu sich heran, weil er Mike um eine Haupteslänge überragte. Mit knapp einsachtzig war Mike wahrlich kein Riese.

„Hey, Mann, bist du bescheuert oder so, du Hurenficker?“, rief einer der anderen entgeistert.

Mike lächelte versonnen, löste seinen Griff nur kurz und rammte dem Anführer seine Stirn in die Nase. „Atme ja nicht zu hastig ein, Kumpel“, sprach Mike etwas leiser, aber nicht weniger bedrohlich. „Sonst fühlt sich das ungefähr so an, als würdest du Glassplitter inhalieren, die sich mit jedem Schnaufen in dein mickriges Hirn bohren“, fügte er in einem mühsam beherrschten Ton hinzu. Dann ließ der aufgewühlte Kommissar, über so viel Dummheit staunend, von seinem Gegenüber ab und richtete seine Pistole auf den, der ihn als den Nachkommen eines Kamels bezeichnet hatte. „Eigentlich heißt es als, verstehst du? Als ich noch ein kleines Kind war, hatte meine Mutter Sex mit einem Kamel, aber auch das ist nichts als Bullshit. Einfach nicken, wenn du mir folgen kannst, Gangsterpussi.“ Mike bleckte die Zähne. Er brauchte einen Augenblick, um seiner widerstreitenden Gefühle Herr zu werden.

„Okay, Bruder, nur kein Stress!“ Der Kerl mit der kaputten Nase hob beschwichtigend die Hände.

Der andere kniff die Augen zu, so, als hätte ihn jemand geschlagen.

„Wie heißt du eigentlich?“, wollte Mike wissen und wandte sich erneut dem Anführer zu.

„Armin“, sagte der schnell mit nasaler Stimme.

„Ich hatte keinen Bruder, der Armin hieß, du bist überhaupt nicht mein Bruder, ich wuchs in einem Pflegeheim auf, mit vielen verrückten Typen. Also kann ich dich getrost abknallen. Das hier ist mein Revier, ihr Knalltüten, habt ihr mich verstanden?“ Hemdsärmelig sah er die abwartenden Typen an, weil er der ganzen Situation überdrüssig geworden war. Sein T-Shirt war nass und kalt. Mike wollte nur noch unter die Dusche und ins Bett.

Alle drei nickten, selbst der mit der gebrochenen Nase.

„Das kommt Ihnen wohl sehr passend. Eine nette Gelegenheit, ungestraft davon zu kommen, aber ich werde Sie anzeigen, wegen Körperverletzung“, mischte sich ein dahergelaufener Passant ein, der um sein Gleichgewicht kämpfen musste. Unbeholfen zückte er wankend sein Handy - startklar für eine Nahaufnahme.

„Gelegenheit ist ein netter Euphemismus - kann ja so einiges verkörpern, dieses eine Wort, nicht wahr? Eine passende Gelegenheit für einen Unfall mit tödlichem Ausgang vielleicht? Oder doch wegen Zivilcourage, gar wegen Behinderung der Justiz? Haben Sie eventuell Schwierigkeiten mit Ihrem Gleichgewichtsorgan?“ Mike hob vielsagend die Augenbrauen. Er hatte keine Erklärung dafür, warum ihn sein Ego manchmal dazu drängte, Risiken einzugehen, er war nun mal so. „Und deine Augen sind warum so groß?“, zitierte Mike den einen Satz aus dem Rotkäppchen. Er wandte sich nun dem klapprigen Typen zu, der alle Attitüden eines Junkies erfüllte. „Doch nicht etwa, damit du mich besser sehen kannst?“, sprach Mike mit der affektierten Stimme eines Geschichtenerzählers. „Oder nur, weil du etwas eingeschmissen hast?“ Der versonnene Ton legte einem nahe, dass er auf seine sarkastische Frage keine Antwort erwartete. Mike stand jetzt direkt vor dem schmächtigen Kerl, an dem das T-Shirt wie eine Fahne im lauen Wind an einem Mast hing. Er schniefte, steckte das Telefon zurück in seine viel zu breite Hose und schlenderte mit nach unten gesenktem Kopf weiter. Nach der ersten Biegung verschwand er aus Mikes Blickwinkel in einer schmalen Gasse.

„Und jetzt seht auch ihr zu, dass ihr Land gewinnt, dalli, und zwar alle zusammen“, brummte Mike, schob ein drohendes Grinsen nach und drehte den Kerlen den Rücken zu.

„Und wehe, ich sehe dich hier noch einmal, Armin“, warf er ein und begann langsam zu rennen.

„Ich ficke dich!“, schrie eine nasale Stimme ihm hinterher. Mike richtete die Waffe in die Luft und drückte ein einziges Mal den Abzug durch. Der trockene Knall war nicht wirklich ohrenbetäubend und roch nach abgebrannten Streichhölzern. Der Effekt jedoch kam wie erwartet: plötzlich und furchteinflößend. Auch wenn der Schuss harmlos gewesen war, so verscheuchte er die Kerle endgültig. Die Spielzeugpistole, die er für Pascal gekauft hatte, nahm er immer mit, wenn er nachts nicht schlafen konnte und seine Runden drehte.

„Waffen sind nichts für Kinder. Auch, wenn sie ... die ist ja aus Metall“, hatte Katrin sich empört, nachdem er ihr die Pistole in die Hand gedrückt hatte. Er wollte Katrin vorher fragen, ob er diese aus Italien mitgebrachte Pistole seinem Adoptivkind schenken durfte.

„Du nimmst sie sofort mit, wehe ich erwische Pascal mit dem Ding da. Wenn der Junge damit auf die Straße geht, dann gnade dir Gott“, hatte ihm seine Fast-Exfrau angedroht und fuchtelte mit der Waffe vor seiner Nase herum. Nun war sie doch keine schlechte Investition, dachte Mike und freute sich sichtlich, weil er das Haus, in dem sich seine Wohnung befand, endlich zu sehen bekam.

Kapitel 4

Eine junge Frau betrat das überfüllte Lokal und gesellte sich zu den beiden. Aang verschlug es für einen Augenblick die Sprache. Die junge Frau war das genaue Gegenteil von Susi. Ihre Frisur war kurz, dunkelblond und schlicht, wie bei einem Mann. Auch ihre Gesichtszüge waren eher kantig und nicht wirklich feminin. Sie trug eine Latzhose, bei der die Träger an den Seiten herunterhingen, ein grün-weiß gescheckktes T-Shirt und schwarze Doc Martens-Schuhe. Doch das alles war nicht der Grund für Aangs Staunen. Die maskuline Frau blieb hinter Susis Rückenlehne stehen, beugte sich über sie, küsste Aangs heutige Begegnung sanft auf den schmalen Hals und schlang dann ihre Arme in vertrauter Haltung um Susis Oberkörper. Diese Geste verriet sehr viel über das Verhältnis der beiden Frauen. Mit diesem Umstand konnte er zwar leben, doch diese plötzliche Wendung gefiel ihm dennoch nicht.

„Du sabberst", säuselte Susi und brachte Aang völlig durcheinander. Ihr zärtliches Gesicht bekam andere Züge. Ihr Lächeln wurde abwertend, in den Augen leuchtete ein Feuer des Hohns. Er tupfte sich geistesabwesend den Mund ab und brachte damit die beiden zum Lachen.

Stets sah er das Leben als ein brüchiges Gebilde an, das aus vielen Fragmenten bestand, die nicht wirklich zusammenpassten, nun fiel das ganze Gebilde vor seinen Augen zu einem Scherbenhaufen zusammen. Am liebsten würde er die beiden abknallen.

„Stehst du auf einen Dreier?", wandte sich das androgyne Wesen an den immer noch verdutzt dreinschauenden Aang und schmiegte sich noch fester an ihre Freundin.

Susi gab einen tiefen Seufzer von sich und streckte ihre Arme zur Decke. Zwei Hände fuhren über ihre Brüste. Beide lächelten lüstern und beäugten Aang.

Mit verdüsterter Miene kratzte er sich am Schädel. Kälte umschloss seinen Körper, so, als befände er sich nicht in einem Lokal, sondern in einer Badewanne, die mit flüssigem Eis gefüllt war.

„Du bist mir auf den Leim gegangen, Kleiner“, säuselte Susi, der Alkohol hemmte ihre Zunge ein wenig, ihr Blick war glasig.

„Das war alles nur Show? Dann will ich das zurück haben.“ Er deutete auf ihre Brust, weil, in ihrem Oberteil, genauer gesagt in ihrem BH, steckten zwei Päckchen, die er wiederbekommen wollte.

„Hol's dir doch“, entgegnete sie gelassen, umschloss mit beiden Händen ihre beiden Brüste und presste sie zusammen. Sie trug einen weißen BH mit Spitzen. Aang schluckte.

Susi grinste und zeigte ihm den Mittelfinger. Langsam hob sie die Hand an den Mund und küsste die Spitze. Der rote Nagellack funkelte in der Deckenbeleuchtung. Ein höhnisches Gelächter klang aus ihren Kehlen, als sie sich zum Ausgang bewegten.

Beim Rausgehen zwinkerte sie ihm noch einmal zu und entblößte zwei Reihen weißer Zähne.

Ich habe mich von einer attraktiven Lesbe ausnehmen lassen, knurrte er in sich hinein.

„Willst du jetzt zahlen?“, fragte ihn Celina matt. Sie war in Begleitung eines Pärchens erschienen.

Aang nickte. Celina schob erneut eine Strähne hinter das Ohr, griff nach dem Stuhl und setzte sich darauf. Aang begriff nichts mehr. Zuerst feindete sie ihn an, und jetzt setzte sie sich dicht neben ihn, auf die Gefahr hin, dass sie den Gang versperrte.

Celina kaute auf der Innenseite ihrer Wange, das junge Paar beachtete sie nicht mehr. Der Mann hob die Schultern und bugsierte seine Freundin nach draußen, auch das ignorierte Celina geflissentlich.

Bis jetzt war der heutige Abend eine einzige Katastrophe für Aang. Er schickte sich zum Gehen an, doch Celina gab ihm zu verstehen, dass er bleiben sollte. Sie sah ihn mehrdeutig an. Ihr lag etwas auf der Seele. Mit beiden Händen hielt sie den großen Geldbeutel umschlossen und tippelte mit dem Fuß. „Hast du das Zeug noch?“, fragte sie, hüstelte in die Faust und kratzte sich am Ohr. Ihre Augen wanderten hektisch hin und her.

„Gehörst zu den beiden?“

„Nein, wie kommst du darauf? Bin keine Lesbe. Ich habe kein Bargeld, aber ich kann, du weißt schon ...“

„Und der Nazi da, ist er dein Freund?“ Er deutete mit dem Kopf zur Seite.

„Er ist kein Nazi. Wir kommen beide aus Ungarn, sind selbst Ausländer. Akos ist mein großer Bruder.“

„Das sieht man“, lächelte Aang mit einem Mundwinkel und wurde lockerer.

„Was sagst du zu meinem Angebot? Hast du Gummis dabei?“

Aang überlegte. „Woher wusste er, wer ich bin? Hast du es ihm gesteckt, dass ich deale?“

„Nein, dein Ruf eilt dir voraus, und Akos will nicht, dass ich wieder damit anfange, er glaubt zumindest, dass ich damit aufgehört habe. Also, hast du was für mich? Ich hatte einen Scheißtag heute.“

Ihm kam ein Gedanke, der ihn fröhlich stimmte.

„Ich will es so richtig hart besorgt bekommen. Wenn du nein sagst, winke ich Akos herbei und behaupte, du wolltest gehen, ohne zu bezahlen.“ Es klang wie ein Witz, war aber keiner, das wussten sie beide.

„Ich weiß nicht, aber meine Frisur war zu teuer, als dass man sie als Klobürste missbrauchen kann, zutrauen würde ich es deinem Bruder allemal.“

Ihr Lächeln zeigte, dass sie seinen Witz nicht ganz verstanden hatte, sie war ja auch bei der kleinen Auseinandersetzung nicht dabei gewesen.

Celina rückte noch näher an ihn heran. Ihre Beine berührten sich fast. Celina stieß einen langen Seufzer aus und legte ihre zierliche Hand auf sein Knie.

„Hast du denn keinen Freund?“, fragte er und spielte mit dem Gedanken, ihre Hand wegzuwischen. Sein Blick wanderte immer wieder zu Akos, der, mit beiden Ellenbogen auf den Tresen gestützt, in den Fernseher glotzte und Bier aus der Flasche trank. Der grüne Hintergrund auf dem Bildschirm mit zwei Dutzend Millionären, die einem Ball hinterherjagten, ließen den großen Mann alles um sich herum vergessen. Fußball zu schauen war etwas, das Aang nie verstanden hatte.

Er holte tief Luft und sah zu Celina.

„In Bezug auf meine Gefühle war ich nie wirklich mitteilsam, darum hielten meine Beziehungen nie wirklich lang“, säuselte sie und kratzte mit ihren Fingern seine Lende entlang.

„Warum änderst du dich dann nicht?“

„Ich lasse mich nicht analysieren, entweder man akzeptiert mich so, wie ich bin, oder nicht.“

„Der Meinung bin ich auch. Aber du weißt, dass das, was du von mir haben willst, Geld kostet.“

„Ich weiß“, säuselte sie. Celina nahm seine Hand und legte sie zwischen ihre Beine. „Ist diese Währung gut genug für dich?“ Celina biss sich auf die Unterlippe und zuckte mit den Augenbrauen. Dann fuhr sie lasziv mit dem Finger über seinen Handrücken.

Aang nahm einen weiteren Schluck aus seinem Glas, stellte es auf den Tisch und ließ das Eis kreisen. Seine Linke wagte er nicht zu bewegen. „Damit meine ich Geld, richtiges Geld“, fuhr er fort. Seine Stimme begann zu kippen, so erregt war er.

Ihre Hand begann zu wandern. Aangs Kehle wurde eng.

„Bitte, lass das“, flüsterte er und ergriff ihre Hand, die weich, warm und etwas feucht war. „Ich habe das Zeug im Auto, aber ich komme nicht mehr hierher zurück. Wenn du es haben willst, dann musst du mit mir kommen. Bezahlen kannst du ja dann später.“

„Okay“, lautete ihre schlichte Antwort. „Ich habe eh Feierabend.“

Aang wurde einfach das Gefühl der tiefreichenden Demütigung nicht los, alles sah nach einem abgekarteten

Spiel aus. Aber der Alkohol lähmte seinen Verstand, und er wollte jetzt unbedingt einen Joint rauchen. Wer weiß, vielleicht würde er sich von Celina doch noch zu einer kurzen Nummer überreden lassen. In einer Welt wie seiner, in der nichts von langer Dauer war, ließ er nichts anbrennen, schließlich konnte jeder Tag dein letzter sein, lautete sein Motto. Er stand langsam auf, schob einen Schein unter den leeren Aschenbecher und wartete, bis Celina sich auch erhob.

Celina warf einen hastigen Blick über die Schulter. „Los, lass uns hier verschwinden“, sagte sie schnell und schob Aang zur Tür. Zwei junge Männer machten den beiden Platz und bedachten sie mit einem mürrischen Blick.

Akos starrte immer noch zum Fernseher hoch, bemerkte Aang, während er mit seinem Rücken die Tür aufschob, das leise Bimmeln der Glocke wurde von lauten Jubelschreien übertönt, weil irgendeine Mannschaft ein Tor geschossen hatte.

Also ist dieses Spiel doch noch zu irgendwas nützlich, dachte Aang und nahm seine Begleitung bei der Hand.

Sie beide gingen schnellen Schrittes, ohne zu bemerken, dass ein Schatten sich aus einer Ecke löste und sich in Bewegung setzte.

Draußen standen noch mehr Tische, aber auch hier waren alle Plätze belegt. Das Wetter lud einen förmlich dazu ein, sich ein Gläschen zu gönnen.

Celinas Finger schlossen sich fester um Aangs Hand. Sie zog ihn sanft hinter sich her. Die Straße war hell erleuchtet. Ein Dutzend angetrunkener Fußballfans kreuzten ihnen den Weg und schrien Fußballlieder. Die meisten trugen Trikots, einige hatten sogar Schals um ihre Hälse gebunden - und das bei dieser Schwüle?, dachte Aang schwitzend.

Der Schatten wechselte die Straßenseite und folgte den beiden unauffällig.

„Wohin?“, wollte Celina wissen, ihr Blick flackerte vor Ungeduld.

Aang deutete nach rechts. Celina ließ seine Hand los und hakte sich stattdessen bei ihm unter. Ihre Absätze klackerten laut auf den Pflastersteinen.

Immer mehr junge Menschen strömten durch die Straßen auf der Suche nach einem Kick.

Kaum waren sie in eine Seitengasse abgebogen, blieb Celina stehen und presste Aang mit dem Rücken gegen eine raue Mauer aus roten Backsteinen. Aang öffnete den Mund wie ein Fisch, weil er mit dieser Aktion völlig überrumpelt war. Er dachte, sie machte nur Witze und wollte ihn auf den Arm nehmen.

Celina küsste ihn gierig auf die Lippen. Ihre Hand verschwand unter seinem Hemd und strich ihm sanft über die Brust.

Aang blieb für einen Moment die Luft weg, nicht weil er so erregt war, sondern weil etwas Spitzes gegen seine Rippen und die Schulterblätter drückte. „Lass uns hier verschwinden, dein Bruder kann jeden Moment hier auftauchen, auch mag ich nicht, wenn beim Vögeln die Luft nach Pisse stinkt“, raunte er ihr ins Ohr, nachdem er sich von ihrem Kuss gelöst hatte. Er schmeckte ihren Lippenstift und etwas Herbes. Whisky, dachte er, und sah dorthin, wo eine kaputte Laterne stand.

Celina nahm seine Hand und zog ihn noch tiefer in die Gasse. Hohe Mauern flankierten den dunklen Gang und waren von Ranken umwuchert. Die Efeublätter raschelten leise, weil eine sanfte Brise das graue Gemäuer entlang kroch und Aang eine angenehme Abkühlung bescherte. „Lass es uns hier tun", flüsterte Celina und drückte ihn erneut gegen warme und kantige Backsteine.

Aang packte sie mit beiden Händen am Hintern und drückte sie fest an sich. Celina keuchte und biss ihn in die Unterlippe. Etwas fiel scheppernd zu Boden. Ein Tier huschte zwischen ihren Beinen über Zigarettenkippen und anderen Müll hindurch, doch beide schenkten dem Ganzen keine Beachtung.

„Sag mir, dass du mich willst", flüsterte sie ihm ins Ohr.

Aang zauderte. Manchmal, wenn er sein Leben Revue passieren ließ, fragte er sich zuweilen, ob er ein anderer Mensch geworden wäre, wenn er eine intakte Familie um sich gehabt hätte, aber für solche Sentimentalitäten hatte er jetzt keine Zeit. Sein Glied wurde steif und drückte hart gegen die Hose. „Was?", keuchte er und schob alle Gedanken beiseite.

„Du darfst mich ficken, wenn du mir sagst, dass du mich liebst", sagte sie mit einem leichten Flackern in den Augen.

„Ja klar, und du, darf ich dich, du weißt schon ..."

„Du meinst, ob du mich von hinten ficken kannst?" Ihre Lippen wurden zu einem sexy Lächeln. „Das hängt davon ab, wie geil du mich machen kannst. Also gib dir Mühe, ja?"

Dieser Satz verschlug ihm den Atem.

„Sag es mir", drängte sie und schob ihre Hand in seinen Schritt. Aang blieb keine Zeit, um die Gegend zu checken. Alles, was um ihn herum geschah, wurde unwichtig. Er fokussierte all seine Sinne nur auf eine einzige Sache, die für ihn eine essenzielle Bedeutung annahm - Sex.

Celinas Küsse wurden fordernder. Ihre Hände hantierten an seinem Gürtel, ihre flinken Finger zogen und zerrten heftig daran.

Es dauerte ihm viel zu lange, also wischte er sie beiseite, öffnete die Schnalle und wirbelte sie dann herum. Sie stützte sich mit beiden Händen an die Mauer und streckte ihm ihren Po entgegen. Aang drückte Celinas Oberkörper fest an die Wand gepresst und öffnete ihre Hose.

Celina stöhnte vor Wonne.

Wollust und Gier nach ihrem Körper packten Aang und knipsten alle Lichter in seinem Kopf aus, er wurde zu einem Tier, welches nur von seinen Trieben geleitet wurde.

„Bleib schön locker", erklang eine tiefe Stimme wie aus dem Nichts und ließ Aang zusammenfahren.

Aangs Hand, die sich auf dem Weg zu Celinas Scham befand, blieb an ihrem warmen Bauch kleben. Er spürte, wie sie schwer atmete, doch nicht mehr vor Erregung, sondern vor Angst, die auch er verspürte, und die ihm nun den Rücken hinunterrieselte.

„Hat man dir etwa nicht gesagt, du sollst sie nicht anfassen?"

Aang blieb ihm die Antwort schuldig. Er wagte sich nicht zu bewegen.

„Du kannst gehen, Celina, und keine Dummheiten. Geh zurück in den Pub und benimm dich ganz normal, sonst droht auch dir Ärger“, sagte der Unbekannte beherrscht.

Um sie herum herrschte völlige Dunkelheit, der Mond war von schwarzen Wolken verhangen.

War dieser Akos ihnen doch gefolgt?, grübelte Aang mit pochenden Schläfen.

„Celina, zieh deine Hose hoch und mach, dass du hier wegkommst, du darfst dich auch nicht umschauen, hast du mich verstanden?“ Die Stimme des Mannes zitterte nicht einmal. Celina befolgte seine Anweisungen, ohne sie zu hinterfragen.

„Ich muss dir nicht näher erläutern, was mit dir passiert, wenn du dich entscheidest, die Bullen zu rufen“, fügte der Fremde gelassen hinzu, immer noch an die junge Frau gewandt, und drückte etwas Spitzes gegen Aangs Nacken.

Erst jetzt, mit der Erkenntnis, dass er in einer unmittelbaren Gefahr schwebte, nahm Aang all jene Gerüche wahr, die ihn wie ein giftiger Nebel umgaben. Feuchte Erde, Urin, Fett und andere undefinierbare Liganden nisteten sich in seiner Nase ein.

„Lass sie gehen!“, knurrte der Mann drohend. „Lass sie gehen! Jetzt heb schön langsam die Flossen hoch - und ja keine Dummheiten“, herrschte die Stimme Aang an, weil er sie immer noch festhielt. Der Schatten wartete einen Augenblick und fügte hinzu: „Was geht dir durch den Kopf, Schlitzauge?“

Aang ließ von Celina ab und hob langsam die Hände. „Wer bist du?“, fragte er und bemühte sich um einen ruhigen Ton.

Celina schälte sich aus Aangs Händen und stolperte mehrere Schritte, ohne dabei vollends das Gleichgewicht zu verlieren. Dann lief sie einfach davon und ließ die beiden allein. Aang hörte nur das schnelle Rascheln ihrer Schritte, die immer leiser wurden, dafür rauschte das Blut in seinem Schädel wie ein tosender Wasserfall und wurde immer lauter. „Wer bist du, verdammt?“, blaffte Aang und war um Fassung bemüht. Er hielt den Blick immer noch gegen die Ziegelmauer gerichtet.

„Ich habe mir sagen lassen, du seist hinsichtlich auswegloser Situationen, wie in so einer, in der du momentan unverkennbar bis über beide Ohren steckst, recht kreativ und erfinderisch. Du als Dealer bist kein unbeschriebenes Blatt. Was mir jedoch nicht in den Sinn kommt, ist folgendes: Warum lässt du dich von einer lesbischen Frau abblitzen und gehst mit der erstbesten Gelegenheit in eine Gasse, in der du jederzeit ausgeraubt werden kannst? Das spricht nicht gerade für deine Intelligenz.“

Aang schwieg und ärgerte sich ob seiner Dummheit. Aber er hatte schon seit mehr als vier Tagen keinen Sex mehr gehabt und war betrunken.

„Vielleicht liegt es einfach daran, dass dir jemand etwas in dein Glas getan hat - unbemerkt natürlich“, lachte der Mann hinter ihm und erhöhte sofort den Druck, nachdem Aang sich einen Millimeter bewegt hatte. „Sachte, mein Freund“, fuhr der Unbekannte fort. „Stammst du nicht zufällig aus einer gut situierten Familie? Dein Vater war doch Arzt und deine Mutter Apothekerin, wenn ich mich nicht irre? Du warst ein verzogenes Kind und hast die Liebe deiner Eltern ausgenutzt.“ Ein leises, tadelndes Schnalzen mit der Zunge folgte der Schmähung.

„Wie du schon richtig angedeutet hast, bin ich kein braver Junge und habe Beziehungen, meine ...“

„Na, werden wir etwa wieder aufmüpfig? Bis jetzt verlief alles, was ich mir vorgenommen hatte, nach Plan, mein kleiner Freund. Du bist nur ein winziges Rädchen, auf das der große Mechanismus gut verzichten kann, in dem du noch vor kurzem gesteckt hast. Du bist verzichtbar, keiner wird dein Verschwinden bemerken. Wenn du nicht da bist, drehen sich die Zahnräder weiter. Und glaube mir, Celina wird davon keinem etwas erzählen, und die Bullen, ach ja, die Bullen werden ein Häkchen neben deinem Namen machen und sich freuen, dass ich für sie die Drecksarbeit erledigt habe. Später werde ich bei dir vorbeischauen und auf dein Grab pinkeln, so, wie du es auch gemacht hast.“

Aangs untere Lippe bewegte sich. „Das warst du, du hast Karim die Haut abgezogen ...“, stotterte er und hatte Mühe, die Hände weiter hochzuhalten, weil sie taub und bleischwer wurden. „Ich werde ...“

Dasselbe Zungenschnalzen unterbrach ihn.

„Aber du wurdest gestört, er ist im Krankenhaus gestorben und hat über dich ausgesagt“, sprach Aang schnell, seine Stimme triefte vor Hass.

Nun lachte der Schatten und ritzte ihm die Haut auf. „Nein, hat er nicht. Die Schwere der Vergehen von Mördern überwiegt die Strafe, die sie von einem Richter aufgebürdet bekommen, oft um mehrere Menschenleben." Jedes Wort glich einem Hammerschlag. Die Spitze bohrte sich tief in Aangs Fleisch. „Selbst die Todesstrafe ist keine richtige Bestrafung für die Tat eines Mörders, was zählt schon sein Leben im Vergleich zu mehreren unschuldigen Kindern, die er misshandelt und später ermordet hat?"

Aang biss die Zähne zusammen und schloss die Augen. „Ich habe niemanden umgebracht", presste er aus sich heraus.

Der Mann hinter ihm schob Aang einen Schritt nach vorne, sodass er mit dem Gesicht dicht vor dem Mauerwerk stand, der typische Geruch nach Mörtel und Erde stieg ihm in die Nase.

Der Schatten fuhr mit rauem Unterton fort: „Ich wollte deinen Kumpanen lediglich etwas länger leiden sehen. Mehr noch, bevor ich ihm die Luft in die Vene gelassen habe, hat er mir deinen Namen genannt. Verstehst du? So läuft es bei euch ab. Zuerst auf großen Macker machen und dann heulend in die Hose pinkeln."

Aang nahm all seinen Mut zusammen und preschte zur Seite, er nutzte den minimalen Raum zwischen sich und der Mauer aus, stieß sich mit einem Fuß ab und rollte sich nach links über die Schulter. Behände sprang er wie auf Federn wieder auf die Füße. Er glaubte, so dem Verrückten entkommen zu sein, doch ein Schlag unter den rechten Rippenbogen strafte sein Hochgefühl der Freiheit, das in ihm aufgeblitzt war, Lügen. Aang fiel wie ein abgeschossenes Tier zu Boden und keuchte die restliche Luft pfeifend aus. Sein Gesicht lag auf der staubigen Erde. Aangs erster Versuch, Atem zu holen, bescherte ihm ein höllisches Brennen.

Der Staub, den er eingesogen hatte, war mit Urin und anderen Ausscheidungen vermischt. Aang würgte. Im nächsten Moment riss ihn der Mann in die Höhe, sodass er für eine Sekunde keinen Boden unter seinen Füßen spürte.

„Bei dir werde ich mir noch mehr Zeit lassen. Was meinst du, wie lange würde es dauern, bis ich dir deine Visage abgezogen habe und du an qualvollen Schmerzen, hier zwischen all diesem Unrat, wo du eigentlich schon immer hingehört hast, verreckst? Na, was schätzt du? Eine Stunde? Wie lange braucht eine Ratte, die du immer eine warst, um elendig zu krepieren, nachdem ich dir sämtliche Knochen gebrochen habe?"

„Hilfe", keuchte Aang und drehte seinen Kopf nach links, zu dem grauen Viereck, aus dem er mit Celina hierhergekommen war. Einige Gestalten in der Ferne huschten vorbei, ohne seinen Hilferuf zu hören. Während er um Atem rang, merkte er, wie etwas Scharfes über seine Stirn glitt. Eine warme Flüssigkeit lief an seinen Augenbrauen vorbei bis ans Kinn und tropfte auf die Erde.

Seine Augen brannten. Er blinzelte. Die Umgebung wurde von einem rötlichen Schleier bedeckt. Der Kerl drückte ihn nur mit einer Hand gegen die Mauer. Seine Finger glichen einem Schraubstock und hielten Aangs Hals und den Unterkiefer fest umschlossen, mit der anderen hielt er das Messer. Sein Griff war eisern. Aang hörte seine Halswirbel trocken knacken.

„Nein, bitte nein, ich werde dir Namen nennen", nuschelte und keuchte Aang. Speichel und Blut hinderten ihn daran, die Worte laut und deutlich auszusprechen, aber auch der stetige Druck gegen seinen Hals.

„Die brauche ich nicht", entgegnete der Mann und zog die Schneide an Aangs rechtem Ohr vorbei. Der Druck löste sich, aber nur für einen Augenblick, weil der Kerl das Messer anders greifen musste, um Aang auch die andere Seite aufzuschlitzen, stellte er mit Entsetzten fest und startete aus purer Verzweiflung einen erneuten Befreiungsversuch. Er ballte die Hände zu Fäusten und wollte seinem Angreifer ins Gesicht schlagen, aber Aang befand sich in einer Ecke, nein, es war eine Nische im Mauerwerk, sodass er sich dort wie ein verdammter Fisch in einer Büchse befand und sich überhaupt nicht wehren konnte. Der Schmerz, der nun folgte, raubte ihm beinahe den Verstand, aber nur beinahe. Aang verlor nicht die Besinnung und wurde auch nicht ohnmächtig, er erlebte alles wie in Zeitlupe.

„Bitte, lass mich gehen", keuchte Aang und blinzelte, weil ihm das Blut die Sicht nahm. Das Brennen auf seinem Gesicht wurde mit jeder Sekunde stechender. Er würgte und spuckte Blut, doch all das war seinem Peiniger egal. „Lass mich gehen", wiederholte Aang und sah dem Mann in die ausdruckslosen Augen.

„Wenn ich unverrichteter Dinge gehen sollte, besteht für dich die Gefahr, dass ich wiederkommen muss, um das, was ich angefangen habe, zu Ende zu bringen, dabei werde ich mir erneut die Klamotten versauen." Sein kalter Blick wirkte gleichermaßen mitfühlend wie auch aufrichtig, nicht purer Hass lenkte seine Taten, stellte Aang fest. Es war etwas ganz anderes, dachte er noch und hoffte, dass seine Qualen ein baldiges Ende haben würden. Ein weiterer Schnitt folgte. Er spürte die scharfe Klinge und das dumpfe

Kratzen an seinem Schädel. Das Messer durchschnitt ihm die Haut oberhalb seiner Stirn. Dann ließ der Mann doch von ihm ab. Aang fiel auf den Rücken. Er hob abwehrend die Hände, die jedoch sofort grob aus dem Weg geschlagen wurden. Ein Knie lag auf seiner Brust und hielt ihn gegen den kantigen Untergrund gepresst.

Aang hob erneut die Hände, doch der Mann wischte sie mit einer raschen Bewegung einfach beiseite. Seine Finger packten den blutüberströmten Aang an den Haaren. Ein heftiger Ruck. Die Haut löste sich mit einem Schmatzen und Reißen vom Stirnknochen. Ein zweites, nicht minder starkes Ziehen folgte kurz darauf. Aang winselte. Eine kalte Brise fegte über das nackte Fleisch.

„Genauso ist auch sie gestorben", hörte er die Worte des Mannes über sich. Aangs Kopf wurde erneut vom Boden gehoben, das ruckartige Ziehen hörte erst dann auf, nachdem Aang langsam seine Seele ausgehaucht hatte. Sein Hinterkopf schlug heftig gegen den harten Untergrund. Das Gesicht war eine einzige brennende Fläche. Er verlor das Bewusstsein. Doch dann holte ihn ein heftiges Brennen zurück in die Wirklichkeit, zurück in die Hölle.

„Bitte, bring es zu Ende, töte mich", keuchte Aang, kaum hörbar, das war seine letzte Bitte, die vom Wind weggetragen wurde. Die Messerspitze drang durch seinen Unterkiefer und spaltete ihm die Zunge.

„Nein, dieses Glück war Selma auch nicht vergönnt", erklangen die Worte wie ein Rauschen aus weiter Ferne. Aang spuckte dickes Blut. Seine Finger brachen wie trockene Zweige unter dem schweren Schuh des Mannes

Mehrere Fußtritte trafen den blutüberströmten Aang am Kopf. Erst danach wandte sich der Mörder der zweiten Hand zu. Auch an dieser brachen sämtliche Knochen. „Richte Karim schöne Grüße von mir aus. Er wartet auf dich in der Hölle“, war das Letzte, was Aang noch wahrnahm, dann löste sich sein Verstand in einer undurchdringlichen Schwärze auf. Endlich ließ der weißglühende Schmerz nach, und Aang konnte sich entspannen, mit dem Gedanken, dass er nun endlich dem kranken Typen entkommen war.

Kapitel 5

Mike Wedekind betrat das Krankenhaus, rieb sich immer noch die müden Augen und gähnte ausgiebig. Heute Nacht gab es wieder einen Überfall mit tödlichem Ausgang. Der 'Gesichtslose' hatte erneut zugeschlagen, lautete Stucks kurze Nachricht, die Mike Wedekind schlaftrunken vernommen und sich sofort auf den Weg gemacht hatte. Sein Chef wartete bereits auf ihn.

„Und, gibt es etwas Neues?", wollte Mike von Wilhelm Stuck wissen, der sich vor einem Kaffeeautomaten postiert hatte und sich die schwarze Brühe in kurzen Schlucken einflößte.

„Nicht wirklich", sprach der Kommissionsleiter mit rauer Stimme, auch er sah ziemlich mitgenommen aus. „Willst du auch einen?"

Von bleierner Erschöpfung gepackt, nickte Mike und trat näher.

Die beiden Männer, die mehr als nur Kollegen waren, grüßten sich mit einem festen Handschlag, dann warf Mike mehrere Münzen in den Schlitz. Mit stumpfem, leicht verklärtem Blick ordnete er seine Gedanken und konzentrierte sich darauf, endlich wach zu werden. Das Kleingeld klimperte leise. Der Duft nach frischem Kaffee ließ Mike hoffen, dass in seinem Leben doch nicht alles beschissen war. Es gab tatsächlich Momente, an die er sich gern erinnerte. Beide Männer schwiegen eine Weile, bis Mike nach dem Becher griff. Er tat einen kleinen Schluck und sah seinen Chef fragend über den Rand des Plastikbechers an. Der Kaffee war okay, dachte er und wartete auf die Zusammenfassung.

„Er geht ziemlich brutal vor, das erste Opfer war nur ein Vorgeschmack auf das, was noch folgen wird, befürchte ich. Ich schwöre bei Gott, ich würde mich lieber irren, wirklich“, sagte Wilhelm Stuck bedeutungsschwanger. Sein graues Haar war einen Tick weißer geworden, stellte Mike fest und strich sich über den Bart, den er sich abrasieren wollte, jedoch wegen des Anrufs nicht dazu gekommen war.

Der Kommissionsleiter fuhr sich über das müde Gesicht, das von unzähligen Fältchen übersät war, so als wolle er es in die Länge ziehen. Sein kurzes Haar war wie immer akkurat frisiert. Auch sonst machte er einen sehr gepflegten Eindruck.

Mike sah sich um. Sein Blick blieb an einer Litfaßsäule kleben, die von bunten Plakaten übersät war, die eine schnelle Genesung versprachen. Der breite Gang war zudem noch von einigen Bäumen flankiert, die in übergroßen Pflanztöpfen standen. Hier und da liefen Ärzte oder Krankenschwestern herum. Zwei Männer in grellroter Uniform schoben ein Bett Richtung Intensivstation. Eine Frau lief auf sie zu und zeigte heftig gestikulierend in die entgegengesetzte Richtung. Das enervierende Quietschen eines der Räder brachte Mike zurück aus seinen Gedanken.

„Wie lautet die Anweisung?“, wandte er sich an seinen Chef und nippte erneut an seinem nicht mehr so heißen Kaffee.

„Wir gehen eine Etage tiefer, damit du dir von dem, was dich in den nächsten Tagen erwartet, ein Bild machen kannst. Wie gesagt, alles, was wir bisher haben, basiert auf

Annahmen und Vermutungen, die äußerst wackelig sind und uns nicht wirklich weiterhelfen."

„Wissen wir schon, wer der Tote ist?"

„Aang Chen, ein chinesischer Einwanderer. Die Eltern wurden informiert. Wir würden jedoch gern den beiden den Anblick ersparen, zudem wäre die Identifizierung nicht mehr möglich, ihm fehlt das komplette Gesicht. Wir haben seine Fingerabdrücke genommen und gleichen sie ab. Die Datenbank wird im Moment durchforstet. Aber es spricht schon einiges dafür, dass es dieser Mann ist, nach dem wir seit Neuestem wieder fahnden."

„Wenn ich mich nicht täusche, war das erste Opfer ein Türke. Jetzt haben wir einen Chinesen. Treibt etwa ein Fremdenhasser sein Unwesen?"

„Das glaube ich nicht, ich hoffe zumindest, dass wir es hier nicht mit irgendeinem Spinner zu tun haben, der einen Groll gegen Ausländer hegt. Karim Deniz war kein Engel. Mehrere Sexualdelikte, Sex mit Minderjährigen und Zwang von Frauen zur Prostitution sind einige wenige seiner Vergehen, die er begangen hat und für die er zur Rechenschaft gezogen wurde."

„Das ist der Typ, der uns zusammengeschlagen hat", schrie eine nasale Stimme und zwang die beiden Polizisten, sich umzudrehen. Mike verengte die Augen und bedachte die vier Gestalten, von denen ihm drei nicht völlig unbekannt waren, mit einem skeptischen Blick. „Er hatte eine Waffe dabei", empörte sich einer der Männer. Mitten auf seinem Gesicht klebte ein weißer Verband. Das rechte Auge war komplett zugeschwollen. Sie wurden von einem

Mann begleitet, der den vorlauten Kerl am Arm hielt und Mike versöhnlich anlächelte.

„Natürlich habe ich eine Waffe, bin ja schließlich ein Bulle“, entgegnete Mike ruhig, hob sein T-Shirt an, sodass die aufgebrachten Jugendlichen seine Pistole sehen konnten, und griff dann nach seinem Dienstausweis. „Ich bin einer der Mitglieder des lustigen Clubs, welches den Titel Mordkommission trägt, schon was davon gehört?“ Mike lief auf die vier Männer zu, die wie angewurzelt stehenblieben. „Aber manchmal treffen wir auch auf andere Clubmitglieder. Da wäre K11, dann Drogendezernat, und auch ein Dezernat für Jugendliche, die unschuldigen Menschen auflauern, um sie aus Jux und Dollerei zusammenzuschlagen.“ Beim Aufzählen reckte Mike die Finger in die Luft und hob nachdenklich den Blick, so, als müsse er kurz überlegen. Doch dann verhärteten sich seine Gesichtszüge. „Soll ich euch mal mitnehmen?“ Unter Aufbringung aller Selbstbeherrschung sprach er in einem sehr ruhigen Ton und rang sich sogar ein Lächeln ab.

Der Typ mit der gebrochenen Nase trat einen Schritt zurück.

„Sich in die Gedanken eines Verbrechers zu versetzen, ist ein fester Bestandteil unseres Fachgebiets und gehört zu der Grundausbildung eines jeden Polizisten. Auch ist eine unserer Pflichten, solche wie euch zu erziehen, dafür wenden wir manchmal ungewöhnliche Mittel an und beginnen, mit euch eure Sprache zu sprechen, damit ihr uns ja versteht. Alles klar, Bruder?“

„Ich möchte mich für meine Jungs entschuldigen. Tut uns sehr leid“, mischte sich der vierte ein, der älter war als die drei Rotznasen. „Mein Name ist Leif Stone. Ich bin Streetworker, und ich versuche, meinen Jungs wie auch den Mädels zu helfen, den richtigen Weg zu finden. Was nicht immer einfach ist."

„Ich könnte alles, was der da von sich gibt, als belastend werten und ihm einige Sozialstunden aufbrummen."

„Die hat er schon zur Genüge. Können Sie sich vielleicht ausweisen?", sprach der Mann mit der Stimme eines Psychiaters, die sanft und dennoch autoritär klang. Er war etwas größer als Mike, muskulös und tätowiert. Sein Haar war schlohweiß, obwohl er erst Ende dreißig sein konnte, schätzte Mike.

„Hauptkommissar Wedekind. Wollte der hier etwa eine Strafanzeige erstellen? Dann sind Sie aber falsch hier", sagte Mike ruhig und schlürfte provozierend an dem lauwarmen Getränk, das ziemlich bitter schmeckte.

„Oh nein, wir waren hier wegen seiner Nase. Er muss gestolpert sein, habe ich recht, Drago?" Leif Stone bedachte seinen Schützling mit einem mahnenden Blick.

„Beim nächsten Mal passt du halt besser auf und bleibst am besten zu Hause, wenn es draußen dunkel ist. Und ich dachte, er heißt Armin. Aber ich könnte mich auch geirrt haben, so wie du auch." Mike sprach mit einem höhnischen Grinsen.

Der schlaksige Kerl war keine Leuchte, aber so blöde war er auch wieder nicht, um den Wink mit dem Zaunpfahl nicht zu kapieren. Mike Wedekind waren solche Typen nicht unbekannt, auch wusste er, wie sie tickten, man durfte sich nur keine Blöße geben.

„Dann wünschen wir Ihnen noch einen schönen Tag, auf Wiedersehen.“ Leif Stone nickte knapp, entblößte zwei Reihen weißer Zähne und zog den Verletzten mit sich, die anderen beiden folgten ihnen stumm. Die kleine Gruppe entfernte sich schnell. Mike entging nicht, wie der Mann auf die drei ermahnend einredete und ihnen etwas androhte, falls sie sich wieder danebenbenehmen sollten. Er sprach vom Gefängnis und davon, dass er sie persönlich dort abliefern würde. Mike konnte sich ein schiefes Grinsen nicht verkneifen.

„Was waren das für Kerle?“, wollte Stuck wissen und sah den vier Männern hinterher.

„Nicht der Rede wert“, entgegnete Mike und trank den Kaffee leer.

Kapitel 6

„Der hier wurde frisch eingeliefert“, sagte der stämmige Gerichtsmediziner und hob das Laken an.

Mike verzog beinahe schmerzhaft die Miene. Der Anblick, der sich ihm darbot, ließ seine Nackenhaare zu Berge stehen. Seine Stirn bekam Falten. Ein kalter Schauer kroch seinen Rücken empor. „So eine Scheiße“, flüsterte er nur mit den Lippen. Nur mit viel Überwindung und Selbstbeherrschung konnte er den Brechreiz unterdrücken. „Das sieht ja übel aus“, sagte Mike mit trockener Kehle.

„Das können Sie laut sagen“, sprach der Mann ruhig und ließ Mike einen Blick auf die rechte Hand des Toten werfen. Mike verspürte ununterbrochen ein unangenehmes Ziehen in der Magengrube. Er knetete seine Hände und freute sich im Geheimen, dass sie nicht so aussahen wie die des Toten.

„Hier hat ein Wahnsinniger gewütet“, sprach der Gerichtsmediziner das Offensichtliche laut aus, nur um die Stille zu verscheuchen, vermutete der Kommissar.

„Sieht sehr nach einem Racheakt aus“, sprach Mike seinen ersten Gedanken laut aus und bekam ein „Hmm“ als Bestätigung von seinem Chef.

Dieser Kerl Aang Chen hatte Charisma und war genau das richtige Opfer. Ein Grund mehr, diesen Mann auf so eine bestialische Weise aus dem Weg zu räumen, um so die ganze Aufmerksamkeit auf sich zu ziehen, überlegte

Mike. Erinnerungsfetzen, die an den Rändern auszufransen begannen, huschten durch seinen Kopf, sodass Mike kein klares Bild vor seinem inneren Auge hatte, sondern nur eine vage Ahnung. Mike kannte Aang Chen zwar nicht persönlich, aber die Tattoos an den Schläfen und das bunte Haar, das vom verklumpten Blut nicht mehr so grell leuchtete, war das Markenzeichen eines bekannten Dealers. „Das ist also der Kerl, dem die Jungs vom Drogendezernat seit Jahren das Handwerk zu legen versuchen." Dieser Satz glich einer Feststellung und war eigentlich keine Frage. Genau, jetzt wusste er wieder, wen er vor sich liegen sah.

„Übrigens wurde unsere Vermutung gerade eben bestätigt. Aang Chen, vierundzwanzig Jahre alt, gebürtiger Berliner, Eltern aus Hongkong stammend. Die Fingerabdrücke sind identisch", setzte der Arzt die beiden Männer in Kenntnis, nachdem er die Informationen von einem Smartphone abgelesen hatte, welches er in der Hand hielt, und die beiden Polizisten abwartend ansah.

„Mir ist zu Ohren gekommen, dass dieser Herr Chen zu dem Toten aus dem Krankenhaus, dem Herrn Deniz, in einer besonderen Beziehung stand", sprach der Kommissionsleiter mit ruhiger Stimme.

Der Arzt hob nur die Schultern.

„Wie hat man ihm die Haut vom ..."

„Rohe Gewalt", unterbrach Doktor Butz Mike mit sachlichem Ton und wartete darauf, ob er fortfahren konnte. Mike nickte knapp. „Der Mann, der das zustande gebracht hat, muss ein kräftiger Kerl sein. Er hat dem Toten die Haut mit einem Messer ..."

„Kein Skalpell?"

„Nicht einmal ein Teppichmesser, ich vermute, es handelt sich dabei um ein Jagdmesser", antwortete Anton Butz immer noch gelassen und fuhr mit dem Finger an dem gezackten Hautrand entlang, ohne dabei den Leichnam zu berühren.

Mike konnte die blanke Schädeldecke sehen und schluckte hart, nachdem sein Blick über das restliche Gesicht glitt, besser gesagt über das, was davon noch übriggeblieben war. Das rohe Fleisch- und Muskelgewebe war von Dreck und eingetrocknetem Blut schwarz und klumpig geworden. „Zeitpunkt des Todes?"

„Schwer zu sagen. Aang Chen war nicht sofort tot. Er muss mehrere Meter auf dem Bauch gekrochen sein. Die Abschürfungen an seinen Händen und an den Zehen seines rechten Fußes sind ein deutliches Indiz dafür, dass er sich vom Tatort entfernt haben musste. Er wurde nicht geschleift, nein, er hat sich die Haut abgeschürft, ich denke, dass er dabei mehr tot als lebendig war. Die Verletzungen an der Schädeldecke weisen mehrere Übereinstimmungen mit denen von Herrn Deniz auf, auch ihn haben wir obduziert. Gestern erst habe ich meinen Bericht an die entsprechende Instanz abgegeben. Ich habe die Einschnitte von beiden Opfern akribisch untersucht und miteinander verglichen und dabei festgestellt, dass sie beinahe identisch waren, sodass ich von ein und derselben Waffe ausgehen kann."

„Der Gesuchte muss also nicht nur körperlich fit sein, er ist zudem noch gefühlsarm, explosiv, und hat eine sadistische Ader."

„So könnte man es ausdrücken. Sonderlich fit muss er jedoch nicht sein. Also kein Mordskerl mit dicken Bizeps."

Die Argumentation klang für Mike erst einmal logisch.

„Warum nur die Zehen am rechten Fuß?", fiel Wilhelm Stuck ihm ins Wort.

„Nun, es waren die letzten Zuckungen", war alles, was Doktor Butz von sich gab, während er sich an das andere Ende des stählernen Bettes begab. Auch hier lupfte er das Laken hoch. „Im Eifer des Gefechts muss ihm der Schuh abhanden gekommen sein."

Die Nägel und die Kuppen waren wie abgenagt. Kleine Steinchen steckten im nässenden Fleisch. „Dem ersten Opfer hat er das Gesicht nur umfahren, ohne ihm dabei das Fleisch abzureißen", erinnerte sich Mike und sprach die Worte leise aus.

Jeder der Anwesenden schwieg und hing seinen Gedanken nach.

In dem weiß gefliesten Raum war alles sauber und steril bis auf die Leiche. Die Luft, die von Desinfektionsmitteln durchtränkt war, roch leicht nach dem Parfüm des Toten, aber auch nach Spiritus und Urin - ekelhaft, dachte Mike mit dem Hinblick auf letzteres. Der Mundschutz drückte unangenehm gegen seine Nase. Trotz der Kühle schwitzten seine behandschuhten Hände. Die dünne Gummischicht klebte unangenehm an seinen Fingern und warf Falten. Falten, dachte Mike mit einem fahlen Geschmack auf der Zunge, räusperte sich und sagte: „Hat man sein Gesicht finden können?"

„Oh ja, aber nur das, was davon übrig blieb - lag in einem Mülleimer unweit des Tatortes", beeilte sich der Gerichtsmediziner und sah hastig über Mikes Schulter zur

Wand. Mike folgte seinem Blick, um festzustellen, dass Anton Butz auf eine Uhr stierte, um sich die Zeit zu notieren. „Alles weitere wird sich in den nächsten Tagen herausstellen oder auch nicht. Wir haben dem Toten Blut abgenommen und zur Expertise geschickt, wir wollen herausfinden, ob er unter Drogen stand."

„Und sich die Haut selbst abgezogen hat?"

„Wohl kaum, aber auch der erste Mann, der leider verstorben ist, hatte Halluzinogene im Blut."

„Ein Zuhälter und ein Dealer, was erwartet uns als nächstes, Bandenkrieg? Was kann einen Menschen dazu bewogen haben?", fragte Mike lauter als beabsichtigt.

„In der hintersten Ecke jeder menschlichen Psyche verbirgt sich ein dunkler Fleck, der nach einem bestimmten Erlebnis zu wachsen anfängt, so lange, bis der Verstand desjenigen genauso schwarz wird wie dieser Fleck. Jeder von uns kann zum Mörder werden." Doktor Butz bemaß die beiden Männer mit einem neutralen Blick. Seine wässrigen Augen glichen zwei kleinen Seen nach einem starken Regen, überlegte Mike, und sah wieder zu der Leiche, deren Augäpfel wie zwei schmutzige Tennisbälle in dem verunstalteten Schädel steckten wie zwei Fremdkörper. „Ich muss hier raus", sagte er dann kurz angebunden und sah zu seinem Boss. Auch dessen Teint war grau geworden, und er schien nichts dagegen zu haben.

„Bitte, Doktor Butz, informieren Sie uns sofort, sobald es irgendwelche neuen Erkenntnisse geben sollte, meine Telefonnummer haben Sie ja."

„Aber natürlich, das mache ich mit größtem Vergnügen, wollen Sie nicht bleiben und mir beim Öffnen der Leiche zuschauen?“, fragte der Gerichtsmediziner ohne jeglichen Sarkasmus und warf den beiden einen abschätzigen Blick zu. Seine Stimmlage blieb konstant, nichts schien ihn aus der Ruhe zu bringen. Ob bei schlechten oder bei durchweg positiven Neuigkeiten sprach Doktor Butz ruhig, selbst beim Anblick der Leiche klangen seine Worte sanftmütig.

Liegt wohl an der Kälte und der gespenstischen Ruhe hier, überlegte Mike.

„Wollen Sie vorher einen Kaffee? Ich habe auch noch Kuchen da. Frederik, schalte mal die Kaffeemaschine ein für die Herren“, rief er seinem Helfer zu, ohne dabei herrisch zu klingen.

„Nein, danke“, entgegneten beide unisono und beeilten sich, nach draußen zu kommen.

„Aber wir hätten gern die Abzüge“, warf Mike schnell ein und hob zum Abschied den Arm.

„Wird gemacht!“, hörte der Kommissar Doktor Butz‘ Stimme und riss die Maske von seinem Gesicht, sobald sie auf den breiten Flur traten. „Alleine schaffe ich das nicht“, sprach er hüstelnd und verzog den Mund, weil er glaubte, etwas von der ekelhaften Luft durch einen kleinen Riss eingeatmet zu haben. Er inspizierte die Maske auf weitere Schäden und warf sie in den dazugehörigen Mülleimer.

„Daran habe ich schon gedacht und für dich eine passende Partnerin ...“

„Eine was?“, begehrte Mike auf und erschrak selbst ob seiner Lautstärke. Die Worte prallten von den kahlen Wänden ab und verebbten wie ein Echo irgendwo hinter ihnen. „Du weißt ganz genau, dass ich mit Frauen nicht umgehen kann. Ich kann mich im Beisein einer Frau nicht konzentrieren, auch weiß ich nicht recht, wie ich mich dabei verhalten soll, wenn ich ständig von einer weiblichen Polizistin begleitet werde. Ich mag sie einfach zu sehr, verstehst du?“ Er merkte, wie verkrampft er innerlich war.

„Jetzt beruhige dich doch mal, sie entspricht nicht deinem Geschmack.“

„Ich habe bezüglich Frauen keinen Geschmack, Wilhelm, in dieser Hinsicht bin ich ein Vielfraß, oder warum, glaubst du, hat mich Katrin verlassen?“

„Keuschheit war sicherlich nicht der Grund“, sagte Wilhelm Stuck ruhig und lief den Gang entlang, weitere Gegenargumente ignorierend.

„Wilhelm, ich bin dagegen“, startete Mike Wedekind einen erneuten Versuch, und weil das Gespräch eher privater Natur war, sprach Mike seinen Vorgesetzten mit dem Vornamen an, was er nur in Ausnahmefällen tat. „Im Grunde läuft immer alles auf dasselbe hinaus, und ich kann mich nicht mehr auf die Arbeit konzentrieren. Ja, ich bin ein Typ, der in Anwesenheit von Frauen diese unschönen Gedanken hegt, es sei denn, sie ist hässlich wie die Nacht, was ich nicht glaube, sonst würdest du daraus kein Geheimnis machen. Und auf eine Anklage wegen sexueller Annäherungsversuche habe ich keinen Nerv.“

Wilhelm Stuck freute sich sichtlich darüber, weil sein Kollege sich in Rage redete. Der Kommissionsleiter achtete peinlichst darauf, seine Schadenfreude mit keiner Regung zu verraten.

Kapitel 7

Vielleicht war ich an die ganze Sache zu hoffnungsvoll herangegangen und hatte deswegen die möglichen Konsequenzen ausgeblendet, aber hatte ich eine andere Lösung für mein Problem, vor allem nach dieser Diagnose? Nach dem Arztbesuch und der mehrstündigen Untersuchung hatte ich einen Termin bei einem Psychologen, erst danach fuhr ich zurück zu meinem Container, meinem Refugium, welches ich mein eigenes Zuhause nennen konnte. Mein Gefilde, mein kleines Reich, mein Heim bestand aus einem einzigen Raum, der von dünnen Wänden in noch kleinere Vierecke unterteilt wurde. Ich hatte eine kleine Küche, ein Klo mit Dusche und keinen Fernseher, dafür ein Tablet wie auch einen E-Book-Reader, aber auch ein Bett, auf dem eine gefesselte Frau lag, die mich böse anstarrte.

Der Psychologe wollte von mir wissen, ob ich mit dem Begriff ‚Depersonalisation' etwas anfangen kann. Ich ließ mich von ihm aufklären, dass es sich dabei um eine psychische Störung handelt, bei der sich der Mensch vom eigenen Körper trennt. Es handelt sich dabei um eine Spaltung des Geistes und der Hülle. Sein Fleisch empfindet derjenige als einen Fremdkörper, als etwas, das nicht zu ihm gehört.

Ich wollte wissen, wie er darauf kommt.

„Sie sind emotional taub. Sie wirken leblos und nehmen das, was ich sage, mit einem leichten Schulterzucken auf. So, als wäre es Ihnen egal, dass Sie sterbenskrank sind. Alles scheint Ihnen egal zu sein."

„Ich bin nur ein bisschen müde“, hatte ich zu ihm gesagt und war gegangen.

Nun stand ich wieder da, an dem Ort, der mir mehr als vertraut war, und sah auf die verstörte Frau.

Sie machte einen kalten Entzug durch, daher war die Abneigung, die sie gegen meine Anwesenheit hegte, nicht wirklich gegen mich gerichtet. Ihre persönliche Aversion mir gegenüber hatte ihren Ursprung in dem Konsum von diversen Drogen, der nicht nur ihren Körper, sondern auch den Geist verdreckt hatte. Sie musste gereinigt werden.

Das Verlangen, das sie von innen heraus zerfraß und an ihr zehrte, würde bald nachlassen, das wusste ich aus eigener Erfahrung. Sie würde sich nie wirklich davon befreien können, aber wenn sie stark blieb, könnte sie später ein einigermaßen normales Leben führen.

Nachdem sie mein Erscheinen bemerkt hatte, verzog sich ihr Gesicht zu einer gehässigen Maske. Die Halsmuskeln spannten sich unter ihrer Haut wie Drahtstränge. Während sie den Kopf hob, um mich anzustarren und anzuspucken, keuchte sie mit verzerrtem Mund, an dem eingetrocknete Spucke sich zu weißen Fäden zog, weil sie die rissigen Lippen öffnete. „Ich brauche einen Schuss, du elendes Arschloch, ich verrecke hier, binde mich los“, kreischte sie mit heiserer Stimme und zerrte an den breiten Gurten und Riemen, die sie am Bett festhielten. Schaumflocken spritzten aus ihrem Mund. Ihre rissigen, bläulich schimmernden Lippen waren blutig. An den Mundwinkeln war die Haut gereizt, spröde und rissig, wie auch an Ellenbogen und anderen Gelenken ihres dürren Körpers. Sie war ausgemergelt und verbraucht, sah wie eine Frau mittleren Alters aus mit ihren dreiundzwanzig Jahren. „Du elender Hurensohn, lässt mich hier einfach krepieren!“, brüllte sie mit der hohlen Stimme einer Wahnsinnigen.

„Menschen, die andere als Hurensohn betiteln, bedienen sich eines Umgangstons, der aus der Gosse kommt, fange endlich an, dich anzustrengen und an deiner Ausdrucksweise zu arbeiten. Wenn du in deinem Leben etwas erreichen willst, musst du an deiner Ausdrucksweise arbeiten, das waren deine Worte, bevor du so tief abgerutscht bist. Kannst du dich noch daran erinnern, wie neunmalklug du damals warst? Wo ist das nur hin, deine Spitzfindigkeiten und deine Intelligenz, von Schönheit will ich gar nicht mal anfangen. Nur Primaten benutzen diesen von Obszönitäten gespickten Jargon, hast du mich damals getadelt, nur weil ich einen Autofahrer beleidigt habe, der mich am Zebrastreifen beinahe über den Haufen gefahren hat.“

„Ich muss kacken, du Schwein, mach mich los, oder ...“ Ihr Schreien ging in ein leises Wimmern über. Sie riss den Kopf hin und her und bäumte sich auf. „MACH MICH LOS!“, wiederholte sie. Jedes Wort klang abgehackt, wie ein böser Zauberspruch. Silke Wirth war mein jüngstes Sorgenkind, das ich auf der Straße, besser gesagt in der U-Bahn aufgegabelt und mitgenommen hatte. Der früheren Zeiten wegen, aber auch aus einem ganz anderen Grund hatte ich sie mitgenommen und ihr noch eine Chance gegeben. Sie hatte schon unzählige Therapien hinter sich, die keine positive Wirkung bei ihr hinterlassen hatten. Es war wie mit diesen Diäten, danach hatte man mehr auf den Rippen als zuvor. Nur der Geldbeutel bekam nach diesen Diätversuchen eine schmale Linie. Ich musste lachen.

„Bitte, Underdog“, schlug Silke eine neue Strategie ein und legte ihren Kopf zurück auf das verschwitzte Kissen. Die Luft hier roch säuerlich und ranzig. Ich schloss die Tür auf und das kleine Fenster.

„Ich werde dich losmachen“, sagte ich leise und setzte mich neben sie. Meine Knie knacksten leise, weil ich seit mehreren Stunden unterwegs war. Meine Füße brannten wie Feuer. Ich legte meine Hand auf ihre kalte Stirn und strich ihr die feuchten Strähnen aus den Augen und dem Mund. „Aber nicht jetzt.“

Ihre Augen wurden groß, die Wangen blähten sich auf, der Kopf schnellte zur Seite.

„Du kranker Wichser, bist du eines dieser perversen Schweine, bist du dieser verfickte Hurensohn, der unschuldige Frauen fickt, ohne sie zu bezahlen? Dann fick mich auch und lass mich gehen, lass mich los.“

Ich schüttelte den Kopf und stand wieder auf. „Ich mache uns einen Tee ...“

„Den kannst du dir sonst wohin stecken, du Wichser“, krächzte sie aus letzter Kraft und stöhnte vor Schmerzen. Dabei kam ich mir wie ein Exorzist vor, und sie war die Besessene. Silkes Dämonen wüteten heftig und wollten nicht von ihr ablassen. Aber auch ich hatte diese Qualen durchlebt. Ich war auch im Knast, ich weiß, was es bedeutet, abhängig zu sein. Auch ich konnte mich sehr gut daran erinnern, was es bedeutete, darauf verzichten zu müssen, was früher überlebenswichtig gewesen war und wofür es sich zu leben gelohnt hatte.

Ich ignorierte ihre Verwünschungen und schaltete den Wasserkocher ein, schnappte mir das kleine Gerät, auf das ich mir ein neues Buch hochgeladen hatte, und begab mich nach draußen in die Sonne. Ich nahm Platz in einem klapprigen Gartenstuhl, befreite die Füße von den Schuhen, streckte die Beine aus und versank in den Zeilen, die sich sofort zu Bildern in meinem Kopf verwandelten.

Ich hörte nichts mehr um mich herum - nur die Schreie und Schritte im Buch nahm ich wahr, sah ein Gesicht, einen Mann mit einem Messer, wie er in einer Seitengasse verschwand. Die Buchstaben wurden zu Bildern, nahmen diverse Konturen an und versprühten Gerüche. Die Worte wurden zu Bildern, ich jagte einem Serienkiller hinterher. Ich brauchte diese Auszeit, um das Schreckliche des realen Lebens für einen Moment zu vergessen.

Kapitel 8

Jasmin Silbermond saß in einem leeren Büro und wartete darauf, dass sie in den nächsten Minuten einem Kommissar vorgestellt wurde, der für die nächsten Wochen, vielleicht auch Monate, ihr neuer Partner ... nein, verbesserte sie sich schnell in Gedanken, ein Kollege sein wird. Sie rutschte ungeduldig auf dem Stuhl hin und her und warf einen hastigen Blick auf die Uhr. Tief einatmend richtete sie ihren Rücken gerade und verschob die Uhr auf ihrem Handgelenk so, dass das schmale Lederband nicht mehr auf ihrer Haut drückte. Ihr Herz schlug schneller, weil sie Stimmen und Schritte im Flur zu vernehmen glaubte, die immer deutlicher wurden.

Jasmin blickte sich zur Tür um und wartete darauf, dass die Männer eintraten, aber dem war nicht so. Mit zwei Fingern ihrer rechten Hand strich sie sich die schwarze, seiden glänzende Strähne hinters Ohr und hielt kurz den Atem an. Die Stimmen wanderten an der Tür vorbei und drangen dumpf durch die Wand. Eine klang tiefer und älter, sie gehörte dem Hauptkommissar Wilhelm Stuck, den Jasmin heute Früh kennenlernen durfte. Die andere war nicht weniger angenehm, aber sie klang deutlich jünger und energischer. War das der berühmt-berüchtigte Kommissar Wedekind? Jasmins Kehle wurde trocken. Sie war achtundzwanzig und hatte bisher nur Streife fahren dürfen, dies sollte ihr erster richtiger Einsatz als Kommissarin in der Mordkommission werden. Endlich sollten sich ihre Bemühungen auszahlen, dachte sie mit zwiespältigen Gefühlen: Einerseits freute sie sich darüber, es endlich geschafft zu haben, doch andererseits fürchtete sie sich davor, was auf sie noch zukommen würde. Sie strich sich das Haar, das ihr bis kurz unter die Schulter reichte, erneut hinter das Ohr und lauschte angestrengt den Stimmen.

„Mike, verschone mich mit deinen Kommentaren", wurde eine der Stimme lauter. „Vielleicht liegt es einfach an deinem etwas übermäßig ausgeprägten Geltungsbedürfnis, schon mal daran gedacht? Sie ist nur eine Frau, ein Mensch, eine Polizistin, gottverdammt. Vermutlich hat die mehrwöchige Abstinenz dazu geführt, dass in der kurzen Zeit der Enthaltsamkeit in deinem Kopf eine andere Wahrheit Gestalt annehmen konnte. Was das betrifft, so musst du dich anstrengen, wenn du deinen Job behalten willst", herrschte die rauchige Stimme sein Gegenüber an.

„Aber Wilhelm, es ist beim letzten Mal beinahe schief gegangen. Hast du das etwa schon vergessen? Ich kann nicht klar denken, wenn ich mit einer Frau zusammenarbeiten muss. Sie ist kein Kerl, und hübsch ist sie auch noch", empörte sich Mike Wedekind. Seine Worte ließen Jasmins Wangen glühen. „Wäre sie ein Walross mit fettigen Haaren und schiefen Zähnen, dann ..."

„Jetzt hör auf zu übertreiben", fiel ihm die ältere Stimme ins Wort.

„Schau sie dir an." Jasmin zuckte zusammen. Ihre Augen huschten durch den Raum auf der Suche nach einem venezianischen Spiegel. Doch hier war keiner, außer einem kleinen über dem Spülbecken, sie atmete erleichtert aus und lauschte weiter.

„Das ist doch ihr Foto?"

„Ja“, pflichtete Hauptkommissar Stuck seinem Kollegen bei.

„Und genauso sieht sie in echt aus, oder habt ihr gephotoshopt? Wenn sie nur halb so gut aussieht wie in ihren Bewerbungsunterlagen ... Sieh doch mal, wie zierlich und ... sie ist einfach zu fein für das Ganze ...“

„Was ... ach verdammt, hör jetzt endlich auf, wie eine hysterische Jungfrau zu klingen, die Angst vor ihrer ersten Nacht hat. Sei kein Weichei. Sieh es wie eine neue Herausforderung in deinem neuen Lebensabschnitt an. Wenn du diese Hürde nimmst, liegt dir die Zukunft zu Füßen. Und hör dieses Mal auf deinen Kopf und nicht auf das da ...“

„Also bin ich nur eine Hürde?“, flüsterte Jasmin und schüttelte entgeistert den Kopf. „Willkommen in der Realität.“ So sprachen also Männer, wenn die Frauen nicht anwesend waren. Sie sind alle gleich, rutschte ein weiterer Gedanke nach und wurde von einem leisen Klicken vertrieben, weil sich die Tür einen Spaltbreit öffnete, bevor sie ganz aufging.

Jasmin schluckte schwer und kam sich plötzlich fehl am Platz vor, während sie die beiden Männer stumm musterte.

Wilhelm Stuck war elegant gekleidet und trug einen schlichten, grauen Zweireiher, eine hellblaue Krawatte und ein weißes Hemd. Der andere Mann sah jedoch überhaupt nicht wie ein Polizist aus. Ihre Zuversicht auf eine nette Zusammenarbeit schrumpfte mit jedem Augenblick.

Das dunkle Haar trug der Kommissar zu einem Pferdeschwanz gebunden, sein Gesicht war von einem dichten Bart überwuchert, doch seine Augen hatten etwas, das sie den Atem anhalten ließ.

Eine Polizistin muss ständig Entscheidungen treffen, ohne zu zögern, musste sie plötzlich an einen der Leitsätze denken, vor, während und nach ihrem Dienst, aber welche die richtige ist, muss jeder für sich allein herausfinden.

Das unterschwellige Gefühl des Unbehagens kroch unter ihre Haut wie flüssiges Eis und ließ ihre Nackenhaare zu Berge stehen.

Was soll ich jetzt machen? Mich als erste vorstellen oder sitzen bleiben, wie es sich für eine Dame gehört? Aber bei der Polizei sind wir alle geschlechtslos, wir sind nur Polizisten, die ihre Pflicht erfüllen. Dann fiel ihr das Gespräch der beiden Männer ein.

Und dieser Mann war von sich überzeugt, dass er jede Frau ins Bett bekommt?, wurde ihr nächster Gedanke von dieser banalen Frage überlagert.

Durch seine Vorgehensweise verrät jeder seine Bedürfnisse, schoss ihr der zweite Leitsatz durch den Kopf und ließ ihre Hände schwitzen.

„Frau Silbermond, darf ich Ihnen Ihren zukünftigen Kollegen vorstellen?“

Jasmin zuckte unmerklich zusammen, blickte Herrn Stuck fragend an und stand dann doch auf. Zum ersten Mal musste sie keine Uniform tragen, dabei kam sie sich in ihrem dunklen Hosenanzug ein wenig overdressed vor.

Sie streckte ihre Hand aus und lächelte verhalten. Auch ihr Gegenüber zögerte kurz, ergriff ihre Hand und drückte sie leicht zusammen. Seine Augen bemaßen sie wie ein Scanner von oben bis unten. Seine linke Augenbraue fuhr nur einen Millimeter nach oben.

„Haben Sie schon einmal eine zerstückelte Leiche gesehen?“, wollte Mike Wedekind plötzlich von ihr wissen.

Jasmin hatte mit vielem gerechnet, aber damit sicher nicht.

„Wie bitte?“, stammelte sie und zog ihre Hand zurück.

„Eine Leiche, einen toten Menschen“, sagte er ruhig und steckte seine beiden Hände in die Hosentaschen seiner Jeans, die an den Knien zerrissen war, auch das T-Shirt mit der ausgewaschenen Aufschrift hatte an den Schultern klaffende Löcher.

Durch seine individuelle Vorgehensweise verrät eine Person seine Bedürfnisse, kramte sie wieder in ihrem Kopf den Satz heraus und überlegte kurz. Was wollte er damit ausdrücken?, sinnierte Jasmin. Ob ich eine Anfängerin bin, die der Sache nicht gewachsen ist? „Wenn Sie meinen, dass ich beim Anblick eines toten Menschen zusammenbreche ...“

„Das wäre noch das kleinere Übel. Einige Männer kotzen sich dabei vor die Füße“, unterbrach er sie und wippte ungeniert auf den Fußballen hin und her.

Jetzt begriff Jasmin, was Mike Wedekind, der trotz seines Bartes nicht unsympathisch und auf den zweiten Blick sogar attraktiv war, damit bewirken wollte - er versuchte sie loszuwerden.

„Ich gebe mein Bestes“, entgegnete sie schlicht, „und ja, ich war bei mehreren Unfällen mit dabei, und glauben Sie mir, das, was ich gesehen habe ...“

„Das freut mich sehr für Sie. Schon mal auf einen Menschen geschossen?", fragte er übergangslos und brachte Jasmin erneut durcheinander.

Sie schluckte und blinzelte nur.

„Bevor wir zu dem täglichen Trott übergehen, möchte ich vorab einen Satz loswerden", er lächelte ungezwungen und holte tief Luft, „mit dem Mörder eins zu werden ist letztlich Ziel und Zweck jedes guten Ermittlers, habe ich recht?"

Jasmin nickte.

„Nun zurück zu meiner Frage: könnten Sie jemanden erschießen, wenn es die Situation von Ihnen verlangt? Denn wenn es brenzlig wird, möchte ich mich auf Sie verlassen können."

„Ich glaube schon", flüsterte Jasmin.

Mike Wedekind hob nur die Mundwinkel. „Glaube versetzt bekanntlich Berge, aber heißt es nicht auch, Glaube sei mit Wissen nicht gleichzusetzen?"

Jasmin schwieg.

„Ich möchte, dass wir uns duzen, wenn es Ihnen genehm ist", sagte Mike.

Das leicht aufdringliche Beharren passte genauso wenig zu ihm wie das dümmliche Grinsen, welches sich langsam über seine Züge zog, und größtenteils von seinem dichten Vollbart verdeckt wurde. Er spielte ihr nur etwas vor. Trotzdem fühlte Jasmin sich unwohl dabei.

„Ich bin Mike."

„Ich heiße Jasmin, das ist mir auch lieber." Und ich stehe nicht auf Bärte und Ego-Typen, wollte sie am liebsten hinzufügen, verkniff sich jedoch diese Bemerkung und lächelte stattdessen knapp. Dann schwiegen beide.

„Nachdem ihr euch einander vorgestellt habt, möchte ich einiges besprechen, bevor ich euch alleine lasse“, zerriss Hauptkommissar Stucks Stimme die unangenehme Stille. Jasmin war froh über diese Wendung und drehte sich zu ihrem Vorgesetzten um. Auch Mike blickte seinen Boss fragend an.

„Wir haben bisher nur die einzige Aussage eines Mannes, die jedoch mehr als schwammig ist. Nach meiner langjährigen Erfahrung haben die meisten Zeugen eine Angewohnheit, Ereignisse, also das Erlebte, zu idealisieren oder zu individualisieren. Häufig wird nur das Positive oder nur das Schlimmste bewahrt, und die Wahrheit so verschoben, dass es den Tatsachen überhaupt nicht mehr entspricht. Details werden vergessen, die Lücken mit unterschiedlichsten Fantasien geschlossen, damit das Gesamtbild später auch wirklich passt und ihren eigenen Vorstellungen entspricht. Außerdem war unser Zeuge sturzbetrunken und sprach von einem Dämon. Langer Rede kurzer Sinn, wir haben bisher nichts auf der Hand, was uns weiterbringt. Bis auf zwei Leichen hat uns der Täter keine weiteren Hinweise hinterlassen.“

„Haben wir es hier mit einem Profi zu tun?“, fragte Jasmin. Am liebsten hätte sie sich dafür die Zunge abgebissen.

„Nur, weil die Polizei keine Spuren finden konnte, bedeutet es noch lange nicht, dass der Täter keine hinterlassen hat“, ergriff Mike Wedekind das Wort und griff ungefragt nach einer Mappe, die auf dem ordentlich aufgeräumten Tisch lag. Er fläzte sich in einen der Stühle und blätterte in den Unterlagen. Dann holte er mehrere Blätter heraus und breitete diese auf der dunklen Platte aus. „Ich möchte, dass du einen Blick darauf wirfst“, wandte er sich an Jasmin, ohne sie anzusehen. Seine Augen waren auf die Mappe gerichtet, in der er nach weiteren Hinweisen suchte.

„Ich lasse euch für eine Stunde allein“, murmelte Hauptkommissar Stuck und verließ das kleine Büro.

„Nimm ruhig Platz, dieser Tisch gehört ab heute dir“, sagte Mike, stand auf und ging zum Fenster.

Sobald Jasmin die Fotos erblickte, lief ihr ein kaltes Kribbeln über den Rücken. Sie starrte auf zwei Männer. Beide hatten kein Gesicht mehr. Ihr Blick klebte am linken Abzug. Das bunte Haar des Leichnams stand in krassem Kontrast zu der gräulich-schwarzen Fläche, die früher sein Gesicht war.

„Und noch etwas, dein Parfüm.“

Ihre Blicke trafen sich. Jasmin schnupperte unbewusst in die Luft. „Ist es unangenehm?“

„Eher unangebracht. Ein Kommissar trägt keins, wenn er im Dienst ist, es kann den Tatort verfälschen“, sagte Mike wie beiläufig und senkte den Blick wieder. So, als sei nichts gewesen, blätterte er weiter in dem dicken Ordner und ließ Jasmin mit ihren Gedanken allein.

Kapitel 9

„Silke, ich weiß, was du durchmachen musst“, flüsterte ich und tupfte der Frau die Stirn trocken.

„Du bist ein Arschloch, ‘nen Scheißdreck weißt du“, schrie sie und presste dabei die Lippen zusammen, so als hätte sie Wehen. Sie keuchte und schnappte nach Luft. Ein leises Winseln drang durch ihre rissigen Lippen. Tränen kullerten über ihre eingefallenen Wangen und ließen ihr verhärmtes Gesicht glänzen.

„Du kannst den Schmerz wegatmen, konzentriere dich ...“

„Verpiss dich einfach und binde mich los!“, brüllte sie und zerrte an den Fesseln.

„Mir ist vollkommen bewusst, dass die Chance des Scheiterns größer ist als die des Erfolgs, aber auch ich bin davon weggekommen.“

„Halt einfach deine verdammte Fresse und gib mir etwas“, empörte sich Silke, jedes Wort klang abgehackt und einzeln betont.

Ich strich ihr das Haar von der Stirn und stand auf, sah auf sie herab und versuchte, mir das frühere Bild ihrer Selbst vor mein inneres Auge zu zerren. Ihre vormals forschen Augen waren nun stumpf und verweint, der Blick vom Hass getrübt, die Tränensäcke angeschwollen und dunkel wie zwei Nacktschnecken.

Sie schüttelte den Kopf, nun klebte das Haar wieder feucht an ihrer Stirn. Das Laken, durchtränkt von Urin, begann zu stinken.

„Und, bist du endlich zufrieden? Wolltest du mich genau da unten sehen? Ich habe mir in die Hose gepisst, bist du jetzt glücklich?“, spie sie die Worte wie Gift aus.

„Das ist nichts im Vergleich zu dem, was dir noch bevorstehen könnte, wenn du dich nicht fängst.“

„Hör bloß damit auf, mir deine Moralpredigten vorzutragen, deine Scheinheiligkeit geht mir am Arsch vorbei.“

„Denke an deine Eltern. Deinen Sohn hast du schon verloren.“

„Ich habe ihn abgetrieben. Wenn schon, dann sollten wir das Kind beim Namen nennen, und ich habe es nie bereut, was hätte das Kind denn für eine Zukunft gehabt?“ Ihr Schreien ging in ein Weinen über. Speichel klebte an ihren Lippen und zog sich zu dünnen Fäden, während sie mich anschrie.

„Die Ungewissheit grämt die Hinterbliebenen noch viele Jahre nach dem Tod des geliebten Menschen. Damit sind deine Eltern gemeint, du weißt gar nicht, was du ihnen antust.“

Zum ersten Mal schwieg Silke. „Ich gewähre dir eine letzte Chance, obwohl du sie eigentlich schon längst verspielt hast. Deine Mutter, dein Vater und dein Bruder, sie werden von Fragen geplagt wie: Was wäre, wenn die Behandlung doch angeschlagen hätte? Eltern und Geschwister, die ihre Liebsten für immer verloren haben, müssen mit diesem Schmerz leben, ohne jemals zu erfahren, ob ein Danach existiert, keiner von uns weiß, ob es den Himmel gibt, auch wenn wir uns das sehr wünschen und herbeisehnen. Meine Mutter starb an Krebs, sie hat für ihr

Leben gekämpft und dennoch den ungleichen Kampf verloren, und du wirfst dein Leben einfach so weg. Nur damit du für zwei Stunden im Nichts verschwinden kannst, um alles um dich herum zu vergessen?“

„Mein Leben ist beschissen, ich habe zwei Mal versucht, es zu beenden, aber es hat nie richtig geklappt. Ich habe mir beim letzten Suizidversuch, wie es so schön genannt wird, das Bein gebrochen, weil ich aus dem Fenster auf ein scheiß Auto gekracht bin anstatt auf den Asphalt. Siehst du diese Narbe, ich habe mit meinem Schädel die Windschutzscheibe eingeschlagen und den Sturz trotzdem überlebt. Ironie des Schicksals, wolltest du mir das sagen, Underdog, wie heißt du eigentlich? Warum versteckst du dich hinter so einem scheiß Pseudonym? Hast du etwa Angst, dass man in deiner Vergangenheit etwas findet, das dich nicht mehr so cool erscheinen lässt? Bist du so ein Scheinheiliger, der Wein predigt und Wasser einschenkt?“ Der Zorn in ihrer Stimme war nicht zu überhören.

„Das heißt Wasser predigt und Wein trinkt“, korrigierte ich sie mit matter Stimme.

„Das ist doch jetzt egal, oder? Warum ich? Warum hast du mich verschleppt? Ist es wegen Selma? Sie war eine Schlampe. Ich kann doch nichts dafür. Du hättest dich für eine andere entscheiden können. Warum ausgerechnet ich? Hast du mir etwa nachgestellt? Bist du einer dieser perversen Kreaturen?“

„Nein. Das war eher göttliche Fügung.“

„Das, was du sagst, ist Blasphemie.“

„Aber nur, wenn ich an Gott glauben würde“, konterte ich mit gelassener Stimme und stand auf.

„Ach, hier steckst du also“, erscholl eine tiefe Stimme hinter mir und ließ mich herumfahren. „Hätte ich mir doch denken können“, sagte der ungebetene Gast, er klopfte gegen die Scheibe. Ich ging zur Tür und wurde von der Sonne geblendet. Noch bevor ich reagieren konnte, sprang mich der Schatten an, ohne dass ich in ihm ein Gesicht erkennen konnte. Seine Faust traf mich am Kinn und knipste mir das Licht aus. Ich fiel zu Boden und spürte nur einen kurzen Schmerz am Hinterkopf, wie er aufflammte und sofort wieder erlosch, mit ihm auch meine Besinnung.

Zwei Tage später
Kapitel 10

Muchtar Roth war auf der Suche nach dem nächsten Kick und einem kleinen Zuschuss. Er war wie so oft pleite. Sein Vater weigerte sich seit letztem Sommer, ihm etwas beizusteuern, nachdem Muchtar seine Ausbildung zum KFZ-Mechaniker fristlos beendet hatte, weil sein Chef ihn als einen Halbkanaken bezeichnet hatte. Das war seine Version der Auseinandersetzung, die Muchtar seinem strengen Vater aufgetischt hatte, die jedoch so überhaupt nicht stimmte.

Aber heutzutage reagierte jeder allergisch darauf, wenn es um die Hautfarbe ging. Und da kümmerte sich niemand sonderlich darum, ob die Beschuldigungen stimmten. Die Eltern waren mit allem überfordert und hatten sehr wenig Zeit für ihre Kinder. Die Schnelllebigkeit unserer Gesellschaft spaltete nicht nur Familien, und das nutzte Muchtar in vollen Zügen aus. Aber sein Vater setzte sich für ihn ein und ließ die Sache nicht auf sich sitzen. Nur weil jemand ein Ausländer war, war man noch lange kein Verbrecher, hatte sein Vater ihm stets eingetrichtert, und wollte die Gegenargumente seines Ausbilders gar nicht anhören. Doch irgendwann wurde auch seinem Vater alles zu bunt, denn Muchtar flog auch später aus einer anderen Firma, in der er als Lagerist arbeitete. Für den Mindestlohn ackerten nur die Dummen, fand Muchtar und warf das Handtuch. Seinem Vater platzte bald der Kragen, er wollte nicht einsehen, dass er für seinen ältesten Sohn und die anderen zwei Geschwister den Lebensunterhalt mitfinanzieren musste, obwohl sie alle schon aus dem Haus waren.

Muchtar stand jetzt an der U-Bahn und baldowerte die Gegend nach einem potentiellen Opfer aus.

„Was hältst du von dem alten Knacker?“, hörte er das krächzende Geflüster seines Kumpels Tristan, der mit beiden Händen in den Hosentaschen dicht neben ihm stand und mit seinem kantigen Kinn auf einen Obdachlosen deutete.

„Nee, der sitzt direkt gegenüber einer scheiß Kamera. Außerdem hat er einen Hund bei sich.“

„Ach, der tut nichts, schau, wie alt der Köter ist.“

„Und was sollen wir mit dem Penner machen? Ne Visa-Karte klauen oder seine Rolex?“, erwiderte Muchtar schnippisch, schniefte und spuckte einen weißen, glibberigen Klumpen direkt vor seine neuen Schuhe auf den dreckigen Boden.

„Was ist mit der Tusse? Ein Tritt gegen den Rücken, und schon fliegt sie samt ihrer teuren Tasche die Treppe runter.“

Die beiden jungen Männer standen auf dem obersten Treppenabsatz. Dieser Vorschlag gefiel Muchtar schon eher. Er verfolgte stumm mit seinem Blick eine junge Frau, die adrett gekleidet war und schnell nach unten eilte. Ihre Absätze klackerten auf den steinigen Stufen. Sie stolperte und fing sich jedoch sofort. Nun war der Augenblick verflogen.

„Du sollst nicht auf ihren Arsch starren, Muchtar, was bist denn du für ein geiler Bock?“

„Ich bin ein Türke, und wir lieben hübsche Frauen."

„Das bist du nicht, dein Vater is'n Deutscher. Und du sprichst kein türkisch", sagte Tristan. „Nur, weil du einen schwarzen Bart und einen halben Schwanz hast, bist du ..."

„Halts Maul, wir werden nur beschnitten."

Das Grinsen auf Tristans Gesicht wurde breiter. Sein glasiger Blick begann zu funkeln. „Warum gehst du dann immer in die Kabinen? Pisst du etwa im Sitzen?" Tristan lachte schallend über seinen eigenen Witz und zog die Aufmerksamkeit mehrerer Passanten auf sich.

„Fresse", knurrte Muchtar und rammte seinem neuen Kumpel den rechten Ellenbogen in seinen Magen. Tristan war in Ordnung, aber manchmal war er unausstehlich, wie jetzt gerade eben. Er war wieder auf Drogen, er zappelte unentwegt. Seine rechte Fußspitze klopfte ununterbrochen auf den Boden.

„Hör auf zu zappeln", knurrte Muchtar und schlug mit einem rechten Haken wie ein Boxer nach Tristans Schulter.

Doch Tristan hatte mit so einer Reaktion gerechnet und drehte sich geschickt von dem Schlag weg. „Ich brauche einen Schuss, und du bist ein Schisser, hast dich sogar von einem Penner zusammenschlagen lassen." Tristans Mund wurde von einem bösen Lächeln umspielt.

„Das war kein Penner, er war ein Bulle."

„Ja klar, nur hat keiner seinen Dienstausweis gesehen. Viel Spaß beim Auf-die-Ärsche-schauen, du Gangster", sagte Tristan, fuhr sich mit der Zunge unter die Oberlippe und strich sich mit der Hand über seinen Drei-

Tage-Bart, der in der abendlichen Sonne rot schimmerte, genauso wie sein kurzes Haar.

„Verpiss dich, du Irrer!“, blaffte Muchtar, ohne seinen Kumpel eines Blickes zu würdigen. Langsam lief er nach unten.

„Ich bin ein Ire, kein Irrer, du Schwachkopf“, warf Tristan Muchtar hinterher und wandte sich in die entgegengesetzte Richtung.

Muchtar ging bis ganz nach unten, blieb mit dem Rücken gegen eine Infotafel gelehnt einfach stehen und ließ seinen Blick zuerst nach links, dann nach rechts schweifen. Angenehme Wärme pulsierte durch seine sämtlichen Glieder, als er einen älteren Herrn in der Menge entdeckte. Die Menschen zwängten sich in einen der Waggons. Muchtar wartete die Situation ab. Diesen alten Herrn kannte er vom Sehen her. Der stets adrett gekleidete Mann stieg immer mit ihm zusammen aus und wurde von seiner Geliebten abgeholt, die mindestens zwanzig Jahre jünger war als er. Dem werde ich schon eins reinwürgen, dachte Muchtar und stieß sich von der Tafel weg. Dann ging er etwas schnelleren Schrittes zum selben Waggon, ohne dabei zu rennen, um später nicht von den Überwachungskameras als verdächtig eingestuft zu werden. Schließlich saßen dort vor den Bildschirmen Menschen, die später von der Polizei befragt werden konnten, auch wusste er nicht, über welchen Zeitraum die Aufnahmen archiviert wurden. Mit klopfendem Herzen ließ er sich von dem Strom der anrückenden Menschen in das stickige Innere hineinzwängen.

Der ermüdende Tag ging bald zu Ende und versprach endlich ein kurzweiliges Spektakel, bei dem für Muchtar etwas herausspringen konnte, das ihn für mehrere Tage befriedigen und in der Ganghierarchie weiter aufsteigen lassen würde. Er steckte seine rechte Hand in die Hose und nestelte an seinem neuen Samsung. Das Ding hatte ihn satte zehn Sekunden seines Lebens gekostet, dafür hatte er ein heftiges Schulterklopfen von Benny geerntet, weil er das Smartphone einem Schüler abgenommen hatte.

Wenn er beweisen wollte, dass er mehr draufhatte, als nur ein Handy einem kleinen Jungen aus den Händen zu entreißen, musste er dieses Ding hier durchziehen und dabei alles filmen, sodass sich nachher keiner erdreistete, Muchtar einer Lüge zu bezichtigen.

Muchtar stand zwischen zwei Männern. Er zwängte sich zwischen den beiden Bauarbeitern heraus und machte einen Schritt nach links. Nun war sein rechter Handrücken gegen den weichen Po einer Studentin gepresst. Muchtar grinste zufrieden. Das Mädchen murmelte etwas, bewegte sich jedoch nicht. Dann stand ein pickliger Typ auf, der vorher noch tief zu schlafen schien, und bahnte sich den Weg zur Tür. Das blonde Mädchen nutzte die Gelegenheit und ließ sich in den Sitz fallen. Muchtar knurrte und suchte wieder den alten Mann. Ich werde ihn überfallen und alles filmen, damit auch Tristan endlich die Schnauze hält und mich nicht mehr aufzieht, sinnierte er und kontrollierte den Akku. Dreißig Prozent. Müsste reichen, sagte er zu sich selbst und steckte das Telefon zurück in die Hose.

Der Grund, warum er sich auf der Toilette immer einschloss, war simpel und peinlich zugleich, er war gar nicht beschnitten, sein Vater war dagegen gewesen. Er war kein gläubiger Moslem und erlaubte keinem seiner Kinder, in die Kirche oder Moschee zu gehen. Auch seine Mutter teilte dieselbe Meinung über Gott. Aber Muchtar wollte lieber ein Türke als ein Deutscher sein, das war einfach cooler.

Nach zwei Stationen stieg der alte Mann aus und ging nach oben zu den Zügen. Muchtar folgte ihm unauffällig.

Trotz seines hohen Alters war der Mann sehr flink zu Fuß, sodass Muchtar einen Zahn zulegen musste und beinahe den Einstieg verpasst hätte. Zum Glück drückte eine korpulente Frau mit einem Koffer im Schlepptau die Türe wieder auf und wuchtete ihr Gepäck mit puterrotem Gesicht nach oben. Sie roch nach Zigaretten, Parfüm und Schweiß. Ihr lockiges, graues Haar lugte unter einem bunten Hut hervor. Muchtar lächelte die Frau flüchtig an und bedankte sich bei ihr in Gedanken. Sie hielt sich schwer atmend an der Stange fest und tupfte sich die Stirn ab. „Das nächste Mal nehme ich den Flieger“, sprach die Frau zu sich selbst und holte tief Luft.

Auch hier war kaum Platz. Zwischen einem dicken Mann, der nach ranziger Butter roch, und einer dürren Punkerin eingeklemmt, starrte Muchtar auf die verkratzte Scheibe, in der er die vage Reflexion des Mannes erahnen konnte. Er hielt den Blick unentwegt darauf gerichtet, und ließ sich nicht von der Stelle schieben, um sein Opfer nicht aus den Augen zu verlieren. Noch immer dachte er daran, wie stolz er seinen Jungs das Video präsentieren würde, um endlich als ebenbürtiges Mitglied akzeptiert zu werden.

Die Fahrt dauerte eine gute Viertelstunde und verlief ohne Zwischenfälle.

Der Zug hielt an und verscheuchte Muchtars Gedanken, in denen seine Hände mit Blut besudelt waren. Muchtar war für einen Moment schockiert ob solcher Vorstellung, die sich hinter seiner Stirn eingenistet hatte. Er schüttelte kurz den Kopf, um die unschönen Bilder aus seinem Kopf zu vertreiben.

Die Menschen bewegten sich wieder nach draußen und verschwanden in beide Richtungen. Draußen wurde es zunehmend dunkler. Sein Zielobjekt stand eine geschlagene Minute unentschlossen da und blickte sich ständig um. Muchtar versteckte sich derweil hinter einer Laterne und hielt seinen Kopf leicht zu Boden gesenkt. Auch stülpte er sich jetzt die Kapuze über und tat unauffällig. Er mimte einen leicht betrunkenen Mann, einen, der nicht viel von der Umwelt mitbekam. Immer wieder warf er einen kurzen Seitenblick zu dem Mann, der einen beigen Mantel und einen braunen Krempenhut trug. Er sah immer wieder auf sein Handgelenk. Die goldene Uhr sah richtig teuer aus. Das schlohweiße Haar des Mannes hatte einen gelben Stich in dem Lichtkegel der großen Laterne, unter der er auf jemanden zu warten schien.

Muchtar blieb so lange reglos stehen, bis niemand mehr da war. Langsam richtete er sich auf und schlenderte gemächlichen Schrittes auf den aufgeschreckten Mann zu.

Wie vom Donner gerührt, gab er einen erstickten Laut von sich und machte zwei schnelle Schritte in die Dunkelheit, bemerkte jedoch sogleich, dass dort der Bahnsteig in einem unbefestigten und von dornigen Büschen überwucherten Untergrund endetet. Er lupfte kurz seinen Hut, hüstelte und wollte an Muchtar vorbeilaufen, doch Muchtar verpasste dem Mann einen kurzen, heftigen Stoß mit der Schulter, sodass dieser zur Seite geschleudert wurde. Erst jetzt bemerkte Muchtar, dass sein Opfer eine Aktentasche unter seinem linken Arm geklemmt hielt.

„Was ist los?“, tat Muchtar cool und holte sein Smartphone aus der Hose, schaltete die Kamera ein und steckte das Gerät in seine Brusttasche, jetzt hatte er wieder seine beiden Hände frei, die er zu zwei Fäusten ballte. „Was ist dein Problem, Alter?“

„Bitte, ich habe nichts bei mir“, stotterte der alte Herr und nahm den Hut vom Kopf, den er sich gegen die Brust presste, als stünde er vor einem Richter. Die welligen Sorgenfalten auf seiner Stirn wurden tiefer.

„Und was ist mit der Rolex? Du verdammter Schnösel.“

„Sie meinen die Uhr?“ Er hob den linken Arm hoch.

Muchtar nickte knapp. „Her damit.“

„Das ist keine Rolex.“

„Verdammt“, fluchte Muchtar in sich hinein. Diese Stelle werde ich später herausschneiden müssen, dachte er und prüfte mit den Fingern, ob das Handy immer noch in seiner Brusttasche war. „Trotzdem, gib mir die Uhr und deinen Geldbeutel, her mit dem Zeug.“ Auf weitere Sticheleien hatte er nämlich überhaupt keinen Bock.

„Aber die hat nur einen persönlichen Wert, ansonsten bringt Sie Ihnen nicht viel. Diese Uhr gehörte einst meinem Vater, der sie seinerseits einem russischen

Kommandeur abgenommen hatte, nachdem sich der Gefangene den deutschen Truppen ergeben hatte."

„Also bist du ein Nazi?"

„Um Gottes willen, nein. Aber glauben Sie mir, ich würde Sie liebend gern fürstlich entlohnen, wenn ich etwas dabeihätte. Ob Sie mir glauben oder nicht, aber ich habe nichts sonderlich Wertvolles bei mir. Ich bin nur ein pensionierter Professor. Der gerne ..."

„Halt die Fresse und gib deine Uhr und ..."

„Ich habe schon verstanden, Sie wollen mein Portemonnaie", stotterte der Mann. Er klemmte die Aktentasche umständlich zwischen seine wackeligen Beinen und begann, in der Innenseite seins Mantel zu kramen. In der Ferne tauchten zwei Lichter eines sich schnell nähernden Zuges auf. Das bläuliche Weiß vertrieb die Finsternis und kam immer näher.

„Beeil dich, Mann", knurrte Muchtar und packte den Professor an seinem knochigen Ellenbogen. Seine Kehle wurde trocken. Auf einen Zeugen hatte er überhaupt keine Lust. Alles geriet außer Kontrolle. Die warme Luft roch auf einmal nach Urin und schmeckte bitter. Muchtar blickte sich hastig um und zerrte den Mann vom Bahngleis weg.

„Wo wollen Sie hin? Ich beeile mich doch so schon. Meine Tasche." Der Mann riss sich für einen kurzen Augenblick aus seiner Umklammerung los, doch Muchtar packte ihn mit der anderen Hand am Revers und verstärkte seinen Griff.

„Besonders altruistisch scheinen mir Ihre Taten nicht zu sein", gab sich der alte Mann plötzlich trotzig. „Ich habe den Notrufknopf betätigt." Seine wässrigen Augen begannen zu leuchten. Seine schmalen Lippen glänzten feucht und zuckten. „Ich trage dieses Gerät immer bei mir. Ich bin vielleicht alt, aber noch lange kein seniler alter Trottel. Da ist ein GPS-Sender drin, und glauben Sie mir, alles, was Sie ab jetzt sagen, werde ich damit aufnehmen."

Der alte Sack bluffte nicht, fuhr es Muchtar durch den Kopf. Die Bahn kam immer näher, das runzlige, fahle Gesicht des Professors wurde in weißes Licht getaucht.

„Dieses Fläschchen ...", plötzlich hielt der Greis eine kleine Spraydose zwischen seinen dürren, krummen Fingern, „ist noch neu. Das Reizgas kann dir das Augenlicht nehmen, wenn du mich dazu zwingst, davon Gebrauch zu machen", krächzte der Mann und leckte kurz über seine runzligen, von unzähligen Fältchen übersäten Lippen.

Hätte ich dich nicht von den Gleisen weggezerrt, würde ich dich vor die Räder werfen, wollte Muchtar schon sagen, besann sich aber anders und ließ von dem Mann nun vollends ab.

„Papa?!", ertönte eine weibliche Stimme und jagte Muchtar eine Kältewelle durch den gesamten Körper. Er duckte sich wie vor einem Schlag schützend und sah zu, dass er hier verschwand. Muchtar war so erpicht darauf, in der Dunkelheit schnellstmöglich zu verschwinden, dass er alles um sich herum ausgeblendet hatte und nicht bemerkte, wie er von einem Schatten dichtauf verfolgt wurde.

Am nächsten Tag

Kapitel 11

Mike Wedekind trat in sein Büro und traf auf seine gut aussehende Kollegin, die wie immer adrett gekleidet war und früh am Morgen genauso frisch aussah wie am späten Abend, was er von sich zu keiner der beiden genannten Zeiten behaupten konnte. Sie saß am Tisch und war in die Arbeit vertieft. Blätter raschelten, im Hintergrund spielte leise das Radio. Ein Hauch von angenehmem Frauenparfüm schwebte in der Luft.

Jasmin hob den Blick von den Akten und sah ihn abwartend an.

„Na, Dornröschen, gut geschlafen heute?“, fragte er salopp und zeigte sich, wie schon in den letzten Tagen, von seiner unattraktivsten Seite. Er wollte Jasmin einfach loswerden. Hinter seiner Nonchalance verbarg sich ein unsicherer Mensch, und den wollte Mike auf keinen Fall zeigen, darum bemühte er sich, immer überzeugend zu klingen.

„Das zieht bei mir nicht, Mike. Die dummen Sprüche pubertierender Jungs habe ich mir schon auf der Uni zur Genüge anhören müssen.“

„Auf der Uni?“

„Ja, auch dort gibt es Männer von deinem Schlag.“

„Ich habe eine gute und eine schlechte Nachricht, welche wäre dir lieber?“

„Diesem Satz ist ein längerer Bart gewachsen als du einen trägst, aber was soll's, zuerst die schlechte.“ Jasmin schob die Akten beiseite, bedachte ihn mit einem flackernden Augenzwinkern und schenkte ihm ihre vollste Aufmerksamkeit. „Ich bin ganz Ohr“, tat sie interessiert.

Auch wenn ihr Blick leicht verträumt schien, verrieten ihre Gesichtszüge, wie angespannt und aufgebracht sie tatsächlich war. Mike grinste spöttisch und trat an den akkurat aufgeräumten Tisch, der ihn an seinen ehemaligen Partner erinnerte. Jürgen war auch ein pedantischer Workaholic. Er setzte sich auf die Kante, dabei überkreuzte er die Beine.

„Mein Kollege Jürgen Welsch hat sich in seinem Urlaub verletzt, was bedeutet, dass wir weiterhin zusammen an dem Fall arbeiten werden.“

„Und jetzt die gute.“ Jasmin faltete gespielt die Hände zusammen, dann drückte sie die Handflächen wie zu einem Gebet aufeinander und hob die Fingerspitzen zu ihrem Mund. „Mike, ich will es unbedingt wissen.“

„Das macht gar keinen Spaß, wenn du mich auf den Arm nimmst“, entgegnete Mike.

„Ganz meinerseits. Ich bin vielleicht neu und auch naiv, aber ich bin kein blödes Flittchen. Ich will nichts von dir, Mike, du bist auch nicht mein Typ“, wechselte sie kurz das Thema. „Du bist ein Macho, auch ein Draufgänger. Mag sein, dass manche Frauen auf dich stehen, und das ist gut so, doch solche Typen sind meistens Einzelgänger. Außerdem steht bei mir die Arbeit im Vordergrund. Ich will nicht schwanger werden und später zu Hause bleiben müssen, um auf die Kinder aufzupassen. Noch nicht. Ich habe diese Entscheidung intuitiv getroffen und bin immer noch davon überzeugt, dass sie richtig für mich ist. Jetzt sag schon, was du mir vorhin sagen wolltest, und lass mich bitte weiterarbeiten."

„Wir haben eine weitere Leiche", brummte Mike, stemmte sich von der Kante ab und ging zu der Korktafel.

„Was soll daran bitteschön gut sein?", wollte Jasmin mit leicht schriller Stimme wissen, was ihre Unsicherheit nun doch unterstrich.

Mike jubelte innerlich.

„Es ist natürlich tragisch, dass ein junger Dealer dabei ums Leben gekommen ist, aber wir sind dieses Mal fast die ersten!" Mike drehte sich auf dem Schuhabsatz um und hob den Zeigefinger. „Verstehst du? Wir beide." Er zeigte mit dem Finger mehrmals abwechselnd zuerst auf Jasmin, dann auf sich, bevor er weitersprach: „Du und ich dürfen einen Tatort begehen, der noch nicht von einer Herde unzähliger Menschen kontaminiert wurde."

„Ist die Leiche denn schon identifiziert worden?"

Mike presste kurz die Lippen aufeinander, verschränkte die Arme hinter dem Rücken und sagte: „Ja. Mathias Roth, Straßenname Muchtar, ist unser Mann. Er war kein unbekannter Dealer, dennoch wurde er nicht sonderlich akzeptiert, weil er sein Zeug mit Aspirin und anderen Chemikalien gestreckt hat. Das unterstreicht wiederum meine These, dass unser Mörder kein Nazi ist, wie es im heutigen Jargon heißt. Er tötet nicht ausschließlich Menschen, die keine arischen Gesichtszüge aufweisen. Das wurde zumindest anfänglich in Betracht gezogen."

„Also ist die Polizei anfänglich davon ausgegangen, dass wir es mit einem Täter zu tun haben, der ausländerfeindliche Neigungen hat?"

„Korrekt."

„Aber ist Muchtar ..."

„Mathias Roth ist fifty-fifty. Deutsch-Türke oder Türk-Deutscher, da will ich nicht ins Detail gehen. Für mich haben Verbrecher keine gültige Nationalität."

„Nachdem unser Verhältnis geklärt ist, können wir zur Tagesordnung übergehen", wechselte Jasmin das Thema. Sie stand auf, strich ihre Hose glatt und zupfte an ihrem Jackett. Nachdem sie mit sich zufrieden war, sah sie Mike auffordernd an. „Ich wäre soweit."

Mike runzelte die Stirn.

„Los, lass uns zum Tatort fahren."

Mikes Mundwinkel zuckten. „Ich brauche etwas zum Schreiben."

„Ich habe alles dabei", fuhr sie ihm ins Wort und griff nach einer dünnen Mappe aus schwarzem Leder.

„Dann los, Ladys first." Er deutete auf die Tür.

„Ein Gentleman hält für gewöhnlich einer Dame die Tür auf."

„Aber nur, wenn er ihr den Hof macht. Ich dachte, wir haben unser Verhältnis geklärt."

Jasmin schmunzelte, schritt zur Tür, machte sie auf und schloss sie wieder hinter sich. Ihre anfängliche Scheu war seit gestern verflogen, und die Eingewöhnungsphase war auch erfolgreich abgeschlossen. Sie wusste, woran sie hier war, und wie manch einer der Männer hier tickte. Die Ellenbogen-Technik musste nun zum Einsatz kommen, wenn sie sich behaupten wollte, was sie auch tat.

Mike war ob solcher Wendung sehr überrascht, hätte er nicht aufgepasst, wäre er tatsächlich gegen die geschlossene Tür gelaufen. Er griff nach der Türklinke, riss die Tür auf und trat in den Flur. Mit einem schiefen Lächeln sah er Jasmin hinterher, die den breiten und trostlosen Flur entlanglief. „Kann es sein, dass du dich wegen sozialer und womöglich familiärer Ausgrenzung zu einem egoistischen und egozentrischen Geschöpf entwickelt hast?“, rief er ihr nach und sah zu, dass er sie einholte. Die grauen Wände und der dunkle Boden machten den Korridor zu einem Tunnel, der von dem grellen Licht der Deckenbeleuchtung in ein kaltes Weiß getaucht wurde.

„Ist dir eigentlich bewusst, Mike, dass du gerade eben laut über dich selbst gesprochen hast? Aber man kann sich therapieren lassen. Mein Vater ist Psychiater, wenn du willst, kann ich dir seine Nummer geben“, entgegnete sie kühl, den Kopf leicht zur Schulter gedreht. Ihr Haar wogte und warf Wellen, weil irgendwo eine weitere Tür aufgerissen wurde. Der Windzug kroch Mike in den Kragen und jagte ihm eine Gänsehaut über den Körper.

„Oft frönen Mörder einer ihrer alten Begierden, die sie seit ihrer Kinder beherrschen. Wir müssen herausfinden, warum er jetzt zuschlägt und was ihn dazu antreibt, so brutal vorzugehen. Er reißt seinen Opfern das Gesicht ab. Der Anblick wird kein schöner sein, Jasmin, das meine ich jetzt wirklich ernst.“

Jasmin lief einfach weiter.

Mike hatte sich schon die ersten Bilder des Toten zuschicken lassen und wusste, was ihn erwartete. Ob Jasmin gegen solche Scheußlichkeiten gewappnet war, das würde sich bald herausstellen.

Draußen war der Himmel blau und wurde nur von einzelnen Wolken bedeckt, die wie Zuckerwatte aussahen und schwerelos dahinglitten. Mike setzte seine Ray Ban auf und warf sich einen Kaugummi in den Mund.

Jasmin stand neben ihm. „Was meinst du, Mike, warum machen das manche Menschen?“

„Was?“

„Die anderen auf so eine bestialische Art zu töten. Ist es Rache? Aber warum dann so viele?“

„Entweder, diese Männer haben gemeinsam unserem Mörder auf den Schlips getreten, oder er ist - salopp ausgedrückt - ein Serienkiller und hat Spaß daran, anderen das Gesicht abzuziehen.“

Jasmin kniff kurz die Augen zusammen und setzte ihren Weg fort. Sie bewegte sich Richtung Parkplätze. Mike folgte ihr. Der Minzgeschmack in seinem Mund kühlte die warme Luft, die er einatmete. Die Blätter in den Baumkronen, die den Weg flankierten, raschelten und suggerierten den Fußgängern, dass die Welt noch in Ordnung war.

„Die Abstände werden kürzer, oder liege ich da falsch?“, ergriff Jasmin erneut das Wort.

„Er fühlt sich sicher, oder ihm rennt die Zeit davon“, konkretisierte Mike trocken und beantwortete so ihre Frage.

„Aber sind die meisten Serientäter nicht minderbegabte, unauffällige Personen, die durch ihre Art kein Aufsehen erregen? Sie sind nette Nachbarn, hilfsbereit und leben zwischen uns, ohne dass wir ihre Anwesenheit wahrnehmen?“

„Da magst du recht haben. Aber dieser plant seine Taten, da bin ich mir sicher. Er vergewaltigt sie nicht, er verstümmelt sie auf ein und dieselbe Weise, er hat eine Handschrift, eine sehr bestialische, aber eine, die nicht gefälscht werden kann."

„Hältst du das für möglich oder bist du fest davon überzeugt, dass wir es hier mit ein und demselben Mörder zu tun haben?"

„In einer gewaltbereiten Welt ist alles möglich. Aber ich gehe stark davon aus, das ist ein und derselbe Typ."

Jasmin wurde langsamer, blieb dann vor einem Porsche stehen und sah zu Mike. Mike grinste innerlich und freute sich schon, welches Gesicht seine neue Kollegin gleich machen würde, wenn sie erfuhr, dass er sie nicht in diesem teuren Schlitten durch die Berliner Straßen kutschieren würde, sondern in einem unverwüstlichen Golf mit Dellen und Rostflecken.

„Sind diese Täter vielleicht deswegen so kaltschnäuzig, weil ..."

„Ich möchte nicht länger philosophieren, Jasmin. Du hast recht. Der Erfolg, den unser Mörder momentan genießt, ist eine Art Garantie für ihn. Er schwelgt in Sicherheit, noch!" Mike steckte die Hand in seine Jeanshose und fischte die Schlüssel zu seinem Wagen heraus. „Kaltschnäuzigkeit, Gerissenheit, Brutalität und Unverfrorenheit sind nur einige Attribute, die zu unserem Mörder passen, aber er ist nicht von heute auf morgen zum Mörder geworden, er muss ja vorher irgendwo gelebt haben. Das Untier in ihm hat all die Jahre geschlummert, um eines schönen Tages zu erwachen. In seinem Kopf wurde ein

Schalter ausgelöst, etwas ist passiert, was ihn dazu gebracht hat, diese Taten zu begehen. Wir müssen den Trigger, also den Schaltknopf seines Tuns, herausfinden, nur so können wir eventuell begreifen, warum er das macht."

„Wo hast du diese Schramme am Hals her, hast du dir deswegen den Bart wachsen lassen?", wechselte Jasmin das Thema.

„Nein", sagte Mike trocken und fuhr sich mit den Fingern über die Stelle, an der seine Haut hauchdünn war. „Wir wären beinahe bei lebendigem Leib in einem Keller verbrannt, aber darüber sprechen wir ein anderes Mal. Schrammen und Blessuren sind dekorative Attribute eines jeden Polizisten." Er lächelte matt, dann hob er den Schlüssel und drückte zwei Mal darauf. „Anscheinend sind die Batterien leer, dann nehmen wir heute nicht den Porsche, sondern den alten Golf." Mike grinste und zeigte mit seinem Bart in die Richtung, in der sein Wagen quer in der letzten Parklücke stand.

„Wir können auch den Porsche nehmen", entgegnete Jasmin, holte einen Schlüssel aus ihrem Jackett und warf Mike diesen zu. Mikes sarkastisches Lächeln gefror zu einem dümmlichen Grinsen. Er fing den Schlüssel in der Luft, und tatsächlich blinkten die Warnleuchten des schwarzen Sportwagens, nachdem er auf einen der Knöpfe gedrückt hatte.

„Auch hübsche Mädchen haben reiche Väter", hörte er Jasmins fröhliche Stimme.

„Das glaube ich gern, aber wir nehmen dennoch den Golf. Dort, wo wir hinfahren, kann der Lack Kratzer abbekommen", murmelte Mike. Er drückte Jasmin die

Schlüssel in die Hand, verharrte für einen Augenblick, weil ihre Finger sich ganz weich und warm auf seiner rauen Haut anfühlten. Nach dem Bruchteil eines Augenblicks zuckte er kurz zurück, tätschelte ihre Schulter und schlenderte zu seinem Wagen.

Sie hat eine sehr weiche Schale, aber an ihrem Kern würde sich jeder die Zähne ausbeißen, stellte er fest und steckte den Schlüssel in das Türschloss.

„Ich habe leider keine Zentralverriegelung“, schrie er durch die Scheibe, beugte sich zur Seite und zog an dem Stift. Erst dann konnte auch Jasmin einsteigen.

„Der Duftbaum sieht ziemlich trocken aus, und die leeren Flaschen auf dem Rücksitz ...“, begann sie.

„Dient alles zur Tarnung“, konterte er und startete den Motor.

„Genauso wie deine Klamotten?“ Ihre Augenbrauen wurden zu zwei gleichmäßigen Bögen.

„Ja, so falle ich nicht auf“, entgegnete er schnippisch und trat das Gaspedal durch. „Schnall dich lieber an, bevor du aus dem Sitz geschleudert wirst“, brummte Mike und ließ die Vorderräder durchdrehen. Split flog unter den Reifen, der Wagen schoss aus der Parklücke. Mechanisch steuerte er die alte Kiste auf die Ausfahrt zu.

„Ich werde derweil nochmal die Akten durchblättern“, flüsterte Jasmin und schnallte sich an, ohne die Miene zu verziehen.

„Und noch etwas“, sagte Mike, warf einen kurzen Blick nach links, dann nach rechts und fuhr auf die Hauptstraße. „Die Tötung, damit meine ich das bestialische

Zurichten dieser drei Männer, war von eiskalter Raffinesse geprägt."

„Das bedeutet?"

„Dass unser Mann stark und zu allem entschlossen ist. Er hat nichts zu verlieren, sein Ziel ist ihm wichtiger als die Freiheit."

„Und woraus schließt du das, Mike?" Jasmin holte eine dünne Mappe heraus und legte sie auf den Schoß.

„Das erste Opfer. Er hat den Mann noch einmal aufgesucht. Ich habe da so eine vage Vermutung, dass er ihn absichtlich nicht getötet hat, nicht sofort getötet hat", verbesserte sich Mike und scherte nach links aus, weil ein Kleintransporter vor ihnen plötzlich zum Stehen kam.

„Du meinst also, er hat ihm zuerst einen Denkzettel verpasst?"

„Kann man so sagen. Als dieser Karim ihm das geliefert hat, was unser Mann von ihm wissen wollte ..."

„Hat er ihn aus dem Weg geräumt. Er hat sein Opfer gelinkt."

„Exakt. Aus dir kann vielleicht doch eine gute Polizistin werden", neckte Mike die junge Frau, die auf seinen Kommentar mit keiner sichtlichen Regung reagierte.

Kapitel 12

„Hallo, Bernie“, grüßte ich einen Bekannten und setzte mich auf die Pappe neben ihm, als er sich umständlich aufrecht setzte und mir Platz anbot. Bernie war ein netter Kerl, sein zotteliger Bart war schon vor Jahrzehnten ergraut.

„Na, wie geht es dir, immer noch auf der Suche nach Silke?“ Seine heisere Stimme klang belustigt. Er hustete. Ich hörte, wie hinter seinen Rippen die Lunge blubberte. Bernies Mundwinkel fuhren unmerklich im Anflug eines selbstgefälligen Grinsens ein Stück weit nach oben. Mit seinen schmutzigen Fingern kratzte er sich an der Mütze, die an einigen Stellen große Löcher aufwies, durch die sein Haar weiß durchschimmerte. Obwohl es nicht wirklich kalt war, trug er seine wattierte Jacke, die einmal grün gewesen sein musste, nun hatte sie die Farbe eines schmutzigen Sees angenommen. „Hast du dich etwa in das Mädel verguckt?“ Bernie gluckste wie ein Kleinkind und rieb sich die Hände.

„Hast du sie gesehen?“

„Nein, Mann, ich möchte doch nicht als Pädophiler im Bau landen. Nee, nicht bei dem schönen Wetter.“ Wir saßen unter einer Brücke und starrten durch die dicken Sträucher über die Wiese zum Fluss. Hier und da liefen Menschen in Sportkleidung an uns vorbei, überholten Mütter und Väter mit ihren Kinderwagen.

„Ich war auch mal jung, so wie der Kerl dort.“ Er deutete mit dem ausgestreckten Zeigefinger in eine Richtung, der ich schweigend mit meinem Blick folgte. Mit Mühe konnte ich eine Gestalt ausmachen, die sich an eine

Bank gestützt Liegestütze machte. „Ich liebte Sport, bis ich von einem Wagen erwischt wurde, der mir meine Hüfte zertrümmerte, samt meiner Träume."

Ich hörte mir die Geschichte erneut an, ohne Bernie dabei zu unterbrechen.

„Jetzt lebe ich seit mehr als dreißig Jahren auf der Straße", beendete er seinen Lebenslauf und atmete tief ein und wieder aus. „Wenngleich ich in letzter Zeit in meinen trostlosen Momenten des öfteren daran denke, wie es wohl sein wird, wenn man tot ist. Wo geht die Seele hin? Aber wird man mich rechtzeitig finden, um mich würdig, ich meine, wie einen Menschen zu bestatten?"

Ich schwieg immer noch und wartete auf den passenden Moment.

„Musst du auch daran denken, zu sterben, meine ich?" Er drehte sich zu mir um und schaute mich mit einem ernsten Blick an. Sein Atem roch streng nach Fäulnis, aber ich verriet diese Unannehmlichkeit mit keinem Gesichtsmuskel, auch schaute ich nicht auf seinen Mund, in dem sich nur schwarze Stummel statt der Zähne befanden.

„Der Tod ist allgegenwärtig, Bernie. Er kann uns jeden Augenblick in ein schwarzes Loch reißen."

„Das ist wohl wahr. Warum gibst du dich dann mit mir und meinen Kollegen ab, anstatt das Leben zu genießen? Du bist ein netter Kerl, bist noch ziemlich jung, und hässlich bist du auch nicht. Was ist dein Problem, stehst du etwa auf Kerle?"

„Red' keinen Unsinn, Bernie. Sag mir lieber, ob du vielleicht was von Silke gehört hast, schließlich warst du derjenige, der mich auf sie aufmerksam gemacht hat."

„Sie erinnert mich einfach zu sehr an meine Tochter, die ich seit Ewigkeiten nicht mehr gesehen habe, weil ich mich für all das hier schäme." Sein Blick war resigniert und voller Zweifel. Die schmalen Schultern sackten ein Stück nach unten. „Hast du vielleicht was für mich mitgebracht? Kannst du mir zehn Euro leihen?"

„Bernie, du weißt genau, wie ich dazu stehe. Aber ich habe etwas anderes für dich."

Seine Augen hellten sich auf. „Ein Sandwich? Willst du mich verarschen? Ne Flasche Wein wäre mir viel lieber!" Der Glanz in seinen Augen war verschwunden, das faltige Gesicht bekam eine dunkle Rötung, er wandte sich von mir ab und starrte weiter Richtung Fluss.

„Na gut, dann esse ich ..."

„Gib schon her." Bernie entriss mir das eingepackte Sandwich und versteckte es unter seiner Jacke. „Man munkelt, dass sie einen Neuen hat. Und du wärst ein perverses Schwein."

Ich runzelte die Stirn. „Darum werde ich von den meisten gemieden?"

„Sie halten dich für diesen Typen, der den Kerlen die Haut vom Gesicht abzieht."

„Warum?"

„Weil du Silke gefesselt hattest."

„Wie hätte ich sie sonst ..."

„Was weiß denn ich. Mir ist es klar, dass du sie aus dem Sumpf holen wolltest, aber das geht nicht, wenn sie es nicht will." Bernie hustete, kramte das Sandwich heraus, wickelte die Folie ab und biss vorsichtig hinein.

Wir unterhielten uns eine Zeit lang unverfänglich über belanglose Dinge und Nichtigkeiten.

„Du bist ein netter Kerl, aber man kann zum jetzigen Zeitpunkt keinem mehr über den Weg trauen."

„Also glaubst du auch, dass ich dieser Mörder sein kann?"

„Naja, viel zu lachen habe ich nach diesen Vorfällen nicht, auch meine Kumpels nicht. Sie meiden mich jetzt sogar, weil ich mich mit dir abgebe. Ich habe in einer Zeitung gelesen, frisch war sie nicht, dennoch änderte dies an der Tatsache nichts, dass ein Kerl die Polizei über fünfzehn Jahre lang düpiert hat, bis sie ihn schließlich schnappten. Wie hat dieser Kerl, der mit seiner Intelligenz nicht wirklich strotzen konnte, es nur geschafft, der Polizei so lange auf der Nase herumtanzen zu können?" Er biss wieder in das weiche Brot und kaute langsam, dann sagte er mit vollem Mund: „In seiner Wohnung haben sie eine Schaufensterpuppe gefunden, die er mit Frauenunterwäsche ausstaffiert hatte." Bernie lachte und verschluckte sich an dem letzten Bissen. Ich klopfte ihm auf den Rücken, bis sein Keuchen in ein heftiges Aufschnappen überging.

„Ich weiß, dass du etwas mehr als gar nichts über Silke weißt. Wer war dieser Kerl, der mich hinterrücks angegriffen hat? Er war oder ist Boxer. Stimmt's?"

Bernie schwieg, doch seine Augen verrieten ihn.

„Sein Schlag traf mich am Unterkiefer und nicht mitten auf der Nase. Er wollte mich ausknocken."

Bernie hustete und spie Schleim aus, den er mit dem rechten Schuh im Staub zertrat. Bedächtig, als müsse er seine Gedanken neu sortieren, wischte er sich über den Bart und warf mir einen flüchtigen Blick zu. Ich glaubte seiner Mimik zu entnehmen, dass ihn diese einfache Frage unbehaglich stimmte. Er schwieg beharrlich, weil er nicht zu viel preisgeben wollte. Ein Obdachloser war auf die Gemeinschaft angewiesen, ein Ausgestoßener hatte hier draußen kaum eine Chance, lange durchzuhalten und zu überleben.

Ich war es gewohnt, Bernie und anderen Menschen auf der Straße stets einfache und klare Fragen zu stellen, damit sie sich in Sicherheit wähnten und mehr von ihrem Wissen preisgaben, als sie es anfänglich beabsichtigten.

Ich räusperte mich, nachdem wir eine Weile unseren Gedanken nachhingen. „Du warst doch schon mal bei mir, als du schlimme Grippe hattest. Weißt du das noch, Bernhard?“, fragte ich, klaubte einen Stein vom Boden und drehte ihn zwischen meinen Fingern. Bernie schwieg immer noch, dabei bewegte er stumm die Lippen. „Fast auf den Tag genau vor drei Monaten lagst auch du in demselben Bett, auch dich hatte ich gefesselt, weil du einen Anfall hattest. Du wolltest dich umbringen.“ Jetzt nickte Bernie. „Bin ich dir da an die Wäsche gegangen oder habe dir mit einem Messer das Gesicht zerfleischt?“

Bernie holte tief Luft und zupfte an seiner Mütze.

„Aber du hast zu mir gesagt …“ Bernie suchte in seinem vom Alkohol zermarterten Hirn nach passenden Worten. Als hätte er Kopfschmerzen, drückte er die Augenlider fest zusammen und sagte: „Wenn du nicht aufhörst zu schreien, werde ich dir den Mund stopfen, und es wäre mir egal, wenn du dabei erstickst, Bernie. Das waren damals deine Worte.“

Noch bevor ich etwas erwidern konnte, öffnete er die Augen und ergänzte: „Das hier ist nur ein Experiment, dem du zugestimmt hattest, als du nüchtern und bei Verstand warst, alter Mann. Aber wenn du dich weigerst meinen Anweisungen zu folgen, könnte dies in einem Desaster enden, und für einen von uns sogar tödlich. Dabei hast du seelenruhig Kartoffeln geschält."

„Diese Erinnerung und das, was in den letzten Wochen in Berlin abgeht, hat dich dazu veranlasst, mir zu misstrauen und es deinem Kumpel zu erzählen?"

„Klaus hat mich hintergangen, er sagte, er würde es für sich behalten."

„Na also, und wen hat Klaus für diese Befreiungsaktion engagiert? Silke war sein Küken, er steht auf sie, der alte Knacker."

Bernie machte zuerst ein dümmliches Gesicht und schlug sich mit der Hand gegen die Stirn. „Das war nicht Klaus, und er steht nicht auf Silke. Sie hat sich nur ein- oder zweimal bei ihm versteckt, das ist alles."

„Ist schon gut, Bernie, ich werde dich nicht anschwärzen. Sag mir nur den Namen."

„Alle nennen ihn Luk", erwiderte Bernie kaum hörbar.

„Lukas Manowsky?"

„Was weiß denn ich, ich bin nur ein kleiner Fisch. Mich geht die ganze Scheiße hier auch nichts an. Ich bin zu alt für sowas."

„Hilft dir das auf die Sprünge?" Ich steckte meine Hand in die Hosentasche und holte ein kleines Fläschchen

Jägermeister heraus. Bernie schluckte laut und kratzte sich am Hals.

„Er wird immer einflussreicher hier. Dealt mit irgendeinem Scheiß, der einem die Birne wegknallt, die Jugend ist scharf auf diese Droge, weil sie so günstig ist."

„Was hat er mit Silke zu tun?"

„Ich weiß nicht."

Ich klopfte mit dem Stein gegen den schmalen Flaschenhals.

„Ist schon gut ..." Bernie hob die Hände vor die Brust und rutschte unruhig hin und her.

„Silke ist illegal hier, und einige Typen stehen auf ihre dicken Brüste. Clean nützt sie ihm gar nichts. Verstehst du?"

Ich fuhr mir mit der Zunge an der Innenseite der Wange vorbei, die immer noch schmerzte.

„Darum hat er einen seiner Schläger zu mir geschickt."

„Tut mir leid, Mann, dass ich dich verraten habe, das machen Freunde für gewöhnlich nicht, aber er hatte mir ein Messer an die Stirn gedrückt und drohte mir an, das Gleiche ..." Bernie verhaspelte sich, weil ich immer noch gegen das Fläschchen klopfte. Auf seiner Stirn bildete sich Schweiß, er fuhr sich immer wieder über eine dicke Stirnfalte. „Dieser Luk drohte mir an, mir die Fresse vom Kopf zu reißen wie bei den anderen. Ich saß in der Falle. Mehr weiß ich wirklich nicht. Ehrlich, Mann, und hör bitte auf damit, sonst geht das Glas kaputt."

Ich drückte ihm den Jägermeister gegen die Brust, ohne die Faust zu öffnen. „Eins noch, wie hat er ausgesehen?“

„Wer?“, fragte er und wirkte überfordert, seine Finger lagen auf meinem Handrücken und schützten die Flasche.

„Dieser Luk. Dick, klein, Glatze und ein dunkler Vollbart, aber nicht so einer wie bei dir?“

„Genauso hat dieser Penner ausgesehen.“

„Penner?“

„Ach, verdreh mir nicht alles im Mund, damit meine ich das Arschloch. So hat er ausgesehen. Sein Bart, also die Konturen, waren wie mit einem Kohlestift gemalt. Und er roch penetrant nach Kölnisch Wasser oder so. Ein Schnösel war der.“

Ich öffnete meine Finger und ließ Bernie die Flasche nehmen. „Sag mal, warum hast du so einen beschissenen Namen? Underdog, was bedeutet der?“

„Das musst du die Kerle aus dem Gefängnis fragen.“

„Aber bedeutet das nicht so viel wie Penner?“

„Das ist mir egal. Ich muss jetzt los“, sagte ich, sprang auf die Beine und klopfte mir den Staub von der Hose.

Als ich mich zwei Schritte weit entfernt hatte, hörte ich die erboste Stimme von Bernie hinter mir. „Das ist nur Hustensaft, du Arschloch. Jetzt weiß ich, warum die dich so genannt haben“, warf er mir hinterher und leerte den Inhalt trotzdem.

„Das tut deinem Hals gut, Bernie. Ich komme bald wieder auf dich zu.“

„Ich sage dir kein Wort mehr.“

„Dann erzähle ich Klaus, warum du dich umbringen wolltest.“

„Das habe ich dir als einem Freund anvertraut.“

„Und mir diesen Luk geliefert.“ Ich hob die Hand zum Abschied und lief den kleinen Abhang hinunter.

„Das glaubt dir eh keiner!“, brüllte Bernie mir hinterher. Ich konnte nicht anders, als laut aufzulachen.

Natürlich würde mir keiner glauben, dass dieser alte Mann in seinen langjährigen Freund verliebt war. Guter Laune lief ich zurück zu meinem Wagen. Nun hatte ich eine Spur.

Kapitel 13

Mike Wedekind wartete, bis auch Jasmin aus dem Wagen gestiegen war und ihm folgen konnte. Sie liefen auf eine Plane zu, die von den Kollegen aufgespannt worden war, um den Tatort von wissbegierigen Gaffern zu trennen. Wie eine graue Kinoleinwand flackerte die blickdichte Folie, warf Falten im lauen Wind und raschelte leise.

Hier hatten sich schon einige versammelt und warteten mit gezückten Handys auf ihren Moment. Aufgereiht hinter dem Absperrband standen sie da, die Blicke nach rechts gerichtet.

„Ich möchte alle Anwesenden darum bitten, ihre Ausweise bereit zu halten“, wandte sich Mike an die Schaulustigen und trat näher auf sie zu. „Wir werden Ihre Personalien aufnehmen und alles protokollieren müssen, also seid bitte alle kooperativ. Eventuell werden wir Speichelproben nehmen müssen, um jeden von euch später aus der Liste der potentiellen Verdächtigen streichen zu können.“

Es entstand Gemurmel, Bewegung kam auf. Mehrere Männer lösten sich aus der Menge und entfernten sich.

„Nicht so schnell, meine Herren“, rief Mike den Männern nach und holte seinerseits ein Handy aus der Jeans und richtete die Kamera auf die erstaunten Gesichter. „Ich werde Sie alle mit meiner Kamera aufnehmen, um eure Antlitze durch ein Programm zu jagen, welches mir so einiges ausspucken kann, was ihr in letzter Zeit so verbrochen haben könntet“, rief er. „Wenn keiner zum

Geschehen eine Aussage tätigen oder mit signifikanten Angaben aufwarten kann, die uns weiterhelfen können, so bitte ich Sie alle, unverzüglich nach Hause zu gehen und das Gelände zu verlassen. Sie behindern uns bei unserer Arbeit. Die Kollegen werden sich bei Ihnen rechtzeitig melden. Eure Gesichter habe ich ja alle aufgenommen."

„Dafür brauchen Sie eine Genehmigung", rief eine junge Frau mit einer Nerdbrille und struppigem Haar, dessen Farbe einen kupfernen Touch hatte.

„Ach ja, dann verklagen Sie mich doch. Sie stören die Polizei bei ihrer Arbeit, auch das ist gesetzeswidrig, ich kann Sie wegen Behinderung der Justiz mit Blaulicht und Sirene aufs Revier bringen, und glauben Sie mir, es wird nur eine One-Way-Ticket-Reise sein, die ganz schön ins Geld geht."

Die Frau verstummte.

„Gehring, Kraftscheck", er winkte zwei der uniformierten Beamten herbei und deutete auf die Menschenmenge, „ich möchte das alles hier nicht mehr sehen", flüsterte er.

Die beiden Männer nickten.

„Mich entsetzt das morbide Interesse an Morden, die die Menschen manisch anzuziehen scheint." Mike sah in die Menge und erkannte den Glanz in ihren Augen, der stets der gleiche war, auch wenn die Gesichter nicht dieselben waren. Sie waren immer da, die Gaffer, und standen den Einsatzkräften im Weg, dabei behinderten sie das schnelle Vorankommen.

Jasmin betrachtete die verzerrten Gesichter. Sie drängten sich alle weiter nach vorne und reckten ihre Hälse. Dieser Anblick ließ sie erschauern. „Zu was verkommt die

Menschheit eigentlich, oder war unsere Spezies schon immer so verroht?“, fragte sie flüsternd.

Mike zuckte die Achseln. „Es ist das Streben nach Aufmerksamkeit. Bekannt sein ist geil. Mehr Klicks, mehr Ansehen.“ Als er das sagte, klang er müde. „Komm, Jasmin, schauen wir uns an, was uns hinter den Kulissen erwartet. Hier.“ Er reichte ihr zwei blaue OP-Handschuhe, die er sich von einem der Männer hatte aushändigen lassen. „Willst du das hier auch?“ Er hob die Hand. Zwischen seinem Daumen und Zeigefinger baumelte an einer dünnen Schlaufe der Mundschutz.

„Nein, danke.“

„Mit jedem Atemzug atmest du nicht nur den Leichengeruch ein, sondern auch die kleinsten Partikel seines verwesten Körpers.“

„Der ist doch erst seit heute Nacht tot“, entgegnete Jasmin und drückte seine Hand nach unten.

„Wie du möchtest“, sagte Mike und stopfte die Maske in seine Gesäßtasche.

„Was haben wir hier?“, wollte Mike von einem der Polizisten wissen, der in der Hocke vor der Leiche saß und mit einem Stäbchen im Mund nach etwas suchte, das der Mörder dort eventuell hinterlassen haben könnte.

„Möchtest du nicht zuerst die Dame vorstellen?“, brummte der Mann, der nicht als einziger einen weißen Kittel trug. Drei weitere Männer steckten in Overalls und warteten auf Anweisungen.

„Anton Butz, unser Gerichtsmediziner. Jasmin Silbermond, mein neuer Partner.“

„Sehr angenehm." Der Mann schenkte Jasmin ein freundliches Lächeln. „Und lassen Sie sich nicht zu sehr von ihm herumkommandieren."

„Genug der Floskeln, Herr Doktor, ich brauche Fakten."

„Wollen Sie nähertreten, Frau Silbermond?"

Erst jetzt sah Jasmin das ganze Ausmaß der Brutalität. Das nackte Fleisch mit zwei weißen Augäpfeln ließen die menschliche Leiche wie eine Puppe aus einem Horrorfilm aussehen. Sie schluckte, machte aber einen Schritt nach vorne.

„Das subkutane Gewebe weist Merkmale auf, die darauf hindeuten, dass die Haut dem jungen Mann hier bei lebendigem Leib abgerissen wurde."

„Aber wie macht er das?" Mike trat auch näher und beugte seinen Oberkörper tief nach unten. „Da rutscht man doch ab. Das ganze Blut und die Haut ..."

„Er macht es nicht mit bloßen Fingern. Auch dieses Mal haben wir die Hautlappen sicherstellen können. Stefan, zeig uns bitte den Beutel." Einer der Männer im weißen Overall holte eine durchsichtige Asservatentüte heraus und reichte diese seinem Vorgesetzten.

„Er zieht ihnen das Gesicht in Streifen ab?", wollte Mike wissen und schaute auf ein Hautstück.

„In Fetzen", verbesserte ihn der Doktor und sah zu Jasmin. Auch sie warf einen prüfenden Blick darauf. „Er fährt mit einem Messer um das Gesicht herum, nimmt eine Zange oder ähnliches und zieht somit die Haut ab."

„Und das Opfer wartet einfach darauf, bis er mit seiner Arbeit fertig ist?"

„Nein, er lähmt sie und bricht ihnen vorher die Finger."

„Warum steht das in keiner Akte? Das mit dem Sedativum?" Mikes Ton wurde rauer, so als wäre der Gerichtsmediziner für dieses Vergehen verantwortlich.

„Weil wir es erst vor kurzem herausgefunden haben. Auch wir sind nur Menschen. Er verwendet eine Droge, die im Blut nur sehr schwer nachweisbar ist."

„Irgendwelche weitere Spuren?" Mike wandte sich an einen anderen Mann, der schlaksiger Statur war und eine Ähnlichkeit mit Sheldon aus ‚Big Bang Theory' hatte.

„Wir haben diverse Schuhabdrücke, aber zu viele Spuren sind manchmal schlimmer als gar keine", sagte er matt und rieb sich mit dem behandschuhten Handrücken die Nasenspitze, die sich hinter dem weißen Mundschutz verbarg, dadurch klangen seine Worte gedämpft und schwer verständlich, weil er einen Sprachfehler hatte. Er lispelte.

„Stimmt auch wieder. Also sind wir kein Stück weiter gekommen. Augenzeugen?" Mike blickte sich um und ließ den Blick im Kreis schweifen. Er sah nur kopfschüttelnde Männer und zwei Frauen, die in ihrer Arbeit kurz innehielten. Eine der Frauen machte Fotos vom Tatort, die andere sammelte mit einer Pinzette winzige Hautstückchen vom Boden auf und steckte sie alle einzeln verpackt in dafür vorgesehene Tüten. Jede war mit einer dazugehörigen Nummer versehen.

„Entschuldigung!", rief jemand, alle drehten sich zu der Stimme um. Es war eine Frau, die von einem Polizisten zurückgedrängt wurde. „Ich bin gestern hier gewesen und wollte meinen Vater abholen, kam aber etwas später als verabredet."

„Kraftschek, lass sie los", herrschte Mike den Mann barscher als beabsichtigt an und schritt auf die Frau zu, weil er nicht wollte, dass sie den Toten zu Gesicht bekam. Sie war klein, aber stämmig, ihre Bluse hatte einen kleinen Kaffeefleck am Kragen, das blonde Haar war streng nach hinten gekämmt und mit einem Haargummi zu einem kleinen Pferdeschwanz verknotet. Die Frau warf Mike einen scheuen Blick zu. Das Mascara war an den Augenrändern verwischt, sie hatte eine unruhige Nacht hinter sich, konstatierte Mike, ohne darüber ein Wort zu verlieren. Er sah sie einfach nur an und sagte: „Einen Moment bitte, ich bin gleich bei Ihnen." Er sprach zu der aufgebrachten Dame in einem ruhigen Ton der Überzeugung, dass alles hier seine Ordnung hatte. Dann wandte er sich an den Gerichtsmediziner, dabei senkte er seine Stimme zu einem leisen Flüstern: „Doktor Butz, wer hat die Leiche identifiziert? Die Eltern?"

Der Mediziner schüttelte verneinend den Kopf. „Es war ein rothaariger Kerl. Er war in Begleitung eines Streetworkers, den Namen ..."

„Leif Stone?"

„Ja, so hieß der Mann", bestätigte Doktor Butz, er sprach nicht viel lauter als Mike und beugte sich erneut über die Leiche.

Jasmin wusste nicht, was sie nun machen sollte. Sie schaute einfach in die Ferne, dorthin, wo das dornige Gestrüpp dicht war. „Willst du mir vielleicht bei der Befragung helfen? Ihr Frauen habt da ein besseres

Händchen für", ertönte Mikes Stimme wie aus dem Nirgendwo. Er zwinkerte ihr aufmunternd zu.

Jasmin folgte ihm und achtete peinlich darauf, auf nichts zu treten. Jasmin wusste, dass menschliche Zeitwahrnehmung situationsabhängig war - entweder rauschte alles an einem vorbei, oder die Geschehnisse wirkten komplett entschleunigt, wie auch jetzt. Alles Visuelle zog wie in Zeitlupe an ihr vorbei, doch die Fragen, die sie sich stellte: warum, wieso, wer, wann, weshalb und vor allem: Wie viele Tote werden noch folgen?, prasselten wie Hagelkörner auf sie ein, bereiten ihr Kopfschmerzen und wühlten ihr Gemüt noch mehr auf. Allein der Anblick der Leiche würde sie die nächsten Tage verfolgen, aber da musste sie durch.

„Können wir uns bitte dorthin begeben?" Mike zeigte auf einen Kleinbus. Dort saß ein Polizist. „Wir würden Ihre Aussage gern protokollieren und Ihnen einige Fragen bezüglich der letzten Nacht stellen. Wo ist eigentlich Ihr Vater?"

„Er ist im Krankenhaus und erholt sich nur langsam von dem Überfall."

In Mikes Ohren klingelten Alarmglocken. „Überfall?"

„Ja, er wurde von einem jungen Mann angegriffen. Konnte sich jedoch wehren. Als ich erschien, flüchtete der Angreifer." Die Frau sah blass und übernächtigt aus. Ihre Augen hatten dunkle Ringe.

„Können Sie sich bitte ausweisen?" Mike reichte der Frau die Hand und half ihr in den Bus, danach ließ er auch Jasmin einsteigen, indem er auch ihr die Hand darbot.

„Das hier ist Herr Jens Trüger, er wird die Protokollführung übernehmen. Frau Silbermond und ich werden Ihnen Fragen stellen, die Sie bitte ehrlich beantworten sollten. Zuerst wollen wir Ihren Namen und die Adresse wissen, auch den Namen Ihres Vaters und seinen derzeitigen Wohnort."

„Natürlich", sagte die Frau, nahm Platz und folgte jeder Anweisung.

Mike bemaß die leicht untersetzte Frau mit einem berechnenden Blick und stellte ihr kurze, präzise Fragen, die meistens nur mit einem Ja oder Nein beantwortet werden konnten. Er wog jeden Satz bedächtig ab, denn alles, was die Frau wusste, konnte von enormer Wichtigkeit für die Ermittlung sein.
„Haben Sie auch Fragen, Frau Silbermond?" Er sah zu Jasmin und nickte ihr aufmunternd zu.

Jasmin zögerte nur kurz, dann gab sie sich einen Ruck und holte aus ihrer Aktentasche ein kleines Notizbuch, so konnte sie sich besser konzentrieren. Sie öffnete es und kramte in ihrem Kopf nach einer passenden Frage. „Mich würde interessieren, wie oft Ihr Vater diese Strecke fuhr?"

„Zweimal die Woche."

„Traf er sich mit seinen Schülern auch privat? Vielleicht außerhalb seiner ..."

„Nur in der Bibliothek. Er war introvertiert und meistens gern für sich allein. Nachdem meine Mutter gestorben ist, brauchte er lange, um wieder zurück ins Leben zu finden."

„Hatte er Probleme oder hatte er etwas von seiner Arbeit erzählt?“

„Ja, das schon, wenn Sie glauben, dass mein Vater von einem seiner Schüler angegriffen wurde, so muss ich das verneinen. Seine Schüler sind ... wie soll ich das ausdrücken ...?“

„Behindert?“, half ihr Mike auf die Sprünge.

„Darf man das so sagen?“ Sie knetete an einem Taschentuch.

„Gehandicapt oder benachteiligt sind Bezeichnungen, die politisch nicht korrekt sind, behindert ist schon in Ordnung. Unseren Überlegungen haften oft rudimentäre Fehler an, weil wir uns zu viele Gedanken über das machen, was wir eigentlich sagen wollen. Reden Sie einfach so, wie Sie möchten, das alles hier bleibt unter uns und gelangt nicht an die Öffentlichkeit“, ermunterte Mike die Frau, die mit den Händen rang und das Gesicht verkniff, über ihren Mund huschte ein scheues Lächeln der Erleichterung. „Lassen Sie mich die Frage etwas direkter formulieren, Ihr Vater unterrichtet Menschen, die behindert sind?“

„Ja, ausschließlich, und er wurde dieses Jahr zum Lehrer des Jahres gekürt. Das hat ihm einen neuen Schub verpasst, er wurde um Jahre jünger und blühte so richtig auf. Wir haben das sogar an einem Abend zusammen gefeiert, nicht groß, nur er und ich, wir haben sonst niemanden, und ich bin seit einem Jahr geschieden. Mein Exmann lebt jetzt in Taiwan, also ihn können wir auch ausschließen.“

„Hatte Ihr Vater Geldprobleme?“, stellte Jasmin die nächste Frage.

„Nicht, dass ich davon etwas wüsste. Nein, ich denke, er wurde einfach wegen seines gepflegten Äußeren und seines Alters ausgesucht. Der Täter konnte ja nicht ahnen, dass mein Vater ziemlich flink sein kann, und er hatte Pfefferspray dabei, und genau das macht mir Sorgen. Aber er hat es nicht benutzt. Das hat er mir hoch und heilig versprochen.“

„Was ist nach dem Übergriff geschehen, konnten Sie oder ihr Vater eine andere Person ausmachen?“ Mike stand auf und lehnte sich an den Türrahmen. Nun betrachtete er die Frau mit ernster Miene.

„Warum? Was ist eigentlich passiert? Ich weiß nur, dass ich herkommen sollte, weil einer der Polizisten, der meinen Vater befragt hatte, mich ausdrücklich gebeten hat, hier zu erscheinen. Ist der Mann verletzt worden?“

Mike nickte. „Er ist tot.“

Die Frau klappte den Mund auf. Sie bewegte die Lippen, ohne einen Ton herauszubekommen. „Mein Vater war das nicht“, sagte sie dann und nestelte mit zittrigen Fingern an ihrem blonden Haar, das sie streng nach hinten gekämmt trug, doch nun lösten sich einige Strähnen und begannen im grellen Weiß der Deckenlampe zu glänzen. Das künstliche Licht der Innenbeleuchtung unterstrich ihre Blässe zusätzlich.

„Bitte hinterlassen Sie uns eine Nummer, unter der wir Sie jederzeit erreichen können.“

Die Frau begann in ihrer kleinen Tasche nach etwas zu suchen. Mike sprang aus dem Wagen und gönnte sich eine Zigarette, die er sich mit einer routinierten Bewegung zwischen die Zähne klemmte. Er starrte einen Augenblick auf die triste Aussicht und gab sich Feuer. Das Feuerzeug klimperte metallisch, als er den Deckel zuschnappen ließ. Er steckte das Zippo zurück in die Tasche und schritt zu den Bahngleisen, von wo aus der alte Herr Professor von seinem Angreifer, der seit gestern nicht mehr unter den Lebenden weilte, verfolgt wurde. Er wurde hinter der Barriere aus dünner Folie immer noch untersucht. Im Augenwinkel sah Mike, wie noch mehr von den Polizisten den Durchgang passierten, zwei von ihnen hatten eine Tragbahre dabei.

„Mike“, hörte er die aufgebrachte und leicht hysterisch klingende Stimme von Jasmin, die aus dem Kleinbus stieg und nicht wirklich wusste, was sie jetzt tun sollte: bleiben oder ihn einholen? Hin- und hergerissen blickte sie in seine Richtung.

Ohne stehen zu bleiben, zog Mike an seiner Zigarette, drehte sich um einhundertachtzig Grad, lief rückwärts weiter und sagte: „Du kannst mit mir kommen, sobald Jens mit ihren Personalien fertig ist, kann die Zeugin nach Hause gehen.“

Jasmin lief ihm nach, ohne den Schritt sichtlich zu beschleunigen. Mike blieb dann doch stehen, aber erst, nachdem Jasmins rechter Schuh gefährlich umgeknickt war. „Du solltest dir beim nächsten Mal anderes Schuhwerk besorgen“, sagte er ohne jeglichen Sarkasmus und sah auf seine Sportschuhe, die ihre beste Zeit schon längst hinter sich hatten.

Jasmins Wangen wurden rot. „Das war nur ein Stein“, entgegnete sie und stolperte wieder, weil sie an einem Draht hängen geblieben war. Ihre Miene blieb stoisch, aber nur für den Bruchteil einer Sekunde, dann riss sie ihre Augen auf und begann mit den Armen zu rudern. Mike reagierte blitzschnell und machte einen Schritt nach vorne. Er fing Jasmin auf, dabei fiel ihm die Zigarette aus dem Mund.

„Ein zweiter Stein“, murmelte er und blies den Rauch aus.

Jasmin löste sich aus seinem Griff und schob ihn kokett ein Stück von sich weg.

„Wo gehen wir jetzt hin? Dein Wagen steht ganz woanders?“ Dabei tat sie so, als sei nichts passiert.

„Was fällt dir auf?“

Jasmin blickte sich um und zuckte die Schultern.

„Schau mal, wir stehen hier in einer Sackgasse, hinter uns ist ein Fabrikgebäude, das seit Jahren leer steht, da vorne“, er streckte den Arm aus und deutete auf einen Haufen Schrott, „siehst du das?“

Jasmin nickte wieder.

„Da ist auch Schluss. Und wenn du zu den beiden Laternen hochschaust, fällt dir auf, dass sie kaputt sind. Der Professor ist um 21:35 ausgestiegen. Es war nicht wirklich finster, aber sehr dunkel. An den Gleisen funktioniert die Beleuchtung noch. Was macht unser Dieb? Er rennt vom Licht in die Schwärze.“

„Logisch“, pflichtete Jasmin nicht ganz überzeugend bei.

„Jetzt lass uns die Zeit stoppen, wie lange der Mörder gebraucht hat.“

„Du meinst von den Gleisen bis zu dem Ort, an dem er Mathias Roth verstümmelt hat?“

„Genau. Mein Bauchgefühl sagt mir, dass der Killer sich zumindest einigermaßen ausgekannt haben muss. Er war nicht das erste Mal hier, er hat seinem Opfer aufgelauert. Kommst du mit oder bleibst du lieber hier?“

„Nur, wenn du mir versprichst, dass das, was du vorhast, nicht illegal ist, und wir deswegen keine Schwierigkeiten bekommen.“

Mike konnte ein Grinsen nicht ganz unterdrücken. Er holte erneut die zerknüllte Zigarettenpackung aus der Hosentasche. „Rauchst du?“

„Nein, ich kann den Gestank nicht ertragen. Rauchen verursacht nicht nur Krebs, sondern macht auch noch impotent.“ Der letzte Satz war nichts als ein Flüstern.

„Red keinen Stuss“, brummte Mike, verzog den Mund und stopfte die Packung zurück. Dann eben nicht, dachte er und schlenderte mit nach unten gesenktem Kopf weiter Richtung Haltestelle, dabei zählte er jeden Schritt, um später die ungefähre Entfernung zu haben.

Mike blieb vor den Gleisen stehen. „Siehst du? Dort wurde eine Kamera angebracht und wieder entfernt. Die hätte uns wichtige Beweise liefern können.“ Jasmin folgte stumm seinem Finger, der schräg nach oben auf eine Laterne deutete.

„Dieser Platz wird nicht so stark frequentiert wie die übrigen auf dieser Strecke, darum hat man sich für diese Maßnahme entschieden und die Kamera wieder entfernt, wegen all der Freiheitskämpfer. Diesen Aktivisten, die für die Anonymität jedes Individuums kämpfen, haben wir auch zu verdanken, dass in manchen Zügen die Überwachung nicht installiert worden ist, obwohl die Bahn diese Entwicklung forcieren möchte und viel Geld investiert. Aber wenn ich ehrlich bin, als Privatperson bin ich auch gegen jegliche Überwachung."

„Aber werden wir nicht oft genug ausspioniert?"

„Darum sage ich ja, dass ich als Nichtpolizist auch dagegen bin. Das ist dieses zweischneidige Schwert, nicht wahr? Einerseits wollen wir alles wissen, andererseits, darf nichts von unserer Privatsphäre nach außen dringen. Lass uns jetzt darauf konzentrieren, von wo aus der Täter zugeschlagen haben könnte. Wir werden mehrere Szenarien in Betracht ziehen und einige Szenen nachspielen. Ich bin der Böse und du der Gute."

„Ich verstehe nicht ganz, wie du das bewerkstelligen willst?" Jasmin runzelte die Stirn.

„Zuerst suchen wir die Gegend nach potentiellen Möglichkeiten ab, die der Täter sich eventuell zunutze gemacht hat. Danach gehen wir den Weg ab, welchen der Tote genommen haben könnte. Danach fahren wir zum Hauptbahnhof, denn von dort aus ist der Professor von der U-Bahn zur Bahn gewechselt. Das hat uns ja zum Glück seine Tochter alles berichtet. Wenn wir dort sind, essen wir zu Mittag, ich lade dich ein, dabei besprechen wir alles und werden versuchen, jemanden zu erreichen, der am Hauptbahnhof für die Videoüberwachung zuständig ist. Jetzt konzentrieren wir uns vorerst auf die Spuren vor unseren Füßen." Mike sah auf den Boden. „Die Spur, die uns zu dem Täter führt, besteht aus mehreren dünnen und noch unsichtbaren Fäden, die wir beide zu einem dicken Strang zusammenflechten sollten. Das ist dann der sogenannte rote Faden. Alles, was wir hier heute machen werden, ist nur ein einzelner seidener Faden, der jeden Moment reißen könnte. Streng dich deswegen an."

„Du gehst also davon aus, dass der gesuchte Mörder seinem Opfer gefolgt ist?"

„Er ist kein Gelegenheitstäter. Diese Opfer haben einen gemeinsamen Nenner. Egal, wie wenig wir in der Hand haben, jeder noch so kleine Puzzlestein kann von entscheidender Bedeutung sein, Jasmin. Du musst alles, was dir in den Sinn kommt, laut, klar und deutlich aussprechen."

„Bist du schon immer so ein selbstverliebter Macho gewesen, wie es manche auf dem Revier behaupten, und hast sogar mit der Freundin der Tochter von deinem Chef nichts anbrennen lassen?", wollte Jasmin mit provokativer Miene wissen und fürchtete schon, zu weit gegangen zu sein.

Mike strich sich über den Bart. „Die Fragen müssen sich direkt auf den Fall beziehen. Angenommen, du verfolgst jemanden über mehrere Kilometer und willst um keinen Preis auffallen, was machst du als erstes?" Ihre spitze Bemerkung schob er einfach beiseite.

Jasmin zuckte mit den Schultern. „Ich klebe mir einen Bart an?"

„Was noch?"

„Ich verhalte mich unauffällig."

„Und erreichst damit genau das Gegenteil. Man muss sich natürlich verhalten. Der Bart ist aber eine Möglichkeit. Dies hier ist die Endstation, richtig?"

„Ja."

„Unser Mann musste ja auch irgendwie fliehen, dazu brauchte er entweder ein Fahrzeug, das er hier irgendwo abgestellt hat, oder einen Komplizen, der auf ihn wartete. Aber ein Fahrzeug in dieser Gegend abzustellen ist viel zu riskant."

Jasmin hörte Mike angestrengt zu. Sie beide liefen mit gesenkten Blicken und hielten nach allem möglichen Ausschau, das nicht unbedingt zu diesem Ort passte.

„Ich gehe stark davon aus, dass der Mörder sein Fahrzeug eine oder zwei Stationen davor irgendwo in einem Parkhaus hat stehen lassen. Mathias Roth wohnt hier in der Nähe und steigt für gewöhnlich auch jeden Abend hier aus. Schlussfolgernd bedeutet dies, dass der Täter seinen Tagesablauf kannte."

„Woher weißt du, dass Mathias hier wohnt?"

„Es war die letzte Zugfahrt, er würde doch nicht den ganzen Weg zurücklaufen."

„Und der Mörder wusste das, also stieg er schon vorher aus, ging zu seinem Fahrzeug und fuhr hierher. Wartete die Situation ab und griff schließlich zu?" Der letzte Satz klang wie eine Frage und nicht wie eine Feststellung.

„Ja, die genannten Attribute sind vielleicht ein wenig zu schwammig und das Opferprofil nicht sehr spezifisch, aber wir haben zumindest eine Richtung. Sollte es uns jedoch gelingen, die Verhaltensweise oder zumindest irgendeine Art seiner Charakteristika herauszukristallisieren, so könnten wir eine Phantomskizze anfertigen lassen. Im übertragenen Sinne."

„Ich glaube, ich habe da etwas entdeckt, hier: eine Schleifspur und etwas Blut." Jasmins Stimme wurde einen Ton lauter.

„Jemand ist hier beim Laufen ausgerutscht, und zwar unser toter Mathias Roth."

„Wie kommst du nun wieder zu dieser Schlussfolgerung?"

„Sein rechter Handballen war aufgeschürft, aber wir nehmen trotzdem etwas von diesen blutdurchtränkten Erdklumpen mit." Mike ging in die Hocke, holte eine kleine Tüte aus seiner Hose und sah zu Jasmin. „Hast du vielleicht etwas dabei, das sich zum Greifen eignet?"

„Ich habe mir diese Stäbchen hier geben lassen."

„Sehr gut." Mike griff nach den Holzstäbchen und schob mehrere Klumpen in die Asservatentüte. „Ab hier muss der Tote die Richtung gewechselt haben, oder vielleicht wurde er hier sogar zum ersten Mal angegriffen." Mike richtet sich auf, griff nach seinem Diensthandy und beorderte jemanden, hierher zu kommen, und zwar auf der Stelle.

„Wir haben vielleicht eine erste Spur, die wir meiner Partnerin zu verdanken haben", sagte er in gedehntem Ton. Dieses indirekte Lob färbte Jasmins Wangen rosa.

Mike kreiste die Stelle mit dem Stäbchen großflächig ein und hinterließ dabei eine gezackte Linie auf dem staubigen Untergrund.

Der schlaksige Mann von der Spurensicherung, der wie Sheldon aussah, kam in Begleitung von zwei weiteren Männern auf sie zu. Sie hatten einen Koffer und

Absperrband dabei und waren in Eile. Einer der Männer war mit einer Kamera bewaffnet. „Kommen Sie, Kommissarin Silbermond, wir möchte den Männern nicht im Weg stehen“, sagte Mike und schlug einen anderen Weg ein, nachdem er einen weiteren verwischten Schuhabdruck entdeckt hatte.

Kapitel 14

In einem hilflosen Versuch drehte sich Silke auf den Rücken und starrte zur Decke. Ihr ganzer Körper glühte, und dennoch fror sie erbärmlich. Ihre Zähne klapperten. Wenn ich damit nicht aufhöre, werden sie zerspringen wie Glas, dachte sie und stopfte sich einen Zipfel von der Decke zwischen die Zähne. Das Klappern hörte dadurch nicht auf, aber zumindest stießen die Zähne nicht mehr gegeneinander. Ihr Kopf war wie mit Watte gefüllt. Ihr rechter Fuß zuckte unkontrolliert und schlug die muffige Decke hoch. Sie war nackt und müde, konnte dennoch nicht einschlafen. Jemand kam auf sie zu und setzte sich an den Rand des Bettes.

Silkes Blick irrte durch den schlecht beleuchteten Raum, in dem es nach Mäusekot und anderen Fäkalien roch, aber auch nach Medizin und Zimt. Sie lag bleich, zitternd, zusammengekrümmt wie ein Embryo, und konzentrierte sich darauf, das panische Klopfen ihres Herzens unter Kontrolle zu bringen.

„Soll ich dich von deinem Leiden befreien, Kleines?“, sprach die Gestalt neben ihr. Auch wenn die Stimme sanftmütig klang, triefte sie vor Kälte und Genugtuung.

Bitte, Luk, schieß mir in den Kopf, dachte sie, ohne einen klaren Gedanken fassen, geschweige denn etwas sagen zu können.

Die behandschuhte Hand des Mannes griff nach der Decke und zog daran. Silke biss die Zähne fester zusammen.

Der dunkle Schatten hielt unwillkürlich den Atem an und ließ von der Decke ab. Nur seine Glatze schimmerte leicht in dem düsteren Licht, der einzigen Lichtquelle, die durch einen schmalen Spalt in der Tür hinein in den Raum drang und die Konturen von Kisten und diversen Objekten erahnen ließ. Alles sah nach einer Rumpelkammer aus, aber das war Silke egal. Auch ihr Bett war eigentlich nur eine alte Matratze, und auch das war von zweitrangiger Bedeutung. Alles, was ihre Gedanken beherrschte, war das Verlangen nach einem Schuss oder einer Line. Ihre Nase begann zu kribbeln, die Sehnen zerrten an ihren Gelenken, die Haut brannte wie Feuer. Sie hatte keine Kraft mehr zu schreien. Ihr Hals war trocken, der Kopf drohte zu platzen.

Lukas Manowski stand auf, nahm Platz auf einem Stuhl, der neben der Pritsche stand, und lehnte sich mit verschränkten Armen zurück. Der Schaukelstuhl wippte leise quietschend vor und zurück. Der korpulente Mann starrte auf Silke und kaute auf seiner Unterlippe. Der Begriff ‚feindselig' wäre eine schamlose Untertreibung für das, was er gerade fühlte. Dieser Leif Stone war zu einer richtigen Plage geworden. Warum hatte ihn Andrej nicht getötet? So lautete nämlich seine Anweisung, Stone tot - Problem gelöst. Aber auf dem Foto, das sein persönlicher Kopfabreißer geschossen hatte, sah dieser Leif mehr als nur tot aus. Andrej hatte sogar seinen Puls überprüft. „Ich habe ihm das Genick gebrochen", hatte Andrej gesagt, und Luk hatte in dieser Hinsicht keine Zweifel.

Andrej und Torben waren die Besten und verstanden ihr Handwerk wie kein anderer. Wenn die beiden erstmal ihre Arbeit begonnen hatten, würden sie durch alle Wände laufen und alles wegräumen, was sich ihnen in den Weg stellte. Nur war dieser Stone zäher als alle anderen und wollte einfach nicht verrecken. Oder war Stone nicht an den Morden beteiligt? Hatte Luk es hier etwa mit jemand anderem zu tun? Stone versteckte sich hinter seinem Beruf, er nannte sich seit kurzem Streetworker und vertickte die Drogen unter den jungen Verlierern, die ihr Leben auf der Straße verbrachten. Eine kleine Lüge, die den Menschen das Gegenteil suggerierte. Dieser Stone war ein gewieftes Arschloch.

Luk ballte die Hände zu Fäusten und schlug mehrmals gegen die Stuhllehne, sodass das Holz ächzte.

„Luk, bitte töte mich", vernahm er ein leises Krächzen.

„Ich habe etwas viel Besseres für dich", flüsterte er und beugte sich leicht nach vorne. Auf seinem Gesicht machte sich Freude breit. „Aber nur, wenn du mir versprichst, zahm zu sein und nicht mehr wegzulaufen."

„Ich bin nicht, bin nicht ... nicht", stammelte sie kaum verständlich.

Luk saß, den Oberkörper nach vorne gebeugt, mit den Ellenbogen auf den Knien da und knabberte an seiner Unterlippe. Er strengte sich an, gab jedoch auf und sagte: „Wer hat dich gekidnappt? Stone?"

„Er sagte, er käme von dir. Ich kenne ihn nicht. Ich weiß aber auch nicht, wie Stone aussieht. Wer ist dieser Stone überhaupt?" Ihre Stimme glich einem trockenen Kratzen, das kaum verständlich war.

„So ein Arschloch. Kannst du ihn beschreiben?", warf er ein und stand auf. Dann wurde er plötzlich gewahr, wie das Licht heller wurde. Ein leises Knarren zerriss die angespannte Stille. Luk schluckte und drehte sich langsam um. Er tastete nach seiner Pistole und stellte fest, dass sie nicht da war, weil er hier nichts befürchten musste.

Lukas Manowski sortierte seine Gedanken, die wie ein Schnellzug durch seinen Kopf rasten. „Andrej!", stotterte er, sein Wispern klang wie der gedämpfte Schrei einer hysterischen Frau.

„Du bist lange Zeit Gefahr gelaufen, getötet zu werden, Luk."

„Wer bist du, verdammt nochmal? Leif Stone, bist du das?"

Die schwarze Silhouette war von einem gelben Schein umgeben, sodass Luk nur seine Konturen sah, die angsteinflößend waren, weil der Kerl ein Hüne war. Diesen Leif Stone kannte er nur vom Hörensagen und von den Fotos auf Andrejs Handy. Aber ob dieser Schatten auch tatsächlich dieser Leif war?

„Meistens werden die Opfer eher zufällig ausgesucht, situationsbedingt. Der Täter überwältigt sie, so schnell wie nur möglich, missbraucht sie und tötet sie anschließend. Für die Ermittler hinterlässt er verwüstete Tatorte und zerfledderte Leichen. Alles voller Blut und abgetrennten Extremitäten", sprach der Mann ruhig, so als plauderte er vom Wetter. „Darüber berichtet die Zeitung mit den vier großen Buchstaben", sprach der Schatten ruhig und gab so etwas wie ein Lachen von sich.

Luk lief es eiskalt den Rücken hinunter. Seine Fingerspitzen kribbelten, der Hals kratzte, auf der Stirn hatten sich winzige Schweißperlen gebildet. Er war wie paralysiert. „Wer bist du?“, presste er aus sich heraus, was ihn seine ganze Überwindung kostete. Luk taumelte rückwärts und stieß mit dem Rücken gegen die Wand.

„Wenn du ruhig bist, darfst du mir dabei zusehen, was ich mit ihr machen werde. Hast du Lust, mir dabei zuzuschauen, Lukas? Aber wenn du schreist, stirbst du heute noch.“

Etwas klickte leise.

Luk blinzelte und wischte sich mit dem Unterarm über die Augen, weil der Schweiß ihm die Sicht raubte. Er sah eine Messerklinge aufblitzen. Der metallische Glanz war beinahe surreal, wie eine Einbildung. „Meine Opfer sterben nicht sofort, sie müssen leiden. So wie einst Selma gelitten hat, bevor sie an den Folgen gestorben ist. Setz dich wieder zurück in deinen Opa-Stuhl und leg die Arme auf die Lehnen.“

„Einen Scheiß werde ich tun“, begehrte Lukas auf, dabei klang er mehr als nur verängstigt. Ein tiefes Lachen ließ ihn erschauern.

„Wusstest du, dass organisierte Killer alles vorausplanen, sich genauso viel Zeit nehmen, wie sie für ihre Tat brauchen? Auch ich töte ganz nach meiner persönlichen Vorstellung.“ Der Mann atmete tief ein und wieder aus. Sein Gesicht war von einem dunklen Tuch verdeckt. Er trug eine schwarze Mütze, die keinerlei Embleme hatte, auch seine andere Kleidung war schwarz. Die Schuhe des Unbekannten verursachten bei jedem Schritt ein leises Geräusch und zwangen Lukas‘ Herz dazu, einen Schlag auszusetzen.

Im Raum war es fast totenstill. „Die Zeit läuft ab jetzt, Luk. Entweder beugst du dich, oder ich werde dich brechen. Ich habe keine einzige Blutsekunde übrig. Du schaust mir zu und überlebst, machst du Mätzchen, ziehe ich dir die Haut vom deinem beschissen Gesicht ab. Bei dir wird es ein Leichtes sein, nur andersrum, von unten nach oben." Der Schatten lachte vergnügt.

Lukas hätte beinahe mitgelacht ob dieser skurrilen Androhung, doch die angespannte Situation ließ es nicht zu. Ohne sich wirklich unter Kontrolle zu halten, machte er einen Schritt nach vorne, sein Körper handelte selbstständig und ignorierte die warnenden Signale des überstrapazierten Gehirns.

„So ist es gut, Luk. Damit verlängert sich dein Leben um ..." Der Schatten machte eine Pause, so als müsse er nachdenken. In dem Moment der absoluten Stille schulterte er einen Rucksack ab und warf ihn auf den Boden. Das Geräusch klang beinahe ohrenbetäubend. Lukas wagte es nicht, sich zu rühren. „Zwei Monate?" Der Schatten beugte sich nach unten und holte eine Rolle Klebeband aus dem Rucksack.

Lukas Manowski saß im Stuhl, ohne es mitbekommen zu haben. Er strengte sich an, sich nicht in die Hose zu machen. Seine Blase drückte gefährlich und schwoll an. „Verdammt", knurrte er und schloss die Augen. Seine Finger krallten sich noch fester in die Stuhllehnen, bis sie taub wurden und in den Gelenken zu schmerzen begannen. Er hörte das typische Reißen des Panzertapes und riss die Lider auf.

„Mach mal A", verlangte die Stimme. Lukas gehorchte. Ein Lappen wurde tief in seinen Rachen geschoben. Das Klebeband drückte seine Unterarme fest gegen das Holz. „Wenn du die Augen schließt, werde ich dir die Lider abschneiden. Hast du mich verstanden?"

Luk wollte nicken, aber er war wie gelähmt.

„Hast du mich verstanden?!", knurrte der Mann und schlug ihm mit der flachen Hand ins Gesicht, dass es laut klatschte. Er trug Lederhandschuhe, trotzdem tat es höllisch weh. Die Haut brannte, und das linke Auge schwoll sofort an.

„Mhmhm", murmelte Lukas und nickte heftig.

„So ist es brav", brummte der Schatten und drehte den Stuhl so, dass Lukas Manowski ungehindert auf Silke schauen konnte. „Ich stelle dir eine einzige Frage, Silke, was möchtest du lieber, das hier ...", der Mann hob die Spritze auf, die Lukas Manowski mitgebracht hatte, „oder willst du all das beenden und ein neues Leben anfangen?"

„Gib mir die Spritze." Ihr Ton klang herrisch und gierig zugleich. Ihre Finger gruben sich in den Stoff, mit letzter Kraft drückte sie sich hoch und streckte mit zittrigen Gliedern, wie eine Sterbende, den Arm aus. „Ich verspreche dir, danach werde ich es dir besorgen, das wird der beste Fick deines Lebens sein", stammelte sie. Ihre Mundwinkel zuckten. „Ich mache alles, was du willst."

„Falsche Antwort", sprach der Mann immer noch leise, ließ die Spritze auf den Boden fallen und zertrat sie mit seinem schweren Schuh.

„Du blöder Wichser", krächzte Silke und spie den Mann an. „Du verdammtes Arschloch", presste sie die Beleidigung durch ihre zusammengepressten Zähne. Ein dünner Speichelfaden zog sich aus einem der Mundwinkel wie eine feine Perlenkette. Sie wurde von einem heftigen Schütteln erfasst und gab einen erstickten Schrei von sich.

Der Schatten stand über ihr und drückte ihr die Kehle zu, während sie auf dem Rücken lag und ihn wüst beschimpfte. Sein Knie lastete schwer auf ihrem Bauch. „Wer bist du?“, wollte sie wissen und rollte die Augen so weit nach hinten, dass nur das Weiß zu sehen blieb. Zwischen ihren entzündeten Lidern waren die Augäpfel von feinen Äderchen umsponnen.

„Deine Erlösung bin ich nicht, aber das Letzte, was du zu Gesicht bekommst, bevor du in der Hölle landest.“

Tage später
Kapitel 15

Mike lag auf dem Sofa in seinem Wohnzimmer und ging alle gesammelten Informationen noch einmal im Kopf durch. Er hatte Durst und zwei Dosen Bier im Kühlschrank, aber heute musste er auf Pascal, seinen Adoptivsohn, aufpassen, und die Katze, die auf den Namen Ninjago hörte.

„Mike, darf ich fernsehen?“, riss eine kindliche Stimme ihn aus seinen Gedanken. Pascal stand in der Tür und hielt seine Katze unter dem Arm. Sie beide trugen Masken, das Tier miaute und versuchte mit seiner freien Pfote die Maske von seiner Schnauze abzustreifen. „Mama hat es mir erlaubt“, schob Pascal schnell hinterher und ließ den Kater auf den Boden plumpsen. Das schwarze Tier sprang nach rechts, die Maske flog nach links und blieb unter dem Sessel liegen. Ninjago verschwand fauchend unter dem Sofa. Pascal rieb sich das pechschwarze Haar und nahm seine Maske ab. Sein Gesicht war mit rotem Stift angemalt.

„Geht die Farbe ab?“, wollte Mike wissen und zeigte mit der Fernbedienung auf das verdutzte Gesicht des Jungen. Pascal war ein sehr aufgewecktes Kerlchen und ein typischer Junge mit viel Unsinn im Kopf.

„Nö“, sagte der Junge schlicht und sprang zu Mike auf das Sofa.

„Wieso sagst du zu Katrin Mama und mich nennst du Mike?“

„Weil sie mir das erlaubt hat.“

„Ich erlaube dir auch - mich Papa zu nennen."

„Das will ich aber nicht. Mike klingt cooler, und du bist mein ältester Kumpel, damit gebe ich immer in der Schule an, seitdem verkloppt mich keiner mehr", sagte er und hüpfte einmal hoch, hob die Beine an und ließ sich auf den Hintern fallen. „Mama erlaubt mir nicht, auf dem Sofa zu hüpfen."

„Ich eigentlich auch nicht."

„Eigentlich zählt nicht." Dann nahm er einfach die Fernbedienung aus Mikes Hand und schaltete den Fernseher ein.

„Aber du darfst nur eine DVD anschauen."

Pascal zog eine Schnute.

„Du bist acht, ich habe keine Lust darauf, dass Katrin mir die Ohren langzieht, wenn du wieder etwas anschaust, das deinem Alter nicht entspricht."

„Das war aber ..."

In diesem Moment klingelte das Handy. Mike schnappte danach, und Pascal schaltete den Fernseher ein, über seine rot angemalten Lippen huschte ein zufriedenes Lächeln.

„Ja, Mike hier", meldete sich der Kommissar mit einem tiefen Seufzer.

„Mike, du musst sofort aufs Revier kommen." Wilhelm Stuck klang müde und gereizt.

„Ich habe Feierabend und muss auf Pascal aufpassen, zudem ist bei meinem Auto der TÜV abgelaufen und jemand hat mich bei den Behörden angeschwärzt. Der Golf wurde direkt vor meinen Augen abgeschleppt, und alle haben dabei zugesehen."

„Jasmin ist auf dem Weg zu dir, um dich abzuholen."

„Katrin ist erst in zwei Stunden da."

„Lass dir was einfallen. Wir haben eine Frauenleiche, und du darfst dreimal raten, wie sie ausgeschaut hat."

„Wo wurde sie gefunden?"

„Alles Weitere erfährst du, sobald du da bist."

„Wilhelm, Katrin wird mir den Kopf abreißen, wenn ich Pascal mitnehme."

„Ich auch. Das Kind hat hier nichts zu suchen. Lass dir halt was einfallen, du bist ein Bulle, Mike. Oder ich werde dir den Fall wegnehmen. Ich muss jetzt los." Dann legte er einfach auf.

Mike knibbelte an seiner Oberlippe und starrte auf das Telefon, so als wäre es an allem schuld. Ein schrilles Schellen ertönte.

Mike stemmte sich hoch und lief in den Flur zu der Sprechanlage, er holte tief Luft und nahm den Hörer ab. „Ja?", fragte er und lauschte.

„Hier ist Jasmin", meldete sich seine Partnerin.

„Komm hoch, ich lasse die Tür offenstehen. Du musst die Treppe nehmen, der Aufzug ist kaputt", log er, weil er etwas Zeit brauchte, um sich umzuziehen. Er hing den Hörer ein, stürmte ins Schlafzimmer und entledigte sich seiner Hausklamotten, schlüpfte in eine schwarze Jeans, streifte sich ein weißes T-Shirt über und stellte sich vor die Tür, just in dem Moment, als Jasmin vor seiner Wohnung stehenblieb.

„Komm herein, die Schuhe kannst du gerne anlassen."

„Danke. Warum sollte ich hochkommen?“ Ihr Blick ging an ihm vorbei durch den Flur in die Wohnung, die heute ausnahmsweise aufgeräumt war. Ihre Gesichtszüge entspannten sich, nachdem sie Pascal erblickt hatte, der sich an Mikes Arm schmiegte.

„Bist du seine neue Freundin?“, wollte der Junge mit dem bunt bemalten Gesicht wissen. Seine Augen huschten zwischen den beiden hin und her.

„Partnerin, nicht Freundin, Pascal“, verbesserte ihn Mike und zerzauste dem Jungen das Haar.

Pascal zuckte die Schultern und lief zurück ins Wohnzimmer.

„Ich wusste nicht, dass du einen kleinen Sohn hast.“

„Nicht so laut“, sagte Mike mit verschwörerischer Stimme.

Jasmin duckte sich und verzog den Mund.

„Er ist nicht klein.“ Mike zwinkerte ihr lächelnd zu und machte eine einladende Geste. „Komm für einen Moment rein, ich brauch noch einen Augenblick, danach können wir los. Darf ich dir deine Tasche abnehmen? Den Schlüssel kannst du hierhin legen.“ Er zeigte auf die Kommode, dort stand eine große, tönerne Schüssel, in der mehrere Schlüssel lagen.

„Danke. Ich warte hier.“

„Nein, das schickt sich nicht. Die Leiche läuft uns ja nicht davon. Geh ruhig ins Wohnzimmer und rede ein bisschen mit Pascal. Er hat Langeweile.“

Jasmin haderte einen Augenblick, zog ihre Schuhe aus und ging dann doch rein.

„Was schaust du da gerade?“, wandte sich Jasmin an den Jungen, dabei hörte sie Mikes Stimme aus dem Flur, die ihr zurief: „Meine Frau kommt in zwei Stunden wieder. Sie heißt Katrin und ist eigentlich eine ganz Nette. Sie soll dich später aufs Revier bringen.“ Danach fiel die Tür ins Schloss.

„Spongebob“, sagte Pascal, doch Jasmin lief zurück in den schmalen Korridor. Ihre Befürchtungen hatten sich bestätigt, nachdem sie einen Blick in die Schale geworfen hatte. Ihr Autoschlüssel war nicht mehr da. So ein fieser Mistkerl, dachte sie und wusste nicht, was sie jetzt tun sollte.

Kapitel 16

Ich stand vor dem Grabstein, den Kopf nach unten gesenkt. Meine Gedanken waren von Trauer erfüllt. Seit jenem Tag, als ich Selma gefunden hatte, das Gesicht bis zur Unkenntlichkeit verbrannt, die Arme und Beine an mehreren Stellen gebrochen, träumte ich vom Angesichts des Todes, und dieses Gesicht glich dem von Selma, das verkohlt war und keine Ähnlichkeit mehr mit einem menschlichen Antlitz hatte. Immer, wenn ich damals im Bett liegend meine müden Augen schloss, suchte es mich im Schlaf heim. Jede Nacht aufs Neue ließ mich dieser Albtraum hochschrecken.

Ich bin ein Gefangener meiner selbst, ich habe nur einen einzigen Ausweg aus diesem Labyrinth.

Ich ging in die Knie und richtete die Blumen neu. Ein Untier war in mir erwacht, über das ich keine Kontrolle hatte, mehr noch, das Unwesen wurde immer stärker und brutaler, es lechzte nach Blut und gierte nach dem Tod. Aber bald würde ich dem Ganzen ein Ende setzen.

Ich richtete mich auf und betrachtete den Grabstein. „Du willst bestimmt wissen, was ich vorhabe?“, sprach ich zu Selmas Abbild auf dem polierten Marmor. Sie lächelte mich an. Sie sah hübsch aus, auch wenn das Bild nur eine Gravur war. „Die Antwort ist so banal. Ich habe keine Angst vor dem, was mich erwartet“, flüsterte ich, doch mein Flüstern glich einem verzweifelten Schrei. „Ich hatte Silke gefunden, doch sie ist mir wieder entwischt“, flüsterte ich weiter, stand vollends auf und nahm die Gießkanne. „Sie war deine beste Freundin. Sie war auch diejenige, die dir das Rauchen und

Trinken beigebracht hat. Aber das sind nur kleine Sünden gewesen, die nicht mit denen zu vergleichen sind, was sie dir später angetan hat. Du warst ein schönes Mädchen, Selma, aber auch ein zu gutgläubiges, du hättest den Männern nicht glauben dürfen, dass die Droge dir den besten Kick verschaffen würde. Silke wurde später zur Prostitution gezwungen, du hast dich dagegen gewehrt und hast deswegen einen Denkzettel verpasst bekommen. So sind sie, die netten Typen, die dir alles verrechnen, nur damit du für sie die Beine breit machst. Auch Silke hat das bekommen, was sie verdient hat. Sie war eine billige Hure." Ich blickte mich um ob dieser obszönen Bemerkung, die mir durch die Lippen gerutscht war, und atmete erleichtert auf, nachdem ich festgestellt hatte, dass ich hier allein war. Die Luft war gesättigt vom Weihrauch. Zwei frische Gräber, mit Kränzen geschmückt, waren stumme Zeugen zweier toter Menschen, die ich nicht kannte. Eine gewisse Befangenheit legte sich über mich. „Ich muss jetzt weiter, Selma. Ich werde erwartet."

Ich wünschte einer alten Dame einen guten Tag, während ich den Friedhof verließ. „Ich warte auf den Tag, an dem ich nicht mehr hierherkommen muss", lautete ihre Antwort. Ich blieb nicht stehen, weil ich keine Zeit für eine Konversation hatte. Ich musste mich beeilen, wenn ich nicht zu spät kommen wollte.

„Einen schönen Tag noch", rief mir die gebrechliche Stimme hinterher, die so schwach klang, dass sie sofort vom Wind samt den welken Blättern aufgegriffen und weggetragen wurde.

Kapitel 17

Mike befand sich in einem spärlich möblierten Raum mit weiß getünchten Wänden und hölzernem Boden, in dem sich viele seiner Kollegen versammelt hatten. Wilhelm Stuck stand in Gedanken versunken mit dem Gesicht zu einer Tafel gewandt, die mit unzähligen Fotos vollgespickt war. Er starrte auf eines der Bilder und erweckte den Eindruck, als hätte ihn etwas am Rand seiner Erinnerung tangiert. Das Thema der aufgebrachten Gemüter war die Reihe von Morden, die in immer kürzeren Abständen stattfanden. Die erhitzten, wenngleich leise geführten Gespräche klangen wie die monotone Kakophonie wilder Insekten. In dem großen Raum vibrierte die Luft wie in einem Bienenstock.

Besonders die schnelle Abfolge bereitete den überforderten Beamten Kopfschmerzen. Zuvor hatte Mike ein intensives Gespräch mit dem Leiter der Abteilung geführt. Er konnte mit nichts als einem Versprechen aufwarten, den Mörder schnellstmöglich zu fassen. Ihm war bewusst, dass allen hier die Zeit davonrannte, aber der Mörder hinterließ einfach keine Spuren auf seinem breiten Weg der Verwüstung, der von Leichen markiert wurde.

„Wir sollten den Typen einfach so weitermachen lassen, er räumt eh nur unter dem Gesindel auf, das auf den Straßen herumlungert", vernahm Mike eine gedämpfte Stimme, die ein zustimmendes Zusprechen einheimste und von weiteren Vorschlägen unterstützt wurde. Hier und da hörte er Worte wie: Denen gehört es nicht anders oder endlich hat jemand es auf die richtigen abgesehen, soll er doch einfach so weiter machen, da müssen wir später weniger Überstunden machen. Ein kurzes, unsicheres Gelächter kam auf und verstummte jäh.

Wilhelm Stuck klatschte in die Hände und brachte die Anwesenden zum Verstummen. „Da wir fast vollzählig sind, Frau Silbermond hat sich telefonisch entschuldigt, weil sie anderweitig beschäftigt ist ...“, er warf Mike einen vernichtenden Blick zu, „... kann mit der außerordentlichen Versammlung begonnen werden. Ich bitte um eure Aufmerksamkeit.“ Wilhelm Stuck war von einer Aura strenger Autorität umwölkt, er wurde von allen hier respektiert und sehr geschätzt. „Bitte, meine Damen und Herren, wir möchten ab jetzt sachlich bleiben, sonst werden unnötig noch mehr Überstunden geschoben, ohne dass wir dabei einen Schritt vorankämen“, eröffnete der Kommissionsleiter die Sitzung und ließ seinen Blick über die Runde schweifen. „Wie wir bereits alle wissen, sitzen uns die Medien und unser Chef im Nacken.“ Er holte tief Luft und gab den Anwesenden Zeit, sich zu setzen. Es dauerte einen Augenblick. Stühle und Tische wurden geschoben. Hier und da ertönte ein Husten, Kugelschreiber wurden gezückt, Papier raschelte, etwas fiel zu Boden. Dann trat endlich Stille ein. „Sie alle wollen Fortschritte sehen, wie auch ich und sicherlich geht es einem anderen genauso wie mir. Aber wir drehen uns immer noch im Kreis und kommen nicht wirklich voran. Unser leitender Ermittler Hauptkommissar Wedekind darf als erster beginnen.“ Der Kommissionsleiter tat einen Schritt zurück und verschränkte die Arme vor der Brust. „Was haben Sie Neues zu berichten?“

Mike hüstelte seine Kehle frei und trat vor. Erneut wurden Stühle verschoben, Stimmen wurden lauter und verebbten wieder.

„Ich gehe stark davon aus, dass der Täter und seine Opfer einen direkten Bezug zueinander hatten."

„Auf welcher Basis beruht deine Vermutung?", wollte ein älterer Herr wissen, senkte jedoch sofort den Kopf, als ihm auffiel, dass Mike ihm direkt in die Augen sah.

„Wir befinden uns, oder besser gesagt, die Toten stammen alle aus dem Drogenmilieu ..."

„Das erste Opfer war kein Junkie", unterbrach ihn eine Frauenstimme.

„Unsere Opfer sind allesamt keine Unschuldslämmer. Sie alle waren in irgendwelche illegale Machenschaften verwickelt und sind aufgrund dessen mit dem Gesetz in Konflikt geraten, die meisten sind aktenkundig." Mikes Stimme wurde eine Nuance strenger.

„Bis auf das letzte." Jetzt war es Stuck, der Mike zum Schweigen gebracht hatte. „Ich stimme Herrn Hauptkommissar Wedekind zu. Wir wissen nicht mit Sicherheit, ob diese Annahme richtig ist, dennoch, dieses eine Merkmal, das alle Opfer gemeinsam haben, könnte möglicherweise zur Viktimisierung beigetragen haben."

„Also gehen Sie von einer Kausalität aus, die ihren Ursprung in einem Drogenkartell hat?" Alle Blicke richteten sich auf einen uniformierten Polizisten mit einem dicken Schnurrbart. „Eine Art Rivalitätskampf zwischen Bandenmitgliedern?" Er hob den Daumen und die buschigen Augenbrauen. „Ethnisch motivierte Machenschaften?" Der

Zeigefinger folgte. „Geplatzte Übernahme oder ganz simpel - ein Bandenkrieg?“ Jetzt machte er Gänsefüßchen in die Luft.

„Unser aller Wesen liegt in der Vergangenheit begründet“, gab Mike eine indirekte Antwort und erntete dafür ein ungläubiges Achselzucken des Mannes, der nun nach Unterstützung von seinen Kollegen heischte, indem er sie ansah. Er saß in der vordersten Reihe. Enttäuscht richtete er seinen Blick wieder auf die weiße Tafel, die in der Ecke stand, und vermied jeglichen Augenkontakt mit Mike Wedekind, der etwas abseits stand.

„Wir müssen herausfinden, was diesen Mann dazu bewogen hat, dies zu tun. Er hat plötzlich angefangen, den Leuten die Haut abzuziehen, aber er muss ja davor ein Leben geführt haben, ohne irgendwie negativ aufgefallen zu sein. Ich gehe davon aus, dass er sich für etwas rächt. Gehen wir doch die Liste der bisherigen Opfer der Reihe nach durch.“ Mike durchmaß den Raum mit schnellen Schritten und stellte sich vor eine Wand, die mit Fotos und anderen Zetteln vollgespickt war. „Karim Deniz ...“ Mike sprach laut und deutlich. Sein Zeigefinger klopfte auf das Passfoto eines jungen Deutsch-Türken. „Wegen Zuhälterei zwei Jahre in U-Haft verbracht. Siebenundzwanzig Jahre alt, ledig, keine Ausbildung abgeschlossen, drei abgebrochen.“ Mike machte einen kleinen Schritt nach rechts und deutete auf einen anderen Mann, dessen buntes Haar zu leuchten schien. „Aang Chen, vierundzwanzig Jahre alt, chinesischer Abstammung, ledig. Lehre abgebrochen. Wegen Drogenbesitz ein Jahr Haft. Eltern hatten sich gut integriert und sind von den Nachbarn als stets zuvorkommend und hilfsbereit bezeichnet worden. Aang Chen kam aus einer gut situierten Familie. Mathias Roth, Straßenname: Muchtar, Sex mit Minderjährigen, Drogenbesitz, hat gedealt, geklaut, sich geprügelt, auch mit der Polizei. Vater Deutscher, Mutter Deutsch-Türkin.“ Mike legte eine Pause ein, ließ die Informationen auf die Kollegen einwirken.

„Also ist der gesuchte Mörder ein Robin Hood?“, sprach wieder derselbe Kerl, der mit dem dicken Schnurrbart, in die Stille hinein.

„Wenn Sie das so sehen. Aber unser Robin Hood beklaut seine Opfer nicht, er tötet sie auf eine bestialische Weise. Seine geistige Verrohung hat einen Ursprung. Um einem Menschen die Haut abzuziehen, braucht man Kraft, Entschlossenheit und viel Überwindung - körperlich wie seelisch. Ich habe es an einem Stück Fleisch ausprobiert, und es war ein Stück von einem jungen Schwein.“ Mikes Stimme wurde bedrohlicher, als einige Stimmen lauter wurden. Er fuhr sich fahrig durch das Haar und sah seinen Vorgesetzten an. „Ich wäre allen zu Dank verpflichtet, wenn wir unserer Arbeit nachgehen würden und ich mir die Leiche von ...“

„Silke Wirth“, übernahm Wilhelm Stuck und winkte Mike zu sich. Mike quittierte das Handzeichen mit einem matten Blick, ging jedoch auf seinen Chef zu und blieb dicht vor ihm stehen.

„Ich werde hier weitermachen. Du, Mike, gehst zu Doktor Butz, er meint, wir haben da etwas, das du dir anschauen solltest. Er habe eine kleine Abweichung im Szenario feststellen können, die so einiges über den Mörder verraten könnte. Erstens ist die Tote weiblich, zweitens hat der Täter Fingerabdrücke hinterlassen, drittens habe ich auf deine Anweisung Leif Stone zu einem Gespräch vorgeladen, viertens, die tote Frau ist Deutsche, und fünftens, Katrin wartet vor der Tür, und ich glaube, du bist der nächste, dem die Haut vom Gesicht abgezogen wird, wenn ich ihren Blick richtig deuten kann."

Mike wagte einen kurzen Blick über die Schulter und sah durch die gläserne Tür das Antlitz seiner Frau, mit der er jedoch seit einem Jahr das Ehebett nicht mehr teilte. Sie hatten eine freundschaftliche Beziehung geführt, aber wie es aussah, war jetzt auch damit Schluss.

Mike zuckte die Schultern. Die Lippen zu einem trotzigen Grinsen verzogen, drückte er die angesammelten Informationen seinem Chef gegen die Brust und verließ den Raum erhobenen Hauptes. Sein Herz hämmerte laut gegen die Brust. Er öffnete die Tür und erwartete eine Tirade Verwünschungen und andere unschöne Worte. Doch Katrin lächelte, und das jagte ihm noch mehr Angst ein.

Ihr dunkelblondes Haar war geglättet und in der Mitte gescheitelt, die grauen Augen glänzten wie polierter Stahl und drangen tief in ihn ein. „Jasmin war so nett und hat mir die ganze Situation sehr detailliert dargestellt. Ich bin ja keine hysterische Frau und von dir so einiges gewohnt ...", Katrins Lächeln versprach eine Fortsetzung dieses Gespräches. Pascal saß auf einem Stuhl an der Wand und hielt seinen Blick auf ein Smartphone gerichtet. Jasmin saß daneben und sah der Szene mit ausdrucksloser Miene zu. „Du leidest an einer krankhaften Geltungssucht, die sich höchstwahrscheinlich nicht mehr heilen lässt. Wenn du Pascal wiedersehen willst, dann nur in meiner Begleitung."

Das Gespräch verlief besser als erwartet, dachte Mike und nickte nur.

Katrin holte tief Luft, hielt sie an, atmete wieder aus und sagte einen letzten Satz. „Ich glaube, dass ich mich doch scheiden lassen möchte, Mike. Du wirst dich niemals ändern. Dein Job ist dir wichtiger als alles andere. Das, was du als Polizist machst, akzeptiere ich, kann aber nicht mehr weiter so leben. Du rettest Leben und legst den Mördern das Handwerk, im selben Wisch zerstörst du aber sogleich deine Familie. Ich brauche einen Mann in meinem Leben, auf den ich mich verlassen kann, zumindest für zwei Stunden am Tag. Ich wünsche dir noch viel Erfolg mit deiner neuen Partnerin." Da war es wieder, das traurige Glänzen ihrer Augen - ein Synonym für Enttäuschung, das viel mehr aussagte als tausend Worte und mehr wehtat als unzählige Ohrfeigen. Katrin drehte sich um, ohne sich zu verabschieden. „Komm, Pascal, Mike hat heute keine Zeit für uns, er hat wichtigere Sachen zu tun als einen Abend mit Popcorn im Kino zu verbringen." Pascal sprang vom Stuhl, gab das Handy seiner Mutter zurück und winkte Mike zum Abschied. Nach jedem Höhenflug kommt die Ernüchterung, dachte Mike. Wieder einmal hatte er als Vater und Freund versagt, aber so war es nun mal.

Jasmin stand auf und kam auf ihn zu. „Und, was machen wir jetzt?" Ihre Stimme klang unsicher.

„Wir gehen nach unten zu den Toten. Mit ihnen verstehe ich mich besser als mit vielen Lebenden. Unser Mörder hat einen Fehler begangen, er hat gepatzt. Sagt dir der Begriff Overkill etwas?" Mike steckte beide Hände in die Hosentaschen und lief den Gang entlang.

„Das bedeutet so viel wie Übertöten."

„Dieses Phänomen ist in der operativen Fallanalyse nicht unbekannt, obgleich er selten Verwendung findet, zum Glück. Das passiert nur dann, wenn bei der Tat die Gefühle eine gewichtige Rolle spielen. Dabei sprechen wir nicht unbedingt von Liebe oder Eifersucht. Hier geht es vielmehr um Wut, Anspannung oder Hass. Unser Killer benutzt immer dieselbe Waffe, ein Teppichmesser oder ähnliches, aber kein Skalpell. Was wiederum bedeutet, er ist kein Chirurg. Auch greift er nicht nach einer Gelegenheitswaffe."

Jasmin verlangsamte den Schritt, so als habe ihr dieses Wort ein Bein gestellt.

„Gelegenheitstäter nehmen das, was sie gerade zur Hand haben, oder die Waffe direkt vor Ort finden. Meistens sind es Küchenmesser oder auch mal ein Hammer, vielleicht auch ein Schraubendreher, all das, was sie in nächster Nähe vorfinden."

Sie blieben vor dem Aufzug stehen.

„Mike, können wir vielleicht vorher nach oben fahren? Ich möchte mir etwas überziehen, unten ist es bestimmt kühl, und ich bin eine Frau."

Mikes Augen wurden eng, weil ihm etwas in den Sinn gekommen war. „Cold Case", flüsterte er.

Jasmin verzog das Gesicht, weil sie seinen Gedankensprung nicht richtig einordnen konnte.

„Ich möchte, dass du ins Archiv gehst. Wir müssen viel früher anfangen. Als erstes musst du Indexe für Spurenakten der letzten fünf Jahre überprüfen."

„Fünf?"

„Ja, das ist die übliche Strafe bei einem Totschlag, danach kann man bei einer mustergültigen Führung wieder freikommen. Die meisten Akten sind elektronisch aufgenommen. Du sollst nach verstümmelten Leichen Ausschau halten, bei denen sich der Mörder auf das Gesicht konzentriert hat und die Hände. Verstanden? Ich werde derweil mit unserem Gerichtsmediziner an einer Beschau teilnehmen. Doch vorher muss ich etwas essen, danach werde ich sicherlich keinen Bissen hinunter bekommen. Soll ich dir was mitbringen? Bratwurst oder Döner? Vielleicht eine vegane Wurst aus Irgendwas, das nach Fleisch aussieht?"

„Nein, danke, ich habe schon mit Pascal eine Pizza gegessen, die uns deine Frau mitgebracht hatte."

„Okay", sagte Mike und griff zum Telefon. Er ließ Jasmin am Aufzug stehen und nahm die Treppe. „Was macht die Kunst?", wollte er von Anton Butz wissen und lief jetzt etwas schneller auf den Ausgang zu.

„Ich mache jetzt Mittag", schmatzte der Arzt in den Hörer. „Kannst du in einer halben Stunde kommen? Bis dahin habe ich keine Zeit für dich."

„Wir sehen uns dann später", sagte Mike und lief zu dem Porsche, weil er immer noch die Schlüssel bei sich hatte.

Kapitel 18

Die Luft schien mit jedem Schritt, den ich tat, schlechter und stickiger zu werden. Während ich den Spuren der Verwüstung folgte, musste ich daran denken, dass ich meinen letzten Freund verloren hatte, wegen meines Eindringens in seine Welt. Ich wollte mich bei ihm entschuldigen und mich von ihm verabschieden. Doch eine unschöne Vorahnung bereitete mir Magenschmerzen. Ich vernahm den süßlichen Geruch menschlicher Verwesung.

Ich lief durch einen Tunnel. Den Oberkörper leicht nach vorne gebeugt, um mir den Kopf nicht an der rauen Decke anzuschlagen, an der dicke Rohre verliefen, überlegte ich, was mich wohl dort am Ende erwartete. Der Gang führte mich zur Schlafstätte von Bernhard. Ich war heute bei der Brücke gewesen, um mich für den Tipp zu bedanken, aber Bernie war nirgends zu finden. Also musste er sich hierher verkrochen haben. Darum wollte ich ihn hier aufsuchen, um ihm Lebewohl zu sagen.

Der Lichtstrahl meiner Stablampe tanzte über Unrat und andere Habseligkeiten, die Bernhard in all den Jahren zusammengehamstert hatte. Doch nichts war ordentlich auf einen Haufen gestapelt wie sonst. Manche Sachen hatten schwarze Brandlöcher. Mehrere Einmachgläser waren zerbrochen und lagen in einer roten Masse zerquetschter Tomaten. Bernhard aß gern Spaghetti Bolognese, die er sich auf einem Gasbrenner zubereitete. Ich näherte mich seiner Höhle, dort lag eine Matratze. Keiner warnte mich vor, Bernie war nicht zu Hause. Niemand hielt mich davon ab, einen weiteren Schritt zu tun. Auch war der Eingang nicht verbarrikadiert gewesen. Alles war still. Nur das dumpfe Rattern von schweren Zügen über mir war zu hören - und das Rauschen meines Blutes.

„Bernie“, flüsterte ich in die stille Dunkelheit und lauschte. Nichts. „Bernhard?“, rief ich lauter und ließ den weißen Lichtschatten über den steinigen Boden und die rauen Wände gleiten. Die Bedrohung, die in dem kleinen Raum lag, war mehr als ein Gefühl; Er war da, dieser penetrante Geruch nach verbrannter Haut und menschlichen Ausscheidungen, die während des Todeskampfes den menschlichen Körper verlassen: Schweiß, Urin, Kot, Tod und zum Schluss die Seele - diese giftige Mischung verätzte mir die Schleimhäute.

Erst nach einer gefühlten Ewigkeit entdeckte ich einen Körper, der in einen schmutzigen Lappen eingewickelt war. Inzwischen waren meine Nackenhaare starr aufgerichtet. Ich passte einen Moment lang nicht auf und stieß etwas mit dem rechten Schuh um, das klirrend über den Boden rollte. Eine leere Milchflasche, stellte ich mit trockenem Mund fest und näherte mich dem Toten. Ihm fehlte das Gesicht. Sein Haar war versengt, die Mütze, zu einem schwarzen Klumpen verbrannt, hing an seinem linken Ohr. Der Gasbrenner lag umgeworfen neben dem toten Bernhard. In dem verkohlten Antlitz schimmerten die Knochen durch, wie auch die Backenzähne, ich konnte den kompletten Unterkiefer sehen. Selbst die Augen waren nichts als zwei schwarze Löcher. Ein drängender Gedanke zur Flucht klopfte an meinen Verstand und zwang mich dazu, hier zu verschwinden, aber ich konnte nicht, weil mich etwas

Wichtiges davon abhielt: ein unscheinbarer Zettel, dessen eine Ecke aus den schwarzen Lippen hervorlugte. Die Botschaft war auf ein kariertes Blatt Papier geschrieben, das zu einem kleinen Quadrat zusammengefaltet im Rachen des Toten steckte.

Mein linkes Knie jagte mir einen Stich durchs Bein, während ich in die Hocke ging. Mit spitzen Fingern und feuchter Stirn griff ich nach dem Blatt und zog es bedächtig heraus. Das schabende Geräusch von Papier über Zahnstummel jagte mir eine Gänsehaut ein.

Ich faltete das Viereck auseinander. Dort stand mit krakeliger Schrift geschrieben: „Na, wie gefällt dir das?“

Ich drehte das Blatt abermals mit zittriger Hand um, in der Hoffnung, noch mehr Informationen zu finden, doch vergebens. Voller Entrüstung zerdrückte ich das Blatt zu einem Klumpen und warf es zu Boden. Plötzlich verkrampfte sich mein Magen. Eine Hitzewelle schoss durch meine sämtlichen Glieder. Der scheiß Krebs ließ wieder von sich wissen. Ich holte eine kleine Ampulle aus meiner Hosentasche, die ich immer bei mir trug, darin schwammen sechsunddreißig Tropfen Methadon, ich saugte die klare Flüssigkeit heraus und stopfte die Ampulle zurück in meine Hosentasche.

„Du bist vielleicht der letzte, den ich auf dem Weg zur Hölle mitnehmen werde“, sagte ich, warf einen letzten Blick auf Bernie und wählte eine Nummer. Während ich zusah, hier zu verschwinden, hörte ich dem monotonen Tuten zu und fluchte, derjenige möge endlich rangehen, weil der Empfang hier jede Sekunde unterbrochen werden konnte.

Kapitel 19

„Wer ist dieser Kerl!?“, schrie Boris und tigerte durch den Raum. Einige der Männer duckten sich. Boris Steck war groß, hatte einen Bauch, und dennoch war er durchtrainiert und massig. Eine dicke Schlagader schwoll an seinem bulligen Hals an und pulsierte. Sein Kopf wurde dunkelrot vor Zorn. An seiner Schläfe und mitten durch die Glatze verliefen kleinere Äderchen wie Würmer unter der gebräunten Haut. „Ich will ihn hier haben!“, brüllte er, packte Lukas am Hemdkragen und schleuderte ihn durch den ganzen Raum. Das Zimmer war groß und mit hellen Holztafeln verkleidet. Die Decke zierten Stuck-Ornamente, in der Mitte hing ein Lüster mit geschliffenen Kristallen, deren Facetten blinkten. Ein massiver Tisch aus Teak kratzte mit seinen gedrechselten Beinen über das Parkett, nachdem Lukas mit seinem Rücken dagegen gekracht war.

Eine Karaffe aus massivem Kristallglas fiel zu Boden, ohne dabei zu Bruch zu gehen. Der Deckel kullerte bis an die Wand. Wasser ergoss sich über das frisch gebohnerte Parkett und bildete eine durchsichtige Pfütze.

Angst, Verwirrung und Unsicherheit lösten in Lukas Manowski Trotzreaktionen aus und brachten sein Blut zum Kochen. Er war kein Laufbursche mehr, knurrte er in sich hinein. Die moralischen Seitenhiebe und diese direkte Art der Erniedrigung verleiteten ihn dazu, in wüste Schimpftiraden auszubrechen, doch Boris würde ihn dafür auf der Stelle töten, darum wollte Lukas die Situation nicht eskalieren lassen und schluckte all seinen Zorn wie bittere Galle hinunter.

Muchtar und Karim waren leicht zu ersetzen, diesen Chinesen kannte er nicht wirklich. Ein bohrendes Gefühl der Panik und Hilflosigkeit breitete sich in seiner Magengrube aus und ließ seine Haut an den Fingerspitzen und im Nacken kribbeln. „Wir haben diesen Penner ausfindig gemacht. Wir haben ihn gegrillt, aber er hielt dicht. Wir wissen jedoch nicht, wer der andere ist“, grummelte Lukas Manowski und stützte sich mit den Ellenbogen vom Boden ab.

Boris machte zwei Schritte auf den eingeschüchterten Mann zu und versenkte seine Schuhspitze in dem weichen Bauch.

Die Luft wich mit einem erdrückten Pfiff aus Lukas‘ Lunge. Er machte würgende Geräusche und krümmte sich, eine Hand streckte er aus, wie um sich zu schützen, doch das half nicht weiter. Boris verpasste ihm einen weiteren Tritt und traf ihn in die Rippen. Völlig außer Atem schnaubte der große Mann, holte einen silbernen Kamm aus seiner Brusttasche und fuhr hastig mehrmals über die buschigen Koteletten - zuerst über die linke, dann die rechte Wange.

„Er sagt die Wahrheit, Boss“, mischte sich ein schlaksiger Typ ein. „Wir haben dem alten Sack mit einem Gasbrenner das Gesicht weggebrannt, aber er hat uns nichts verraten. Er sagte, er ist kein Verräter.“

„Ich dachte, mit Pedro Mega hätten wir die Sache aus der Welt geschafft. Wie hieß der Kerl nochmal?“ Boris pustete auf den Kamm, steckte ihn zurück in sein Jackett mit schwarz-weißen Nadelstreifen und goldenen Nähten, schnipste mit den Fingern in der Luft, als müsse er nachdenken, und fuhr sich dann mit Daumen und Zeigefinger mehrmals über sein markantes Kinn.

„Du meinst diesen Kerl, dessen Schwester Pedro gegrillt hat?“, ergriff Lukas seine Chance.

Boris nickte und sah auf seine Rolex. „Wie heißt er?“

„Simon Steinwirth, ihr Zwillingsbruder.“

„Wo ist er jetzt?“

„Im Knast, soviel ich weiß.“

„Ich will Fakten, mit einem Vielleicht und Meiner-Meinung-nach kommen wir nicht weiter. Prüft nach, wo der Kerl jetzt ist, und schleift ihn hierher zu mir.“ Er spie sich vor die Füße und wies auf die Pfütze, in der die Karaffe auf dem hellen Parkett lag. „Und wischt hier alles auf.“ Boris zerrte ein weißes Tuch aus seiner Hose und tupfte sich damit die Lippen ab. Sein weißes Hemd spannte an den Oberarmen, während er sein Jackett auszog, es an die Stuhllehne hing, um in eine helle Jacke aus teurem Leinen zu schlüpfen. „Ich will, dass die Scheiße bald ein Ende hat“, sagte er, warf das Tuch auf den Boden und winkte seinem Bodyguard, der gleichzeitig auch sein Coiffeur war. Der ältere Mann im maßgeschneiderten Anzug folgte seinem Geldgeber, ohne ein Wort zu verlieren. Er war ein loyaler, treuer Begleiter, der keine Fragen stellte.

Boris hatte schon immer diesen sehr stark ausgeprägten Führungsanspruch, nichts ärgerte ihn mehr als ein Nein, er akzeptierte einfach keine Widerrede. Er war stets von der Idee eingenommen, alles besser zu wissen als sein Umfeld. Er war der geborene Anführer, das, was er sagte, hatte zu gelten, ohne Wenn und Aber. Entweder sie befolgten seine Befehle oder sie starben, lautete seine

Devise. Auch jetzt musste der Typ sterben. Nur gab es da ein Problem, er wusste nicht mit hundertprozentiger Sicherheit, ob dieser Kerl den Namen Simon Steinwirth trug, wie dieser dämliche Lukas behauptet hatte.

Draußen roch die Luft nach Sommer. Der blaue Himmel verhieß, dass der heutige Tag ein guter werden würde. Boris streifte mit den Fingern über einige Blätter des Rhododendron-Strauchs. Sich der Schönheit und dessen Giftigkeit bewusst, verzog er seinen Mund zu einem schmalen Lächeln. Die sind wie ich, schön und gefährlich, er gab einen kurzen Lacher von sich und ging zum Wagen.

Der Fahrer öffnete ihm die Tür und wartete, bis Boris Steck im Fond der schwarzen Limousine Platz genommen hatte, erst dann schloss er die Tür und umrundete mit geradem Rücken den Wagen.

Simon rieb sich die Schläfen, goss sich etwas von dem teuren Scotch ein und trank einen Schluck davon. Die Kopfschmerzen wurden dadurch noch heftiger. Mit geschlossenen Augen griff er in die Tasche seiner Jacke, öffnete die Lider, alles um ihn herum war zu einem trüben Aquarell verschwommen. Er blinzelte sich die Sicht frei, öffnete die kleine Pillendose, die er immer bei sich hatte, schüttete zwei der kleinen Tabletten auf die Handfläche und warf sie sich in den Rachen. Mit dem Rest des Scotchs schluckte er die Drogen hinunter, die eine baldige Besserung versprachen.

„Wir fahren zu dem vereinbarten Treffen. Ich muss die neue Lieferung begutachten. Bevor die frisch angelieferten Mädchen ihrer Arbeit nachgehen können, habe ich die Pflicht, sie auf Qualität und Reifegrad zu prüfen.“ Boris legte den Kopf in den Nacken und grinste wieder, dieses Mal etwas breiter. Die Schmerzen ließen langsam nach. Ein Wohlgefühl umschloss ihn wie eine sanfte Nebelwolke. „Heute darfst du dir auch eine aussuchen, Mirco. Du heißt doch Mirco?“ Boris musste über den letzten Satz laut lachen, sein Fahrer war ihm bisher zehn Jahre treu gewesen wie ein gut abgerichteter Hund, aber er kannte ihn nicht mal beim Vornamen.

„Ja“, lautete die schlichte Antwort.

„Mirco Nachtigall“, sagte Boris und klang dabei so, als müsse er sich diese beiden Wörter auf der Zunge zergehen lassen. Auch klang seine Stimme gedehnt und ein wenig lallend, die Droge weitete ihre Wirkung aus bis in die Fußspitzen. Seine sämtlichen Glieder wurden von einer angenehmen Schwere erfasst. Er umfasste die Kopfstütze mit beiden Händen und lehnte seinen Hinterkopf dagegen. Mit weit auseinander gespreizten Knien saß er da und starrte gegen die dunkle Decke. „Dein Nachname klingt beschissen, Mirco Nachtigall“, murmelte er und leckte sich über die Lippen, „aber den hast du dir auch nicht selbst ausgesucht. Ich habe mir meinen auch nicht aussuchen dürfen, den haben meine Vorfahren für uns ausgesucht. Ausgesucht, was für ein beschissenes Wort, aus...ge...sucht“, sprach er mit verträumter Stimme. „Sucht, Sucht, Sucht“, wiederholte er das eine Wort und gab so etwas wie ein Grunzen von sich, dann richtete er sich plötzlich auf. „Komm, Mirco, fahr schon. Ist dir eigentlich schon jemals aufgefallen, dass wir immer von irgendetwas abhängig sind? Ich zum Beispiel bin von Drogen und Sex mit jungen Pussis abhängig, und du von deiner Arbeit. Das Leben ist total ungerecht. Heute schenke ich dir ein Mädchen, du kannst damit machen, was dein altes Herz begehrt, aber erst, nachdem ich mir zwei Stück aus...ge...sucht habe. Hast du kapiert?“ Boris klang auf einmal fröhlich und klopfte seinem Fahrer freundschaftlich auf die Schulter. Der Wagen fuhr an, Boris wurde nach hinten zurück in den Sitz gedrückt. „Lass es uns den Weibern so richtig besorgen heute, Mirco Nachtigall“, rief Boris, streckte beide Hände nach vorne und machte eine obszöne Geste, indem er den rechten Unterarm gegen die linke Ellenbeuge schlug. „Wir werden denen schon zeigen, wer hier das Sagen hat, ich oder dieser Simon Steinwirth.“

Kapitel 20

Mike hasste den penetranten Geruch von Latex. Während er sich mit steinerner Miene die Handschuhe überstreifte, versuchte er, sich auf etwas anderes zu konzentrieren, doch der unangenehme Druck auf seinen Fingern brachte ihn dazu, erneut daran denken zu müssen, was ihm gleich bevorstand. Das kalte Licht, die weißen Fliesen, die metallisch glänzenden Geräte, und der allgegenwärtige unsichtbare Nebel, der nach Verwesung stank, der, von anderen Mitteln überlagert, doch nie wirklich vertrieben wurde, ließen seinen Magen rumoren. All das war mit den unerfreulichen Aspekten verknüpft, die sein Job mit sich brachte.

Mike schmierte sich keine Salbe mit Minzgeruch oder ähnlichem unter die Nase. Der Geruch nach geronnenem Blut und anderen Körperflüssigkeiten verstärkte sich, nachdem er den Autopsiesaal betreten hat. Er war auf das Schlimmste gefasst und bereits gewappnet, sich etwas ansehen zu müssen, das einem anderen Menschen viele schlaflose Nächte bereiten würde. Aber Mike hatte schon so einiges in seinem Leben zu Gesicht bekommen, er war abgebrüht und nicht mehr so leicht zu schockieren.

Draußen schien die Sonne. Hier unten fror Mike und bekam eine Gänsehaut, weil der Schweiß auf seiner Haut sich wie ein kalter Dunst auf seinem Körper anfühlte.

Anton Butz erwartete ihn schon. Auch der junge Gehilfe stand in voller Montur neben einem Seziertisch, auf den der Leichnam aufgebahrt und von einem schweren Tuch bedeckt war. Natürlich wäre Mike am liebsten an einen der Seen rausgefahren, um die Wärme der Sonne zu genießen und sich den entsetzlichen Anblick zu ersparen, anstatt sich ihm zu stellen, aber das war nun mal sein Job. Der Zustand seines früheren Partners war immer noch nicht wirklich stabil. Jürgen Welsch befand sich im Krankenhaus in der Schweiz, also konnte Mike ihn nicht besuchen und ihm nicht zu seinem erfolgreichen Sturz von einem Berg gratulieren.

„Bist du nun soweit, Mike?“, prallte Anton Butz‘ Stimme von den weiß gefliesten Wänden ab und verebbte mit einem kaum wahrnehmbaren Echo irgendwo in der dunklen Ecke. Der Gerichtsmediziner trug auch einen grünen OP-Kittel wie sein Assistent und versteckte seine Haare unter einer Haube. „Du solltest dir vielleicht die da über deine Schuhe stülpen.“ Der Mediziner deutete mit der behandschuhten Hand auf eine kleine Schachtel neben der Tür. Mike nahm sich zwei davon und zog sich die Überschuhe auf seine Sneaker.

Ein trockenes Klacken ertönte, gefolgt von einem Klimpern, dann flackerten mehrere Lichter an der Decke und tauchten den Raum in ein kühles Weiß. Der junge Assistent zog das Leichentuch von dem toten Körper ab und verstaute es in einem dafür vorgesehenen Wagen, der danebenstand. Mike vermied es, die Leiche allzu eingehend zu inspizieren, während er sich dem Tisch näherte.

„Wir haben den Körper entkleidet und gewaschen, nicht ohne ihn zuvor akribisch auf Fingerabdrücke und diverse andere Spuren zu überprüfen“, sagte der Gerichtsmediziner noch, bevor Mike auffahren konnte.

„War da nicht die Rede von einem Hinweis?“ Mikes Stimme klang gedämpft, weil er so wenig wie nur möglich von der verseuchten Luft einatmen wollte.

Anton Butz warf einen kurzen Blick zu seinem Assistenten, der ohne ein Wort zu verlieren in einem anderen Raum verschwand. Der Gerichtsmediziner arrangierte derweil die sterilen Instrumente auf einem Tablettwagen und schaltete das Diktiergerät ein. Er nannte das Aktenzeichen und machte eine ungefähre Altersangabe zu der Toten, dann kamen andere Merkmale wie Gewicht, Kopfumfang und Geschlecht hinzu.

Das strohblonde Haar der Toten lag auf dem grauen Blech und war von Blut verkrustet. Das, was früher ein Gesicht gewesen war, war nichts als eine Fläche aus nacktem Fleisch, was Mike an einen Klumpen Gehacktes erinnerte, auf den zwei Augäpfel drapiert wurden und der mit weißen Zähnen garniert war.

„Die Abschürfungen an den Hand- und Fußgelenken sind nicht frisch“, sprach Doktor Butz weiter, Mike hörte seiner Stimme angestrengt zu, weil er mit vielen anderen Gedanken beschäftigt war, die sich in seinen Kopf drängten. „Auch weisen sie keine Merkmale von gewöhnlichen Fesseln auf“, fügte der ältere Herr hinzu und machte eine Pause, als warte er auf eine Reaktion von Mike, die prompt kam, wie der Gerichtsmediziner es auch erwartet hatte.

„Wie bitte?“ Mike sah von der Toten auf. Anton Butz stand ihm gegenüber auf der anderen Seite des Tisches. In den Gläsern seiner Brille spiegelte sich das grelle Licht der Deckenbeleuchtung, sodass Mike die Augen nicht sehen konnte.

„Diese Art der Fesselung ..."

„Bondage", sprach Mike das erste aus, was ihm in den Sinn kam, und zog die Stirn kraus.

„Damit meinst du sicherlich die Sexfessel-Kunst?", mutmaßte Anton Butz und winkte ab. „Nein, ich denke da eher an spezielle Gurte, die in der Medizin verwendet werden, um den Patienten zu fixieren."

Nun wirkte Mike völlig überfordert. „Wir haben es hier doch mit einem Arzt, einem Chirurgen zu tun?"

„Nein, dafür geht er zu stümperhaft vor. Hier überschneiden sich einige Merkmale und widersprechen sich. Zum einem stellt der Mörder seine Opfer ruhig, indem er sie schonend ans Bett fesselt, um ihnen später mit einem Messer die Haut vom Gesicht abzuziehen? Das glaube ich nicht. Ich habe aber auch nur bei dieser Frau dieses Phänomen beobachten können, die anderen wurden abgeschlachtet. Die Blutanalyse hat ergeben, dass diese Dame HPV-Viren hatte."

„Hepatitis?", sagte Mike wie zu sich selbst.

„Ja, Hepatitis B, auch der Vaginalbereich deutet darauf hin, dass diese junge Dame eine Prostituierte war. Vielleicht wurde sie dazu auch gezwungen. Nach meinen ersten Überlegungen, die hohen Wangenknochen, die Kopfform und einige anderen Proportionen, lassen eine vage Vermutung zu, dass das Opfer aus einem der osteuropäischen Länder stammte. Ich lehne mich sogar so weit aus dem Fenster und behaupte, dass die Tote aus Polen, Tschechien oder Slowenien stammte. Doch laut der Papiere ist sie eine Deutsche. Die Kollegen aus der Computerabteilung konnten anhand der Fingerabdrücke und dem dazu hinterlegten Foto, die Frau war aktenkundig, sie auf einer der Social-Media-Plattformen ausfindig machen. Eine gewisse Silke Wirth. Sie ist in Berlin gemeldet, hat aber keinen festen Wohnsitz. Aber wir müssen erst die Werte aus dem Labor abwarten, um diese Annahme zu bestätigen. Wir haben auch zwei Initialen, hinter ihrem Ohr, es handelt sich nämlich um ein Tattoo, das nicht mehr frisch ist ..." Der Gerichtsmediziner bewegte den Kopf ein Stück zur Seite. „Hier." Er hob die Ohrmuschel an, knickte den Hautlappen um und drückte den Knorpel fest gegen den Kopf. Mike konnte zwei geschwungene Lettern erkennen, nicht größer als ein Nagel. „S und W", sprach Doktor Butz laut vor. „Silke Wirth würde schon mal passen. Das DNA-Labor hat im Moment viel zu tun, daher zieht sich alles in die Länge."

„Zwangsprostitution ist schon eine Hausnummer", murmelte Mike und sah nach rechts, als er wieder Schritte hörte. Der Assistent kam mit einer Tüte auf ihn zu, in der sich ein kariertes Blatt befand. Mike nahm das Beweisstück entgegen und hielt es ans Licht. Das Papier war von dunklen, rotbraunen Flecken durchtränkt, dennoch waren die Worte, die in Großbuchstaben geschrieben wurden, leicht zu entziffern.

„Du bist der Nächste", lautete der Schriftzug. Die Lettern stammen aus einer Zeitung oder einer Zeitschrift. Sie alle waren ungefähr gleich groß und hatten dieselbe Form und denselben Zug.

„Und du bist dir da ganz sicher, Anton, dass unser Mörder keine anatomischen Kenntnisse hat?"

„Er ist auf jeden Fall kein Chirurg, das, was er mit den Gesichtern macht, ist stümperhaft. Alles, was für ihn dabei zählt, ist das nackte Fleisch. Komm ein Stück näher an das Kopfende, die Tüte kannst du auf das Tablett legen“, sagte der Mediziner und griff nach einer großen Pinzette, mit der er den Hautlappen an der Stirn der Toten anhob und somit den weißen Knochen entblößte. Die Haut machte ein schmatzendes Geräusch. Mike schluckte und fokussierte seinen Blick auf die eine Stelle, auf die Doktor Butz mit dem schmalen Ende des Skalpells hinwies und entlangfuhr, ohne dabei den Knochen zu berühren.

Mike sah eine schartige Linie. „Wie ein Kratzer auf einer Tischplatte“, murmelte Mike.

„Genau“, pflichtete ihm Anton Butz bei und spreizte die verklebten Muskelfasern auf der linken Wange auseinander. Auch an dem Kieferknochen konnte Mike dieselbe Verletzung erkennen. „Die Messerspitze ist scharf, aber sie stammt nicht von diesem Werkzeug hier.“ Er sah auf und zeigte Mike das Skalpell. Das Metall glänzte kalt in dem weißen Licht. „Und noch etwas, wir haben hier eine erste Abweichung, die Verletzungen im Gesicht wurden der Frau post mortem zugefügt. Zwar ist die Tatwaffe stets dieselbe geblieben, doch unser Mörder ist von seinem Modus Operandi abgewichen. Dieser Einstich ...“ Der Gerichtsmediziner deutete auf eine Hautverletzung, die etwa zwei Zentimeter breit war und sich oberhalb der linken Brust befand. „Damit meine ich die Perforierung in der Brust“, er legte eine kleine Pause ein, damit Mike Zeit hatte, sich die Verletzung näher anzuschauen, „der Einstichkanal endet im Herz. Dieser Stich führte zu einem schnellen Tod“, sagte der Rechtsmediziner sachlich.

„Und diese Punktierungen?“, wollte Mike wissen und hielt den Finger an die Hand der Toten.

„Rattenbisse“, lautete die schlichte Antwort und warf noch mehr Fragen auf.

„Rattenbisse?“, echote Mike und ließ seinen Blick über den aufgedunsenen Leichnam schweifen. Der bläulich verfärbte Körper hatte schwarze Totenflecken im unteren Bereich, aber auch an den Knien und der linken Schulter.

„Die Leiche wurde nach dem Tod bewegt, darum die ungewöhnliche Ansammlung von schwarzem Blut“, erklärte Doktor Butz und sprach somit Mikes Gedanken laut aus. „Die Frau landete nach ihrem Ableben in der Gosse, buchstäblich. Es waren Kanalarbeiter, die die Leiche entdeckt haben.“

Mike sortierte seine Gedanken neu und ging die bisherigen Opfer durch, die bisher alle Männer waren. Bei dieser Frau häuften sich die Abweichungen so, als habe man es hier mit einem Trittbrettfahrer zu tun. Wäre doch möglich, dass sich jemand dieser Frau entledigen wollte, aber, unterbrach er den vagen Gedankenfluss, woher besaß der Mörder Wissen über so viele Details, war etwas in die Medien durchgesickert?

Mike kniff die Augen zusammen, weil ihm etwas einzufallen schien, ganz hinten, irgendwo in der dunkelsten Ecke seines Verstandes flackerte eine Idee auf, doch dann verflüchtigte sich dieses Aufflackern wieder, weil der junge Assistent etwas auf den Boden fallen ließ. Ein blechernes Scheppern klang ohrenbetäubend in dem großen Raum.

„Verdammt nochmal", presste Mike seinen Unmut durch die Zähne. Manchmal musste er jemandem die Schuld geben, wenn etwas nicht so lief, wie er es wollte, und der angehende Gerichtsmediziner war der einzige in diesem Raum, dem er dafür die Schuld geben konnte, weil er nun den Faden verloren hatte.

„Und noch etwas", Doktor Butz haderte, so als wäre ihm das, was er sagen wollte, unangenehm, „die Tatwaffe ist kein Teppichmesser, es wäre zu riskant, da die Klinge leicht abbrechen könnte. Darum tippe ich auf ein scharfes Messer mit abgebrochener Spitze."

„Also ein Messer mit einer abgebrochenen Spitze", wiederholte Mike mit leicht belegter Stimme. „Was noch?"

„Wir beginnen mit der Öffnung des Körpers, ich möchte herausfinden, ob das Herz nur einmal durchstochen wurde, auch möchte ich die Gebärmutter genauer untersuchen. Vielleicht handelt es sich hier um ein Beziehungsdrama."

„Sie war eine Prostituierte", warf Mike mit gesenkter Stimme ein, in dem Bemühen, sich wieder zu fangen.

„Auch Prostituierte können Mütter und Schwestern oder auch Ehefrauen sein. Nicht selten werden sie von denselben, die sie augenscheinlich zu lieben schwören, dazu gezwungen, auf die Straße zu gehen. Sie war drogenabhängig, da sind die meisten nicht mehr wählerisch. Alles, was zählt, ist der nächste Schuss", sprach der Mann mit müder Stimme und sah sich nach einem passenden Instrument um.

Mike holte tief Luft, denn das, was jetzt auf ihn zukam, würde ihm alles abverlangen, aber auch da musste er durch.

Der junge Assistent, dem eine rote Haarsträhne unter der Kopfbedeckung hervorlugte, schob einen zweiten Tablettwagen heran. Seine Augen taxierten Mike, für einen Augenblick trafen sich ihre Blicke. „Es tut mir leid, dass ich dich vorhin angeschnauzt habe“, entschuldigte sich Mike und sprang damit über seinen eigenen Schatten, weil es sonst nicht seine Art war. Aber der junge Mann konnte ja schließlich überhaupt nichts dafür.

Tatsächlich taute der eisige Blick des Assistenten auf. Er zuckte die schmalen Schultern und sagte: „Ist schon okay.“ An seiner Tonlage erkannte Mike, dass das, was er sagte, nicht aufgesetzt war. „Ich habe noch etwas entdeckt, und zwar da unten an den Fersen, dort sind Einstiche. Die sieht man aber nur, wenn das Licht schräg auf die Haut fällt“, sprach der junge Mediziner und leuchtete mit einer kleinen Taschenlampe auf die Hornhaut der Frau.

„Die stammen aber von einer ziemlich dicken Nadel“, hörte Mike seine eigene Stimme, die nach einer Bestätigung suchte. Die Konturen seines Gesichts schienen sich im Wechselspiel von Dunkel und Hell zu verschieben, weil er die Stellen von mehreren Blickwinkeln beäugte.

„Eher von einem zugespitzten Röhrchen, einer Art Nadel. Damit bezweckte man nur eines …“, der Satz kam aus dem Mund des Assistenten. Selbst Doktor Butz hörte gespannt zu und hielt mitten in der Bewegung inne. Die Luft schien vor Anspannung zu vibrieren, „sie durfte nicht weglaufen. War womöglich eine Sex-Sklavin. Die Fersen sind da sehr empfindlich. Diese Stellen verheilen wegen der Dicke der Haut nur langsam. Von dieser wirkungsvollen wie auch simplen Methode habe ich in einem Artikel erfahren und fand es sehr aufschlussreich."

„Weil?" Die Augen von Doktor Butz weiteten sich.

„Oh, nein, ich hatte niemals vor, einem Menschen solche Qualen zuzufügen, ich habe eine Freundin, und bei uns läuft alles prima", versicherte er im Brustton der Überzeugung. „Nur finde ich wirklich erstaunlich, zu was ein Mensch doch fähig sein kann, wenn er von etwas besessen ist. Früher, zu der Kriegszeit, hat man in solche Wunden Pferdehaare hineingedrückt. Nachdem sich die Verletzungen zugezogen hatten, blieb das Haar vom Gewebe umschlossen, die Opfer waren für immer höllischen Qualen ausgesetzt."

Doktor Butz äußerte weder Widerspruch noch Zustimmung. „Schieb den Wagen weiter vor, lasst uns endlich anfangen", wechselte er das Thema und nannte die Zeit, die er von einer Wanduhr ablas, die über der großen Tür hing.

Kapitel 21

Ich wachte in dem hellen Gelb der Mittagssonne schniefend und hustend auf. Ich hatte mir die Sommergrippe oder etwas anderes eingefangen. Die grellen Strahlen drangen durch die zugezogenen Vorhänge und blendeten mich. Ich musste blinzeln, dann deckte ich mir die Augen mit dem Unterarm ab, weil der warme Schein der Sonne immer noch auf meinem Gesicht tanzte. Mit einem tiefen Seufzer quälte ich mich aus dem klapprigen Bett.

Mein Blick schweifte durch den kleinen Raum des Wohnwagens, endlich fand ich das kleine Döschen und wankte darauf zu. Mit müden Gliedern und tauben Fingerspitzen öffnete ich den Deckel und fischte zwei kleine Tabletten heraus, die meine Kopfschmerzen lindern sollten. Das Wasser aus der Glasflasche zischte, während ich den Deckel aufdrehte. Die Kohlensäure spritzte mir in die Nase und ließ mich aufstoßen, nachdem ich mehrere Schlucke getan hatte.

Als ich meinen Durst halbwegs gelöscht hatte, schlurfte ich zu einer Schublade und holte ein schwarzes Notizbuch heraus. Ich blätterte auf die letzte Seite, die Bilder und Notizen dienten mir als Gedankenstütze und waren eine Art Lebenslauf meiner letzten Jahre - eine To-do-Liste vor dem Tod. Mir ging es wieder einigermaßen besser. Mein Allgemeinzustand war im grünen Bereich, ich fühlte mich so gut, wie man es unter den gegebenen Umständen von einem zum Tode Geweihten erwarten durfte, darum klagte ich nicht.

Meine Augen verharrten auf einem Frauengesicht. Selma, flüsterten meine Lippen, die Finger strichen sanft über das vergilbte Foto. Auf ihrem Gesicht lag das jugendliche Lächeln, in das ich mich früher verliebt hatte.

Sofern ich bis morgen nichts von dir höre, gehe ich von der Annahme aus, dass es in Ordnung geht und das Treffen wie vereinbart stattfinden wird, war das Letzte, was sie damals am Telefon zu mir gesagt hatte. Zu diesem Zeitpunkt klaffte ein riesiger Krater zwischen uns beiden, wir waren nur Freunde geworden, obwohl ich mehr daraus machen wollte. Aber das schwarze Loch, das sich in ihr auftat und sie von innen zerfraß, wurde immer größer. Die Drogen hatten sie fest im Griff. Selma war zu einem Schatten ihrer selbst geworden. Diesen einen Tag, an dem ich sie in ihrer Wohnung gefunden hatte, werde ich nie vergessen können. Ich war wie von Sinnen und rannte einfach weg. Alles war in mir zerbrochen, ich fand keinen Ausweg aus dem Zustand, in den ich verfiel. Ich nahm Drogen, starke Drogen, später wurde ich clean, doch mein Geist sehnte sich nach Rache. Bei der letzten Untersuchung wurde bei mir Krebs diagnostiziert, im fortgeschrittenen Stadium, das gab mir den Rest.

Etwas war damals ganz schiefgelaufen, und Selma verschwand auf eine sehr bestialische Weise für immer aus meiner Welt.

Der Gedanke, dass alles bald ein Ende haben würde, tröstete mich.

Alles verlief bisher nach Plan, stellte ich schmallippig fest, machte schnell eine weitere Notiz, die ich abhaken konnte, krümmte mich und schnappte nach Luft, weil ein heißer Stich durch meinen Bauch fuhr.

Ich hielt den Atem an und wartete, bis der Schmerz nachließ. Danach trank ich die Flasche leer, schob die Schublade zurück und wankte nach draußen, weil ich noch etwas zu erledigen hatte.

Der Tag neigte sich langsam dem Abend zu, also musste ich mich beeilen, um nicht zu spät zu dem vereinbarten Treffpunkt zu kommen.

Kapitel 22

„Die Ware ist nicht frisch“, blaffte Boris, während er mit hinter dem Rücken verschränkten Armen eine Reihe eingeschüchterter, nackter Mädchen abschritt, deren Blicke auf ihre nackten Füße gerichtet waren. „Sie riechen unrein!“

Zuerst dachte ein schwarzhaariger Mann mit Pferdeschwanz, einem fliehenden Kinn und feistem Hals daran, seinen Auftraggeber mit einer Lüge abzuspeisen, entschied sich jedoch anders. Mit finsterer Miene zog er das Haargummi ab, fuhr mit den Fingern über seine dichte Mähne und flocht sie zu einem Zopf. „Sie kommen gerade aus dem Laster, da muffelt es halt“, sprach er mit kratziger Stimme. Seine Aussprache war kantig und von einem starken rumänischen Akzent geprägt. Er schniefte, zog die Nase hoch und spie den glibberigen Klumpen auf den staubigen Boden. Sie befanden sich in der leeren Halle eines Fabrikgebäudes. Die gelben Lichtstrahlen des anbrechenden Abends drangen schräg durch die von Vogelkot und Staub verschmutzten, zum Teil kaputten Scheiben, und warfen Lichtschatten.

Boris lief auf ein brünettes Mädchen mit kleinen Brüsten und schmaler Hüfte zu. Ihre Haut war weiß, beinahe durchsichtig, er konnte sogar um ihre hellen Brustwarzen dünne Äderchen erkennen. Er schluckte schwer, leckte sich über den Finger und strich ihr mit der feuchten Spitze über die Brustwarze, die sich zusammenzog und zu einer kleinen Erbse wurde. Boris lächelte zufrieden.

„Jung sind sie, aber was nützt es mir, wenn die Ware beschädigt ist", brummte er und drehte sich auf dem Absatz zu dem Schlepper um.

Die beinahe schwarzen Augen des Mannes huschten hin und her, der Mund war zu einem unsicheren Grinsen verzogen, das ihn dämlich aussehen ließ. Er war in Begleitung von vier Männern, die auch bewaffnet waren. Boris war allein und nur von seinem Chauffeur begleitet, dennoch musste der große Mann mit den grauen Koteletten und der glänzenden Glatze nichts befürchten, das wussten hier alle Anwesenden. Boris hatte Beziehungen, die selbst nach seinem Tod ihren Pflichten nachgehen würden, auch darüber wusste jeder Bescheid und hielt sich an den ungeschriebenen Kodex.

Boris machte zwei Schritte nach rechts. Berührte ein weiteres Mädchen am Kinn, nur mit Zeige- und Mittelfinger, und hob ihren Kopf leicht an, sodass er ihr ins Gesicht schauen konnte. Er sah in zwei tiefblaue Augen. Darin schwammen Tränen wie Morgentau. Ihre Gesichtszüge waren ideal. Die Symmetrie war perfekt, doch ihre Brüste waren zu klein für ihn und das, was er mit ihnen vorhatte. Er wollte so eine wie Silke haben, wäre sie bloß nicht den Drogen verfallen, knurrte er innerlich und sah zu seinem Begleiter. „Wäre doch was für dich, Mirco, oder doch die Schwarzhaarige?"

Der Mann im dunklen Anzug blieb reglos stehen. Insgesamt waren es acht Mädchen, keine war älter als achtzehn.

Mit leicht zuckendem Mundwinkel schritt Boris die Reihe erneut ab. Mit Daumen und Zeigefinger seiner rechten

Hand fixierte er die Gesichter an den Wangen und leuchtete den Mädchen mit einer Taschenlampe in die Augen. Bei dem vorletzten blieb er abrupt stehen und verharrte einen Moment länger als bei den übrigen. Es war still, man könnte sogar eine Nadel fallen hören, doch stattdessen vernahm Boris ein leises Schluchzen, und das erregte ihn. Doch dann bemerkte er etwas, das ihm so überhaupt nicht gefiel. Er mahlte mit den Zähnen, die Kaumuskeln traten hervor, die Augen wurden schmaler. In seinem Blick lag ein leiser Argwohn. Der Schlepper trat ungeduldig von einem Bein aufs andere und suchte mit einem Achselzucken bei seinen Kumpels nach Beistand.

Keiner sagte ein Wort, bis Boris wie von einer Schlange gebissen herumwirbelte und stampfend auf den bleich gewordenen Mann mit den langen Haaren zulief und ihn grob am Kragen packte. „Hältst du mich für so dämlich?“, brüllte er. Spucke flog aus seinem Mund und traf sein Gegenüber im Gesicht, doch dieser unternahm nichts, um den Speichel abwischen. Er stotterte nur.

Boris schleuderte den Mann vor die Füße des Mädchens und verpasste ihm einen heftigen Tritt gegen die Rippen. „Was ist in dich gefahren?“, hustete der Mann, ohne Boris beim Namen zu nennen, das war nämlich verboten. Er presste die Hand fest gegen die Magengrube und rappelte sich auf die Beine. Seine Brust hob und senkte sich langsam, er torkelte rückwärts, um sich Abstand zu verschaffen.

„Ist sie nur zugekifft oder hat sie was eingeschmissen?“ Boris war immer noch außer sich. Grob wischte er sich mit dem Handrücken über seine feuchten

Lippen und kam gefährlich nahe an seinen Kontrahenten heran, den er um einen guten Kopf überregte.

„Sie hat die ganze Zeit Stress gemacht", rechtfertige sich der Mann und hielt sich jetzt die linke Seite, das Gesicht immer noch vor Schmerz verzerrt.

„Was habt ihr mit ihr angestellt?" Jedes Wort glich einem Hammerschlag.

„Etwas Methamphetamin." Die Antwort klang wie ein Eingeständnis.

„Red keinen Scheiß. Du meinst damit Crystal Meth, habe ich recht?"

„Wir hatten nichts anderes da. Wie gesagt, sie hätte uns die ganze Fahrt vermasselt."

Boris hob die Hände und machte ein ungläubiges Gesicht. „Ich dachte, ihr seid Profis." Ohne Vorwarnung machte er einen schnellen Schritt nach vorne und packte den schwarzhaarigen Typen. Die Finger seiner linken Hand gruben sich in den teuren Stoff des Seidenhemdes. Sein Kontrahent japste. Knöpfe rissen ab und klackerten über den Boden. Mit der rechten Hand griff er hinter den Rücken des Mannes und zerrte eine schwarze Pistole aus dem Hosenbund. Die übrigen Typen nahmen Stellung, zogen wie auf Kommando ihre Waffen und hielten sie im Anschlag. Boris beachtete sie nicht. Er entsicherte die Pistole, richtete den Lauf auf das Gesicht des Mädchens und drückte ab. Der Knall war ohrenbetäubend. Der Kopf der Getöteten schnellte heftig nach hinten, flog tief in den Nacken und riss den erschlafften Körper hinter sich her auf den Boden. Sie fiel rücklings in den Staub, ohne einen Laut von sich zu geben. Die Beine breit auseinander gespreizt lag sie da. Ihre

Arme und Füße zuckten konvulsiv. Aus dem halb geöffneten Mund drang ein gurgelndes Geräusch, durch das klaffende Loch in ihrer Stirn schoss eine kleine Blutfontäne. Die übrigen Mädchen schrien durcheinander und fielen sich in die Arme. Eine kotzte sich die Seele aus dem Leib und fiel auf die Knie.

„Sag ihnen, die sollen die Schnauze halten, sonst bist du der nächste, und deine Affen sollen ihre Scheißwaffen wegstecken“, knurrte Boris und hielt den Lauf auf den Mann gerichtet, der keine Coolness mehr ausstrahlte und kreidebleich wurde. „Mirco, zeig ihnen, was du heute dabei hast“, schrie er hinter seinen Rücken, ohne den Kopf zu wenden.

Mirco griff in die Innentasche seines Zweireihers und präsentierte, für alle gut sichtbar, eine russische Handgranate.

Befehle in einer für Boris unbekannten Sprache hallten von den Wänden wider und vertrieben das leise Summen, das sich nach dem Schuss in Boris‘ Kopf verfangen hatte. Er konnte wieder klar hören, nur im linken Ohr piepte es noch, aber das war kein Problem, wusste er, rieb die Waffe mit einem Taschentuch ab und warf sie vor die Füße des Schleppers.

„Ist die Waffe kalt?“, sprach Boris wie beiläufig, hob den rechten Arm zur Decke und ließ ihn zweimal kreisen. „Da oben sind Kameras eingebaut, wenn ich nur so mache“, er schnippte mit den Fingern, „werden meine Leute das Gebäude stürmen“, log er. „Oder mein Kumpel zieht den Splint und es macht ... Boom. Also, ist die Waffe kalt?“

„Nein!“, murrte der Mann und starrte auf die Pistole, als würde sie jeden Moment losgehen.

„Das ist dein Bier, nicht meins. Du hast dich nicht an die Regeln gehalten. Den Rest kannst du einpacken, wir nehmen die Ware mit, aber da du dich nicht strikt an die Abmachung gehalten hast, muss ich was abziehen. Du bekommst keine fünfzehn, sondern zehn Riesen.“

„Was?“ Das Wort blieb ihm jedoch im Mund stecken, als der Schwarzhaarige gewahr wurde, dass Mirco nun doch den Stift herausgezogen hatte.

Auf Boris‘ Gesicht breitete sich ein maliziöses Lächeln aus. „Er muss nur die Finger öffnen, dann hängt nicht nur mein Gedärm an den Wänden. Es wird eine Riesensauerei werden, sage ich dir, das kannst du mir glauben. Deine Affen hören wohl nicht mehr auf dich. Mirco, mach sie kalt.“

„Nein!“, schrie der Anführer und hob beide Hände in die Luft.

Ein spöttisch überlegenes Lächeln umspielte Mircos Mund. Zum ersten Mal sah Boris diese Gefühlsregung bei seinem Fahrer.

„Wenn ich unverrichteter Dinge gehen sollte, mein lieber rumänischer Freund“, Boris stieß seinen frisch manikürten Finger in die knochige Brust des Mannes, „könnte die Gefahr bestehen, dass ich wiederkommen muss und mit dir eine andere Sprache sprechen werde. Hast du mich soweit verstanden? Nicke, wenn dem so ist.“

Der Mann nickte, sein Gesicht war von Furcht gezeichnet. „Und was mache ich mit ihr?“ Er deutete mit dem Kinn auf den toten Körper.

Boris lachte selbstgefällig auf, doch sein Grinsen verschwand gleichzeitig mit dem lauten Krachen und dem gedämpften Aufschrei einer Frau. Etwas fiel scheppernd zu Boden, jemand kreischte.

„Verfluchte Scheiße." Boris Augen huschten über die nackten Körper der Mädchen. „Eine fehlt", brummte er. Eines der Mädchen hatte den Augenblick des Tumults ausgenutzt und sich davongemacht, stellte er mit griesgrämiger Miene fest.

Wieder blaffte der Schlepper etwas in seiner Sprache. Zwei der Männer liefen dem Geräusch nach. Kurz darauf kamen sie zurück, mit der Ausreißerin im Schlepptau. Sie blutete am Kopf. Ihr strohblondes Haar war zerzaust, Spinnweben hingen wie graue Strähnen in ihrem Gesicht.

„Ich will sie", ertönte Mircos Stimme, noch bevor Boris etwas sagen konnte.

„Du stehst wohl auf Rebellinnen?", freute sich Boris und schüttelte leicht den Kopf. „Also gut, die, die mit den kleinen Titten und diese da", er wies auf eine Vollbusige, „die nehmen wir gleich mit, den Rest bringst du dahin." Er händigte dem Mann einen kleinen Zettel aus, auf dem eine Adresse stand. „Dort bekommst du auch dein Geld, und die Leiche nehmt ihr auch mit." Boris zündete sich eine Zigarette an und lief durch das große Tor nach draußen, Mirco folgte ihm. Er sicherte die Granate und steckte sie zurück in die Tasche.

„Heute lassen wir es uns richtig gutgehen, nicht wahr?" Boris legte einen Arm auf die Schulter seines treuen Begleiters, sah zum Himmel und kniff vergnügt die Augen zusammen. „Das Leben ist schön, Boris, ein schönes Leben ist jedoch viel besser.“ Beide Männer mussten grinsen. Gemeinsam schritten sie zu dem großen Wagen. Dort warteten sie auf die drei Frauen und rauchten, mit dem Rücken an das warme Blech gelehnt, schweigend ihre Zigaretten.

Aus dem dunklen Inneren der alten Fabrik drang das tiefe Brummen eines Kompressors, das sich mit dem lauten Rufen von Männern zu einem Wirrwarr an Geräuschen vermischte. Dazu kam das Weinen und verzweifeltes Flehen junger Mädchen, die alle durcheinander irgendetwas in ihrer Sprache schrien.

„Der Zigeuner macht sie für uns frisch“, sagte Boris, legte den Kopf tief in den Nacken und blies eine Rauchwolke in den Himmel.

Mirco Nachtigall sah ihn irritiert an.

Boris verzog den Mund und lächelte schief. „Er verpasst ihnen eine kleine Dusche. Das Wasser in der mobilen Waschanlage, die eigens dafür konzipiert wurde, ist mit exklusiven Mittelchen vermischt und mit verschiedenen chemischen Konzentraten angereichert, die nicht nur den Dreck von der Haut wegspülen. Was glaubst du, warum er so viel Kohle kassiert?“ Boris schnippte den Zigarettenstummel im hohen Bogen von sich weg und streckte sich gähnend. „An sowas kann man sich schnell gewöhnen.“

„Die haben richtig viel Schiss vor dir, Boss. Die haben sogar die Lüge mit den Kameras geschluckt, obwohl es offensichtlich war, dass das nicht stimmte.“

Boris warf seinem Begleiter einen freundlichen Blick zu. „Das nennt man Respekt“, lachte Boris und stieg in den Wagen. Er gähnte mit weit aufgerissenem Mund und legte sich mit hinter dem Kopf verschränkten Armen auf die weiche Sitzbank. „Weck mich, wenn die so weit sind“, sagte er durch die offene Tür und schloss die Augen.

Kapitel 23

Mike lief mit einem unangenehmen Leichengeruch in der Nase, der sich hartnäckig in seine Schleimhäute eingenistet hatte, über den Korridor. Er grübelte über den Mann nach, nach dem seit mehreren Wochen sehr intensiv gefahndet wurde. Selbst die Videoaufnahmen der Überwachungskameras vom Hauptbahnhof hatten ihn nicht erfasst, die mehrtägige Analyse hatte nichts ergeben, lautete die letzte Information, die er gerade eben telefonisch erhalten hatte. Der Mörder war wie ein Phantom. Darum traf die Bezeichnung ‘Der Gesichtslose‘, die von den Medien erfunden wurde, mehr denn je auf den Gesuchten zu.

Mike blieb vor einem Kaffeeautomaten stehen und kramte in seiner Hose nach Münzen. Nachdem er fündig wurde und mehrere Centstücke in den Schlitz geschoben hatte, hörte er dem Rattern und Prusten zu, dabei versuchte er seinen Kopf an das Blech zu lehnen, weil er total müde und ausgelaugt war. Das enervierende Piepen seines Handys ertönte und entlockte ihm einen gedämpften Wutschrei.

„Mike Wedekind.“

„Hier ist Jasmin, ich habe da etwas für dich.“

„Kann das nicht bis nachher warten?“

„Wie lange dauert so ein Nachher?“, wollte sie wissen und schwieg.

„‘ne halbe Stunde?“

„Das ist mir zu lang. Ich habe einen Namen, sagt dir Steinwirth etwas?“

„Ist das ein Gasthof?“

„Nein!“

„Ein Hotel?“

„Nein, Mike!“ Jasmin klang empört, doch Mike ignorierte ihren kleinen Wutausbruch geflissentlich, schnappte den heißen Becher und schlürfte an dem heißen Gebräu.

Der Instantkaffee schmeckte mies, war aber tausendmal besser als die Suppe oder dieser scheußliche Früchtetee. „Was ist es dann?“, neckte er sie weiter und konnte sich ein Grinsen nicht verkneifen.

Sie schnaubte kurz auf, dann nutzte sie den kurzen Moment zu ihren Gunsten aus und sagte schnell: „Eine gewisse Selma Steinwirth.“

Mike verschluckte sich an dem Kaffee und verzog das Gesicht. Etwas von der heißen Flüssigkeit schwappte über den Rand und ergoss sich über seine Finger. Mike presste die Lippen aufeinander, blieb jedoch stumm. Eigentlich wollte er Jasmin etwas aufbrummen, was sie eine Weile von ihm fernhielt. Gleichzeitig hegte er intuitiv ein Gefühl, dass diese pedantische Akribie, die er schon von seinem richtigen Partner Jürgen Welsch kannte, und mit der auch Jasmin an die Sachen heranging, etwas Brauchbares zutage fördern könnte. Er hatte sich also nicht getäuscht. „Ich höre“, sagte er mit fester Stimme und nippte weiter, ohne etwas zu schmecken. Er war mit seinen Gedanken woanders, nämlich bei Jasmin und dem, was sie gefunden hatte.

Blätter raschelten.

„Sie könnte in das Beuteschema passen, wie soll ich das formulieren ...?“ Jasmin zögerte.

„Sie hatte kein Gesicht mehr, weil jemand ihren Kopf in den Kamin gesteckt hatte und sie so lange festhielt, bis von ihrem Antlitz nichts als eine Maske aus schwarzer Asche übriggeblieben war“, entsann sich Mike.

„Ja. Man hatte anfangs den Bruder verdächtigt, aber er hatte zu diesem Zeitpunkt ein Alibi, er war nämlich außer Landes. Er war auch derjenige, der die Leiche als erster entdeckt hatte. Danach kam er in eine geschlossen Anstalt - genau genommen waren es mehrere, er wurde sehr oft rückfällig. Trotz der psychologischen Unterstützung hatte er sich davon nicht wirklich erholen können. Aber ich habe noch nicht alles überprüfen können.“

„Wann wurde er zum letzten Mal entlassen?“, fiel Mike ihr barsch ins Wort. Jasmin schien dieser grobe Zug nichts auszumachen.

„Das ist es ja“, Jasmin schluckte, „vor einem Jahr. Ich habe mit der Klinik telefoniert, aber sie weigerten sich, mir die Adresse seines derzeitigen Wohnortes auszuhändigen. Ich habe ihn via Facebook kontaktiert und warte auf eine Antwort.“

„Seine Adresse muss irgendwo in den Akten vermerkt sein.“

„Die ist nicht mehr aktuell. Ich habe schon nachgeschaut. Da wohnt eine andere Familie.“

„Ich habe jetzt ein Gespräch mit diesem Stone. Dem Streetworker“, sagte Mike und nahm einen tiefen Schluck. „Willst du dabei sein?“

„Wenn es geht, würde ich lieber noch einige Mappen durchgehen, ansonsten müsste ich morgen alles von vorne anfangen, wenn ich hier ...“

„Ist schon gut. Ich melde mich dann später nach dem Gespräch bei dir. Wollen wir danach etwas trinken gehen, um den Tag einfach Revue passieren zu lassen? Einige Eckpunkte müssen noch analysiert werden. Tête-à-tête, aus professionellen Gründen, es soll kein Stelldichein werden. Manches muss man in einer lockeren Atmosphäre besprechen, sonst geht man an dem Ganzen kaputt.“ Das, was er sagte, war ernst gemeint.

Jasmin schwieg jedoch.

„Das macht man unter Kollegen so. Außerdem habe ich keinen Wagen, jemand muss mich schließlich nach Hause fahren.“

„Ich fürchte, ich habe meinen Schlüssel verlegt“, stammelte Jasmin.

„Den habe ich, also. Um 19:00 Uhr komme ich nach unten und hole dich ab?“

„Ja, da werde ich soweit alles fertig haben. Das Archiv macht um diese Zeit sowieso zu.“

„Dann bis später.“ Mike legte auf und blieb stehen. Er verengte die Augen und spähte den Flur entlang. Vor seinem Büro standen zwei Stühle, einer der beiden war besetzt. Mike nippte an dem kleinen Becher und beschleunigte seine Schritte.

„Sind Sie Leif Stone?“, wandte er sich an den Mann, der auf dem Stuhl saß, sein Kinn an die Brust gepresst schien er zu dösen. Mike trank den Rest mit einem Schluck aus und sah, wie sich der Wartende den Blick frei blinzelte und Anstalten machte, sich zu erheben.

„Mein Bein ist eingeschlafen", murmelte Stone, rieb sich mit den Handballen den Schlaf aus den Augen, stand endlich auf und reichte Mike seine rechte Pranke. Mike war nicht wirklich groß, bei der letzten Untersuchung war er knapp einsachtzig. Sein Gegenüber hatte einige Zentimeter gut, dennoch schaute Mike nicht zu ihm auf, er zwang diesen Stone dazu, seinen Blick zu senken. Nur so konnte er den Größenunterschied kompensieren und seinem Gast signalisieren, wer hier das Sagen hatte. „Kommen Sie bitte rein. Was ist mit Ihrem Gesicht passiert?", fragte Mike beiläufig in die angespannte Stille und vollführte eine einladende Geste, nachdem er die Tür aufgeschlossen und vor seinem Büro stehen geblieben war. Er ließ seinem Gast den Vortritt. Leif Stone zögerte, bemaß den Raum mit einem prüfenden Blick und machte wenige Schritte nach vorne. Ohne Platz zu nehmen, blieb er vor dem unaufgeräumten Tisch stehen und nicht vor dem von Jasmin, auf dem eine geometrische Ordnung herrschte.

„Intuition?", wollte Mike wissen und schloss die Tür hinter sich ab.

Leif Stone drehte sich um und zuckte die Achseln.

„Warum haben Sie nicht diesen Tisch dort gewählt?" Mike schlug einen freundlichen Ton an und versuchte es mit einem Lächeln. Dabei zeigte er auf die ordentlichen Stapel von Ordnern und Bechern mit Stiften, die alle frisch gespitzt waren.

„Ihr Äußeres und die Tatsache, dass Sie eine Partnerin oder Kollegin haben, sind zwei wichtige Aspekte, die mich zu dieser Entscheidung ermutigt haben."

„Sie meinen also, ich bin ein unordentlicher Mensch." Mike grinste, nahm Platz, lehnte sich zurück in seinem Stuhl und legte seine Beine auf die Tischkante.

„Sie beherrschen das Chaos", entgegnete Leif Stone trocken und stand immer noch unschlüssig da.

Mike richtete sich doch noch auf, schob einige Akten beiseite, schichtete mehrere Ordner zu einem schiefen Turm, und knallte ein leeres Blatt Papier auf die freigeräumte Stelle. „Bitte, nehmen Sie Platz", sagte Mike und deutete auf einen Stuhl. „Ziehen Sie den einfach heran und schreiben Sie bitte das Datum und Ihren Namen auf. Doch vorher möchte ich eine Antwort auf die Frage, die Sie mir schuldig geblieben sind."

Leif Stone hob die Augenbrauen und betastete sein Kinn. „Ach das", er sog die Luft ein, während er die Schwellung mit den Fingerspitzen berührte, so als wolle er sich vergewissern, dass sie noch da war, „mein Beruf birgt viele Gefahren in sich. Von seinen Schützlingen verprügelt zu werden, wenn sie noch im Rausch sind, ist eine davon." Er versuchte es mit einem Lächeln, ließ es aber bei einem tiefen Luftholen bewenden.

„Ach so. Auf die Gefahrenzuschläge würden Sie wohl lange warten müssen", scherzte Mike und wies auf den Stuhl.

Leif Stone packte ihn an der Lehne und befolgte die kurze Anweisung. Der Mann konnte nicht umhin, als der stummen Anweisung Folge zu leisten, wusste Mike. Auch wenn es sich hier nur um eine Zeugenbefragung handelte, gelang es nur den wenigsten, sich bei so einem Gespräch wohlzufühlen.

„Das hier ist keine Vernehmung, nur ein Gespräch, darum werde ich nichts aufnehmen oder protokollieren, alles, was hier gesprochen wird, kommt auch nicht vor Gericht. Sie fungieren mehr oder weniger als Berater. Sie kannten doch diesen Herrn Roth?“ Mike tat so, als wolle ihm der Vorname nicht einfallen.

„Nein, ich kannte ihn nicht wirklich. Mathias, alias Muchtar Roth, war ein Kumpel von Tristan. Er war auch derjenige, der mich kontaktiert hat. Weil Muchtar nicht ans Telefon ging. Sie waren in der letzten Zeit viel zusammen. Die Jungs dachten, sie wären cool und über alle Dinge erhaben, beinahe unsterblich, aber nun ist einer der beiden tot.“

Eine fragmentarische Abfolge von Erinnerungsfetzen rauschte wie ein Schwarz-weiß-Film durch Mikes Kopf. Er hob die Augenbrauen und schwieg eine Weile. Sein Gegenüber wartete einfach auf die nächste Frage. Er war kein Anfänger, stellte Mike fest und räusperte sich dann.

„Dieser Tristan, woher kannte er Mathias Roth?“, schnappte Mike nach dem ersten, was ihm in den Sinn kam. Er musste sich an die Sache mit viel Fingerspitzengefühl herantasten.

„Ich arbeite mit vielen Jugendlichen, die drogenabhängig sind. Manche sind Kleinkriminelle oder haben andere Laster.“

„Können Sie das konkretisieren und es dabei unterlassen, meine Fragen in die Breite zu schlagen? Wir reden hier zuerst nur von einer Person. Ich möchte keine Verallgemeinerung.“ Mike legte die Ellenbogen auf die helle Tischplatte und verschränkte die Finger ineinander, den Blick hielt er fest auf das kantige Gesicht des Mannes gerichtet. Dabei gab der Kommissar sich Mühe, freundlich zu wirken. Auch sein Gegenüber hatte langes Haar, das jedoch blond und streng nach hinten gekämmt war. Er sah ziemlich gut aus, stellte Mike fest und taxierte den Mann mit bohrendem Blick.

„Drogen, Sex, Probleme mit den Eltern oder Partnern, Schulabbruch, kein Arbeitsplatz oder kein Dach über dem Kopf, Rivalitätskämpfe, Schießereien, Besitz von Waffen oder einfach nur zu wenig Hirn im Kopf. Ja, das gibt es auch, und das trifft auf jeden zu“, entgegnete Leif Stone immer noch mit erstaunlicher Gelassenheit. Nichts würde ihn aus der Ruhe bringen, ärgerte sich Mike im Stillen. Der Streetworker ignorierte auch Mikes Wink mit dem Zaunpfahl und sprach wieder über die Mehrzahl, weil er diesen Tristan in Schutz nehmen wollte.

Widersprüchliche Gedanken schwirrten hinter Mikes Stirn und wirbelten alles durcheinander. Ihm fehlte die Kraft, um sich zu konzentrieren.

„Unerlaubter Waffenbesitz?“, ergriff Mike diesen einen Gedanken „Ist das nicht auch einer der Gründe, weswegen Sie eine Zeit im Gefängnis verbringen mussten?“ Mike legte seine rechte Hand auf einen der Ordner und ließ die Blätter über den Daumen zirpen.

„Wer ohne Sünde ist, soll den ersten Stein werfen“, erklang ein Zitat aus der Bibel und ließ Mike anerkennend nicken. Die angenehme Stimme von Leif Stone glich einem Priester oder einem Psychologen.

„Und dennoch ..."

„Man hat mir eine Falle gestellt. Die Waffe gehörte gar nicht mir. Aber hatten Sie anfangs nicht gesagt, dass Ihr Anliegen ..."

„Ich habe gesagt, das hier ist keine Vernehmung, aber ich darf Ihnen doch einige Fragen stellen, die Sie nicht beantworten müssen." Mike zuckte die Achseln, er lächelte, doch sein Blick war kühl.

„Ich wurde in ein Gebäude gelockt."

„Unter welchem Vorwand?"

„Auch damals schon hatte ich mich sozial engagiert." Leif Stone fühlte sich bemüßigt, den Kommissar mit einem Stirnrunzeln daran zu erinnern, dass er hier nicht zu einer Vernehmung eingeladen war, doch Mike Wedekinds Miene blieb regungslos. „Ich hatte einen Anruf erhalten ..."

„Sagt Ihnen der Name Simon Steinwirth irgendetwas?", unterbrach ihn Mike, nahm einen Kugelschreiber und notierte etwas auf einem leeren Blatt. Ein dünnes, undurchsichtiges Lächeln umspielte seine Lippen.

„Nein, damals ging es um etwas ganz anderes. Es war Karim Deniz, er hatte mich angerufen."

Mike wurde auf einmal hellhörig.

„Er meinte, er habe Probleme, er wäre angeschossen und ich solle allein kommen, keine Bullen, kein gar nichts, sagte er weinerlich und bat mich um Hilfe."

„Und das taten Sie?"

„Ich habe ihm blind vertraut, weil er mein Schützling war. Er war damals frisch aus dem Gefängnis gekommen, dabei war er in eine Schießerei geraten. Er war meine Feuerprobe, sozusagen.“

„An der Sie sich die Finger verbrannt und diese Probe nicht bestanden haben.“

„Ich war ein Anfänger, ein Grünschnabel, auch wurde ich von ihm hintergangen oder von seinen Kumpanen, das ließ sich später nicht mehr richtig analysieren.“

„Und jetzt ist Ihr Schützling tot“, schob Mike den Satz wie eine Feststellung nach.

Nichts als ein Achselzucken bekam der Kommissar statt einer Antwort. „Das alles war absehbar“, fügte Leif Stone gelassen hinzu.

„Und dieser Tristan, dealt er auch?“

Stone schüttelte den Kopf.

„Was dann?“

„Eigentlich darf ich das ja nicht sagen, aber weil das Gespräch vertraulich ist und ich mich kooperativ zeigen möchte, kann ich Ihnen dieses offene Geheimnis anvertrauen. Tristan ging früher anschaffen, er war eine männliche Prostituierte. Aber er findet langsam zurück und hat sogar einen Ausbildungsplatz in Aussicht. Naja, es ist eher ein Projekt, das vor kurzem ins Leben gerufen wurde, welches den Menschen den Anschluss an die Gesellschaft erleichtern soll.“

Mike musste zuerst schlucken.

„Warum wurden Sie damals freigesprochen? Wollte man Ihnen nicht einen Mord anhängen?“

„Nein, ich war unschuldig und wurde als Zeuge vorgeladen. Die Kugel, die einen Mann des Lebens beraubt hatte, stammte aus einer Waffe, die bis heute nicht auffindbar ist. Das ist das wahre Leben auf den Straßen Berlins. Jetzt, wo Karim tot ist, wird der Fall nun endlich abgeschlossen, vermute ich. Wann werdet ihr endlich aufwachen? Ich bin unschuldig! Außerdem fanden Ihre Kollegen viele andere Beweise, die überwiegend für meine Unschuld sprachen. Ich helfe den Bedürftigen. In solchen verzwickten Situationen gerate ich des Öfteren zwischen die Fronten, da ist es sehr schwierig, zwischen Freund und Feind unterscheiden zu können. Eigentlich sind alle diese Menschen Opfer unserer Gesellschaft, die nur auf Profit getrimmt wurde."

„Sie weichen vom Thema ab", ermahnte ihn Mike kurz angebunden.

„Ich habe den Kerl nicht umgebracht. Er war schon tot, das hat die Untersuchung eines renommierten Gerichtsmediziners in mehr als nur einer Hinsicht bestätigt. Wer mit dem Feuer spielt ..." Er ließ den Satz unvollendet und hob kurz die Hände, ließ sie jedoch sogleich auf seine Knie sinken.

„Und noch eine Frage. Simon Steinwirth hatte eine Schwester, sie wurde ermordet ..."

„Warum fragen Sie das nicht diesen Herrn selbst?"

„Er ist unauffindbar", log Mike und strich sich über den Bart.

„Ich werde mich für Sie umhören. Der Name sagt mir zwar etwas, aber ich komme nicht wirklich darauf, wer er war. Doch falls Sie mehr über das Straßenleben erfahren möchten, müssen Sie eben auf die Straße gehen, so einfach ist das."

„Werde ich mir merken."

„Aber wie gesagt, der Name Steinwirth ...", Leif Stone verstummte, er malmte mit den Zähnen, weil ihm doch etwas eingefallen zu sein schien, „war das nicht ein Mädchen?" Er senkte die Lider und kramte weiter in seiner Erinnerung. „Hatte man der armen Frau nicht das Gesicht abgezogen? Genau, das ist es." Er schnippte mit den Fingern. Die Worte sprudelten aus ihm heraus. „Ihr Bruder war kurz nach ihrem Tod in der Klapse gelandet, ließ auch niemanden an sich ran. Er hat jede Hilfe abgewiesen und jegliche Annäherungen abgeblockt. Mehr weiß ich leider nicht."

„Schade", tat Mike so, als wäre er enttäuscht.

„Versuchen Sie doch, dort nachzufragen." Er schrieb eine Adresse auf. „Später habe ich den Kontakt zu ihm verloren, er hat sich auch nie wieder bei mir gemeldet. Was ich sehr schade fand."

Mike sah auf die Notiz. „Wollen wir vielleicht zurück auf das anfängliche Thema kommen? und wenn Sie mir alles über den besagten Tag erzählen würden, wären wir für heute fertig."

„Welchen Tag?", konkretisierte Leif Stone.

„An dem Sie von Tristan einen Anruf erhalten haben."

„Ach so, Sie meinen, ich soll Ihnen detailliert wiedergeben, wie ich von Muchtars Tod erfahren habe?", fragte Stone im schlichten Ton der Unbefangenheit und begann zu erzählen.

Am nächsten Tag
Kapitel 24

Boris lag völlig erschöpft in seinem Bett auf dem Rücken und schnaubte schwer vor Erschöpfung. Sein nackter Körper glänzte, die behaarte Brust hob und senkte sich wie ein Blasebalg. Schweiß schwamm in seinem Bauchnabel. Mehrere warme Tropfen kullerten von seiner Stirn in die Ohren, er war durchgeschwitzt und ausgelaugt wie ein Marathonläufer nach seinem mehrstündigen Lauf.

Boris war völlig außer Atem und glücklich zugleich. Eine angenehme Wärme breitete sich in seinem Körper aus. Mit einem zufriedenen Gesichtsausdruck starrte er hoch zur Decke. Dort sah er sich selbst. In dem großen Spiegel, der eigens dafür angebracht worden war, damit er sich bei seinen Sexspielchen betrachten konnte, sah er eine zierliche Gestalt neben sich liegen. Violetta hieß das junge Ding mit den weichen Brüsten, dachte er und kniff sie in die gerötete Pobacke. In seiner linken Hand hielt er immer noch ein Stück von einem Gummischlauch, das er gern benutzte, wenn er diese jungen, unerfahrenen Geschöpfe hart von hinten nahm. Violetta lag wie ein Embryo unbeweglich da, die Knie an den Bauch angezogen und mit den Armen umschlungen. Ihr Rücken war von dunklen, rot schimmernden Striemen übersät. An dem linken Schulterblatt war die Haut an einer Stelle sogar gerissen. Sie blutete zwischen den Beinen, aber das alles heizte Boris nur noch mehr an, sodass sein schlaffes Glied wieder steif wurde. Er frönte der Fleischeslust und gab sich dem Verlangen, das ihn nach mehr Blut und Schmerz lechzen ließ, einfach hin. Sein Herz begann wieder laut zu pochen. Boris griff nach einem Glas, das auf dem kleinen Nachtisch stand, leerte den Whisky und packte nach Violettas Arm.

Sie winselte und sagte irgendetwas, das er überhaupt nicht verstand.

„Jetzt hab dich nicht so“, freute sich Boris ob seiner Überlegenheit. Tausende Ideen sprießten in seinem Kopf und verliehen ihm neue Energie.

Doch das Mädchen riss sich plötzlich los und fiel über die Kante, aber sie konnte nicht weglaufen.

Boris stieg gemächlich aus dem Bett. Seine nackten Füße klatschten auf den weißen Marmorpatten und hinterließen feuchte Spuren.

Ohne sich zu beeilen, nahm er eine weitere Potenzpille, legte sie auf seine fleischige Zunge und nahm einen langen Zug direkt aus der Flasche.

Sein Blick blieb auf einer Miniaturstatue haften, während er die Flasche zurückstellte. Ein Junge mit einem erigierten Penis lag auf der glänzenden Oberfläche auf einem silbernen Tablett, umringt von einer rötlichen Lache aus frischem Blut. Das Ding, das der kleine Junge aus Gold zwischen seinen Händen hielt, war kein Penis, sondern ein scharfes Röhrchen, mit dem Boris seinen Mädchen in die Fersen stach, damit sie nicht vor ihm weglaufen konnten. Jedes Mal aufs Neue erwies sich dieser Einfall mehr als nützlich, so wie jetzt auch. Mehrmals versuchte Violetta auf die Beine zu kommen, doch dann klatschte sie schreiend auf den kalten, spiegelglatten Boden und kroch wie ein verletzter Soldat über die glänzenden Fliesen. Dabei hinterließ sie eine hell leuchtende Schliere aus Blut und Schweiß.

Ein weiterer Gedanke nahm in seinem Kopf Gestalt an und ließ sein Herz galoppieren. Er griff nach dem Schlauch und klatschte sich damit in die linke Hand. „Autsch", drang der leise Schmerzensschrei durch seine Kehle und ließ sein feistes Gesicht heller erstrahlen. „Komm zu Papa, Kleines", säuselte er und krabbelte auf allen Vieren über das zerwühlte Laken auf die andere Seite, dann stellte er sich breitbeinig über sein Opfer.

Violetta stöhnte auf, ihre Finger kratzten ohne Halt zu finden über die blank polierten Fliesen. Ihre Füße rutschten ab. Erneut rappelte sie sich auf und stemmte sich auf Hände und Knie. Sie zitterte am ganzen Körper, dann brachen ihr mehrere Nägel ab, nachdem der Schlauch sie erneut zwischen den Schulterblättern traf und Violetta wieder winselnd auf dem kalten Boden landete. Blutspritzer flogen über das spiegelglatte Weiß, der hysterische Jubelschrei eines Wahnsinnigen schallte durch die Villa und übertönte das leise Wimmern einer Sterbenden.

Kapitel 25

Ich stand vor ihrem Grab, wie so oft, und genoss die Stille. Der laue Wind streifte über mein Gesicht und trocknete meine Tränen. Mein heutiger Besuch hatte einen anderen Grund als sonst - ich kam, um Lebewohl zu sagen. Meine Augen streifen über den Granitstein und die darin eingelassenen Buchstaben. „Der Weg des Lebens ist voller Schlaglöcher und Steine“, hatte Selma mal gesagt und mir über das Haar gestreift. Ihr Blick war liebevoll und stumpf, ihre Augen fast gebrochen. Die Drogen hatten sie im Griff, aber sie wollte kämpfen.

„Meistens ist das Schicksal ein Arschloch und wirft dir einen größeren Stein vor die Füße als den anderen“, sagte ich mit müder Stimme und setzte mich mit dem Rücken gelehnt an den Stein. „Weißt du noch? Damals hatten wir nichts anderes im Kopf, als uns abends aus dem Haus zu schleichen und zum Fluss zu laufen. Nur du und ich. Die Eltern wussten von unseren Ausflügen nichts.“ Ich senkte die Stimme, um mich zu beruhigen, aber das gelang mir nicht, weil ich wieder an meinen eigenen Tod denken musste. Nur ein Gedanke spendete mir Trost. Ich warf einen kurzen Blick auf ein umrahmtes Rechteck zu meinen Füßen. Meine zukünftige Grabstätte, dachte ich. „Bald bin ich bei dir“, flüsterte ich und schloss die Augen, weil die Wärme der Sonnenstrahlen mir guttat. Ich döste vor mich hin und ließ Bilder aus meiner Erinnerung vor meinem geistigen Auge vorbeischweben.

„Geht es Ihnen nicht gut?“, erklang die zittrige Stimme einer alten Frau. Ich brauchte einen Moment, um zu begreifen, dass das, was ich gerade gehört hatte, real war und nicht nur eine Einbildung aus meinem Traum. Ich blinzelte und fokussierte meinen Blick auf eine verschwommene Gestalt, die mit jedem weiteren Atemzug schärfere Konturen annahm. Ich stand auf, klopfte meine Hose ab und sagte: „Ich bin nur müde. Des Lebens wegen. Eigentlich von dem, was das Leben so mit sich bringt“, gab ich ehrlich zu und versuchte es mit einem Lächeln.

Die alte Dame hob die Hände. „Sagen Sie das nicht zu laut. Ich mit meinem schlimmen Knie muss jeden Tag hierherkommen.“ Sie richtete ihr dünnes weißes Haar, das in der Sonne gelb schimmerte. Dann beäugte sie mich mit ihren wässrigen Augen skeptisch. Sie war erst vor kurzem beim Friseur, stellte ich fest, denn ihre Dauerwelle saß noch perfekt auf ihrem kleinen Kopf. „Mein Ehemann hat mich vor zwölf Jahren verlassen, ich quäle mich täglich hierher und sehe nach dem Rechten“, fuhr sie in einem Singsang fort, der keinen Punkt und kein Komma zuließ. „Mein Lebtag war ich immer diejenige, die alles im Haus zu erledigen hatte. Er hatte immer alles von mir abverlangt, selbst nach seinem Tod quält er mich noch, der alte Greis. Er wollte unbedingt Rosensträucher auf seinem Grab haben, und jetzt sehen Sie sich nur meine Hände an.“ Sie streckte mir ihre Hände entgegen, die Handflächen nach oben zum Himmel gerichtet, wackelte sie mit den Fingern und schenkte mir einen Blick, der nach Zustimmung verlangte. Ihre schrumpeligen, gekrümmten Finger waren an den Innenseiten von winzigen Einstichen übersät.

„Soll ich Ihnen vielleicht dabei helfen, sie zurückzuschneiden?“, bot ich ihr an und sah sie fragend an.

„Das wäre wirklich nett, aber nur die verblühten, die anderen lassen wir so, wie die sind. Und wenn wir schon dabei sind, können wir auch noch andere Blumen einpflanzen, die ich für den Herbst gekauft habe. Eine Schaufel habe ich auch schon besorgt, aber ich habe Rücken müssen Sie wissen, und meine Kinder sind oft zu beschäftigt, um ihrer alten Mutter unter die Arme zu greifen, und Enkelkinder habe ich keine.“ Sie redete ununterbrochen, und ich hörte ihr interessiert zu. Sie hielt sich nicht an mir fest oder humpelte, sie war wirklich noch fit. Ich beneidete sie dafür und war der alten Dame für ein bisschen Abwechslung sehr dankbar.

Einige Tage später

Kapitel 26

Mike öffnete die Augen und blinzelte gegen die Müdigkeit an, seine Augen stierten auf die Digitalanzeige seines Radioweckers. „Drei Uhr zweiundsechzig?“, murmelte er und begriff nicht wirklich, warum sein Wecker jetzt schon klingelte. „Zweiundsechzig“, wiederholte er und blinzelte erneut. Dann wurde aus der sechs doch noch eine fünf, was jedoch an seiner Müdigkeit überhaupt nichts änderte. Ich habe jetzt weniger als vier Stunden geschlafen, rechnete er im Kopf die Zeit zurück und schnaubte, weil der Wecker immer noch piepte. Er drückte erneut auf sämtliche Knöpfe, auf manche gleichzeitig. Die Anzeige blinkte jetzt, aber das enervierende Piepen blieb. Mit einem leisen Fluchen zerrte er am Kabel, bis der Stecker aus der Dose gesprungen und die roten Zahlen erloschen waren.

Das Piepen hörte auf, aber nur für einen Bruchteil. Mike richtete sich im Bett auf und schleuderte den Wecker gegen die Wand. Laut scheppernd flog das Ding in mehrere Einzelteile auseinander. Erst jetzt dämmerte es Mike, dass nicht der Wecker ihn um den Schlaf gebracht hatte, sondern sein Handy, das irgendwo herumlag. Im Dunkeln tastete er mit der Hand über den kleinen Nachttisch, weil er von dort ein Vibrieren vernahm. Nachdem er das Ding endlich zwischen den Fingern hielt, ging er ran.

„Ja?“

„Habe ich dich etwa geweckt, Mike? Dann tut es mir wirklich sehr leid!“ Der Sarkasmus in Jasmins Stimme war nicht zu überhören.

„Ich bin verheiratet und müde, vielleicht ein andermal“, entgegnete er und klang mehr als kurz angebunden.

„Nein, Mike, aus unserem Stelldichein wird wohl nichts werden, wir haben wieder eine Leiche.“

Mike stöhnte auf und setzte sich auf die Bettkante. „Holst du mich ab?“

„Nein, ich bin schon vor Ort und sehe zu, dass die Polizisten nur den abgegrenzten Trampelpfad benutzen, so wie du mir es beigebracht hast. Dein Golf ist doch so gut wie neu, wenn man dem Mechaniker Glauben schenken darf.“

„Ach ja“, erinnerte sich Mike an den letzten Abend. Hermann hatte ihn gestern angerufen. Mike und Jasmin saßen in einem Lokal, wie jeden Abend nach der Arbeit, doch dieses Mal entschied sich Mike für den Pub, in dessen Nähe Aang Chen brutal ermordet wurde. Es war auch seine Idee gewesen, dort den Abend etwas länger zu verbringen als sonst. Er wollte sich bei einem Glas Wein umhören und sich umschauen. Die Klientel war dort eine andere, als er es gewohnt war, nicht dass Mike nur in teuren Restaurants dinierte, dennoch fühlte er sich dabei nicht sonderlich wohl. Später kam sein alter Freund und Autoschrauber hinzu. Aus einem Gläschen Wein wurden mehrere Flaschen Bier, und die Gestalten machten ihm keine Angst mehr, doch jetzt pochte Mikes Schädel und drohte zu platzen, als steckte er zwischen den zwei Backen eines Schraubstocks.

„Bist du noch dran?“

„Ja, verdammt, wann bist du gestern gegangen und warum ohne mich? Du bist ein sehr guter Partner, sage ich dir“, murmelte Mike und stemmte sich aus dem Bett.

„Rechtzeitig“, lautete die knappe Antwort. „Auf Avancen eines betrunkenen KFZ-Mechanikers hatte ich dann doch keine Lust. Ich hege eine sehr persönliche Aversion gegen Männer ohne Hirn. Dein Kumpel soll mehr Bücher lesen, damit sein Wortschatz über ‘Was machst du Süße so ohne Männer ganz allein zu Hause? Oder du bist eine flotte Schnecke, wollen wir vielleicht zu mir nach Hause auf eine Tasse Tee?‘ hinausreicht. Außerdem kannte anscheinend dort diesen Aang keiner. Auch der Barmann nicht, der dort der einzig anständige Mann gewesen ist und sich wie ein Mensch zu benehmen wusste.“

„Jetzt übertreib mal nicht“, murmelte Mike. Das Hämmern in seinem Kopf wurde heftiger. „Diese Kellnerin, wie war ihr Name nochmal?“ Mike kniff die Augen zusammen und lief zur Tür, dann schrie er kurz auf und unterdrückte ein lautes Stöhnen. Auf der Suche nach dem Lichtschalter trat er auf ein Bauteil seines kaputten Weckers. Das fühlt sich noch schlimmer an, als auf einen Legostein zu treten, dachte er und schlug mit der Hand mehrmals blindlings gegen die Wand. Endlich wurde es in seinem Schlafzimmer hell.

„Sie hieß Celina“, sagte Jasmin ruhig und schwieg wieder.

„Genau, sie hat auf mich einen unruhigen Eindruck gemacht.“

„Weil du ein Bulle bist, und sie hat draußen einen Joint geraucht.“

Mike suchte nach passenden Worten, griff jedoch ins Leere, weil in seinem Kopf Millionen wilder Bienen herumschwirrten. „Kannst du mir die Koordinaten schicken? Ich werde mich beeilen“, sagte er und atmete den Schmerz weg. Er winkelte das Bein an und betrachtete die nackte Fußsohle, zum Glück hatte er sich nicht geschnitten.

„Natürlich. Und beeil dich, die Männer werden unruhig. Ich bin keine Person, die sie lange aufhalten kann. Einer hat zu mir Grünschnabel gesagt, ich habe ihm angedroht, von dem Fläschchen mit Reizgas Gebrauch zu machen. Er ließ sich zwar einschüchtern, wirkte aber zunehmend nervöser.“

„Ich gebe mein Bestes“, knurrte Mike in den Hörer und lief zum Schrank, dabei hielt er den Blick auf den Boden gerichtet und achtete peinlichst genau darauf, wohin er trat. Nachdem er sein Ziel erreicht hatte, warf er das Handy aufs Bett und schnappte sich ein T-Shirt, prüfte es auf Frische, indem er an den Achseln roch.

Keiner von der Mordkommission wusste noch, in welcher Schicht er eingetragen war. Müde und wache Augen blickten Mike fragend an, wenn er das Dezernat betrat, in der Hoffnung, neue Informationen zu bekommen. Wilhelm Stuck verbrachte die meiste Zeit der letzten Tage und Nächte in seinem Büro und prüfte alle eingegangenen Hinweise auf ihre Richtigkeit und gab Anweisungen. Doch all das brachte sie nicht wirklich weiter.

Einige der Kollegen waren rasiert und frisch geduscht, die anderen rochen streng nach zu viel Zigaretten, Unmengen Kaffee und muffigen Überstunden.

Auch Mike hatte vergessen, wann er zum letzten Mal mehr als acht Stunden am Stück geschlafen hatte. Nachdem er ein halbwegs frisches T-Shirt gefunden hatte, vernahm er eine leise, mechanische Stimme. „Fuck, höre ich jetzt schon Geister in meinem Kopf, und das auch noch so laut?“, fragte er sich und schlüpfte in eine helle Jeans.

„Mike!“, rief die Stimme. Er hatte die Verbindung nicht unterbrochen, fiel ihm ein. Er griff nach einem Paar Socken und lief zurück zum Bett. „Was ist?“

„Wieso antwortest du mir nicht?“

„Ich dachte, wir wären fertig, du bist ja noch schlimmer als meine Frau“, murmelte er und zwängte seinen linken Fuß in die Socke.

„Danke für die Blumen. Wir sehen uns dann in einer halben Stunde.“

„Dein Wunsch ist mir Befehl“, ahmte Mike affektiert einen Soldaten nach und legte dieses Mal wirklich auf.

„Weiber“, fügte er in Gedanken hinzu und zog sich auch die zweite Socke über, die ein Loch hatte. „Was ist das doch für eine beschissene Welt, wer macht die da immer rein?“, brüllte er, ohne sich darum zu scheren, ob er mit dem kurzen Wutausbruch seine Nachbarn aufgeweckt hatte oder nicht.

Kapitel 27

Violetta zitterte vor Schmerzen, ihr Körper fühlte sich fremd an, sie hatte das Gefühl, als würde sie brennen. Ihr Geist war taub, der Mund zu einem stummen Schrei verzerrt. Sie lag irgendwo in einem Raum, dessen Wände gelb und die Decke himmelblau war. Über ihr hing eine nackte Glühbirne. Ein Flashback zersplitterte ihren Blick: sie sah erneut diesen Mann vor ihrem inneren Auge auftauchen. Sein feistes Gesicht, seine Augen, seinen weit aufgerissenen Mund.

Dann hörte sie ihn lachen. Seine Stirn glänzte feucht. An Wangen und Mund hingen Blutstropfen. Er hielt einen Schlauch, auch dort hing Blut - ihr Blut. Sie unterdrückte ein Schluchzen, indem sie ihre linke Faust zwischen die Zähne presste und sich in die Knöchel biss. Sie spürte keinen Schmerz mehr.

Dann schloss sie die Augen und versuchte zu sterben. Aber so einfach ging das nicht.

Sie lag jetzt auf einer harten Unterlage. Stimmen und dumpfe Musikklänge erschütterten ihren Körper. Stimmen von mehreren Männern und lautes Gelächter vermischten sich mit dem Klimpern von Gläsern und fröhlichem Gejohle, alles klang nach einer feuchtfröhlichen Party.

Hinter der Tür wird etwas gefeiert, während ich hier in einer Abstellkammer krepieren muss, dachte sie und schloss die Augen. Sie war immer noch nackt und fror jetzt.

Tränen traten unter ihren Lidern hervor, das linke Auge war stark angeschwollen und dunkel verfärbt.

Sie dachte an ihr Zuhause. In Gedanken war sie wieder in ihrem Garten, an der Stelle, wo sich die Apfelbäume in der frischen Frühlingsbrise mit den Ästen beinahe berührten.

Sobald sie in den Himmel schaute, sich mit einem Buch in das weiche Gras legte und das Leben genoss, war die Welt perfekt. Was war sie töricht zu glauben, dass das Leben woanders viel schöner wäre. Dort leben reiche Leute, die werden sich um dich reißen, so hübsch wie du bist, hatte ihr Nachbar mit ihr zusammen geschwärmt. Wie es wohl wäre, wenn sie bald nach Deutschland auswandern würden? Das leise Quietschen der Scharniere verscheuchte ihre Gedanken und trieb die Erinnerungen fort. Sie hörte ein Klackern von Absätzen über den Boden.

Nur mit Mühe hob sie die Lider und sah einen Mann, der sich über sie gebeugt hatte. Sein Atem roch nach Alkohol und geräuchertem Fisch.

Es ist nicht mein Peiniger. Eine Woge der Freude, dann unbändige Angst umschloss sie wie ein viel zu enges Korsett und schnürten ihr die Brust zusammen, sodass sie nicht mehr atmen konnte.

„Na, wie geht es dir?“, wollte er wissen.

Er sprach englisch, stellte sie fest. Obgleich sie ihn verstehen konnte, entschied sie sich zu schweigen. „Boris war fleißig“, freute sich der Mann und strich ihr mit seinen Fingern über den Bauch. Ihre helle Haut zog sich zusammen. Eine Gänsehaut lief über den schmalen Nacken und ließ Violetta frösteln.

„Ich werde dir etwas geben, das deine Schmerzen lindern wird. Mach mal bitte den Mund auf.“

Violetta starrte an dem Eindringling vorbei ins Leere, seine Hand war weich und lag jetzt auf ihrem Unterarm. Seine Finger strömten angenehme Wärme aus. Er hatte eine Glatze und einen Vollbart. Der Mann grinste künstlich, sein Lächeln war lüstern.

Dann, ohne Vorwarnung, schlug er ihr ins Gesicht. Violettas Kopf schleuderte von der Wucht der Ohrfeige zur Seite. Blut quoll aus ihren aufgeplatzten Lippen und besprenkelte das weiße Laken unter ihr. Der Mann vergrub seine Finger in ihrem Haar und riss sie in die Höhe. Sie sahen sich an. Violettas Blick flackerte. Sie drohte die Besinnung zu verlieren. Der Mann drückte ihr grob seine dicken Finger in den Mund und ließ von ihr ab. Violetta schmeckte einen herben Geschmack auf ihrer Zunge. Sie biss die Zähne zusammen und spürte, wie etwas in ihrem Mund zerbröckelte.

Eine Tablette? Was hat er mir da in den Mund gesteckt?, dachte sie und verschluckte sich. Zum Ausspucken war sie zu schwach.

Der stämmige Mann ging zu einem Tisch. Violetta hörte das Gluckern von Wasser. Kurz darauf kam ihr neuer Peiniger mit einem Glas Wasser zurück und presste es ihr an die Lippen. „Trink“, befahl er und hob ihren Kopf leicht an.

Violetta leistete dieses Mal keinen Widerstand. „Du gehörst jetzt Boris, und ich muss dafür sorgen, dass du am Leben bleibst. Mein Name ist Lukas. Es wird Tage geben, an denen du mich auf Knien bitten wirst, dich zu töten. Aber ich habe immer diese Wunderpillen dabei, für die du bereit sein wirst, dir die Seele aus dem Leib ficken zu lassen.“ Er machte eine Pause, als erwartete er, dass sie etwas entgegnete, doch Violetta schwieg beharrlich. Die Reste der Pille hielt sie hinter ihrer linken Wange versteckt. Nachdem der Mann endlich gegangen war, sammelte sie all ihre Kräfte und spie die kleinen Brocken auf den Boden. Dann, mit verweintem Gesicht, lehnte Violetta den Kopf zurück auf die Liege. Erst jetzt hatte sie gemerkt, dass sie an Händen und Füßen gefesselt war. Lieber werde ich sterben, dachte sie und versuchte ihr Herz zum Stehenbleiben zu zwingen, doch es schlug unaufhörlich weiter.

Würde sie jetzt als eine Gefangene, als eine Sex-Sklavin dahinsiechen und um jede Sekunde ihres Lebens verbissen kämpfen müssen? Sie weinte innerlich und kämpfte gegen eine Panikattacke an. Der Mann kam wieder zurück. Er deckte ihren nackten Körper mit einer weichen Decke zu.

Violetta hielt die Augen geschlossen und spähte durch einen schmalen Schlitz ihrer Lider, um nicht völlig im Dunkeln zu bleiben.

Der Glatzkopf tätschelte ihr wohlwollend die Hand und prüfte die Fesseln. „Man muss die Regeln befolgen, dann passiert einem nichts“, flüsterte er vor sich hin, ohne dass Violetta seine Worte verstand. Er sprach wieder deutsch. Dann bemerkte sie ein leichtes Ziepen an ihrem rechten Sprunggelenk. Sie musste all ihren Willen aufbringen, um nicht mit den Füßen zu zucken. Der Mann lockerte leicht die Fesseln, glaubte sie. Der kühle Schmerz auf ihrer Haut ging in ein stechendes Brennen über. Das Gleiche tat der Mann auch mit dem anderen Fuß. „Das ist Jod, es wirkt antiseptisch. Um die anderen Wunden werde ich mich später kümmern“, hörte sie erneut die Stimme, die ganz ruhig klang, ohne den Sinn des Gesagten zu verstehen. Bis auf das eine Wort - Jod. Dann war er wieder weg.

Kapitel 28

Meine Lippen waren zu einer dünnen Linie zusammengepresst, während ich mein Spiegelbild betrachtete und feststellte, wie schnell ich mich in der letzten Zeit verändert hatte. Ich war nur ein vager Schatten meiner Selbst geworden. Aber ich hatte wieder eine neue Spur, die mich zu Selmas Mörder führt. Die Psychologin, die mich nach dem Tod von Silke betreut hatte, hatte mal zu mir gesagt, dass ich irgendwann darüber hinwegkommen würde, aber ich werde den Schmerz nie wieder vergessen, auch würden meine Wunden niemals ganz zuheilen, die Narben in meiner Seele würden für immer sichtbar sein. Und sie hatte recht behalten. Diese Tatsache nagte stets an mir, und man merkte es mir auch an. Freunde fingen an, mich zu meiden, weil ich stets von einem Schleier kühler Traurigkeit umwölkt war und nur schlechte Laune verbreitete.

Ich zog erneut an der Schublade und holte das Notizbuch heraus. Ich schlug es auf und gab dann die Adresse in mein Smartphone ein. Ich musste mehr als zehn geschlagene Sekunden warten, bis mir das schlaue Ding die Route berechnet hatte. Eine Frage drängte sich in mir auf: Wie sah der Boxer eigentlich aus? Die Erinnerung an die Begegnung war mehr als schwammig, alles, was mir geblieben war, war der herbe Duft seines Parfüms an meiner Wange und die Zahnlücke. Ich fuhr mit der Zunge über die Stelle, in der ich keinen Zahn mehr hatte. Das fühlte sich befremdlich an, aber der Gedanke an den Tod tröstete mich, weil der Besuch beim Zahnarzt somit hinfällig war.

„Er bleibt eine Weile liegen“, waren die Worte des Mannes, der mir das Hirn durchgeschüttelt hatte. Bevor mir die Lichter ausgegangen waren, erhaschte ich einen flüchtigen Blick nach draußen und glaubte dort Lukas zu sehen. Der Eindringling hatte einen markanten Zungenschlag, er war ein Deutscher, der das R so stark zu rollen pflegte, dass es in meinen Ohren wie das Geräusch einer Kettensäge klang. „Er bleibt eine Weile liegen“, wiederholte ich den Satz, dabei bewegte ich nur die Lippen. Der Mann sagte es beiläufig, doch in seiner Beiläufigkeit lagen Selbstsicherheit und Überzeugungskraft, an der nicht zu rütteln war. Er war einer dieser Männer, die ihr Wort hielten. Doch gleichzeitig konnte man heraushören, dass er nicht derjenige war, der das Sagen hatte. Wer war dieser Kerl, der mich hier gefunden und Silke mitgenommen hatte? Lukas? Ich würde der Sache nachgehen. Doch für heute hatte ich genug. Morgen ist auch noch ein Tag, sagte ich zu mir. Ich öffnete ein Schränkchen und zerrte ein kleines Köfferchen heraus. Die Verschlüsse ließen sich mit einem mechanischen Klacken öffnen. Ich klappte den Deckel auf und blickte argwöhnisch auf die durchsichtigen Ampullen hinab. Ich hatte ihnen mein Leben zu verdanken. Diese Tage, in denen ich beinahe schmerzfrei dem Abgrund entgegen rauschte, würde ich ohne sie nicht überleben, flüsterte ich, und versuchte es mit einem Lächeln.

Der Tag meiner Vergeltung war nicht mehr weit, aber auch der Moment, an dem ich vom Tod mit weit ausgebreiteten Armen empfangen würde, kam immer näher. Doch bevor ich den Löffel abgab, würde ich noch einige Arschlöcher mit mir im Schlepptau in die Hölle zerren.

Mit spitzen Fingern, die leicht zitterten, holte ich eine der Ampullen heraus und öffnete sie. Die klare Flüssigkeit zerfloss auf meiner Zunge. Ich schloss die Augen und hoffte, dass mir heute einige Stunden Schlaf vergönnt wären. Ich war extra länger wach geblieben, um wie ein Toter ins Bett zu fallen.

„Bis bald, Selma“, sagte ich zu einem Foto, das in der oberen Ecke des kleinen Schrankspiegels steckte. Sie lächelte zurück, wie immer. Ich steckte den Koffer zurück an seinen Platz, schloss die Spiegeltüren leise zu und ging wieder ins Bett.

Kapitel 29

Mike schritt durch einen Tunnel, begleitet von einem jungen Polizisten bahnte er sich den Weg frei, der von Gerümpel und Unrat verbarrikadiert war. Zwei Lichtstrahlen huschten über die Gegenstände und jagten den riesigen Ratten unheimliche Angst ein, denn die Tiere krabbelten selbst über Mikes Schuhe. Eines der Viecher sprang sogar von einem Berg Wäsche auf seinen Rücken. Mike schlug mit den Händen nach dem Tier, es platschte in eine Wasserpfütze, um dann mit einem leisen Fiepen in einer dunklen Spalte im morschen Gemäuer zu verschwinden. Der Schlick unter Mikes Schuhen schmatzte und strömte widerliche Gerüche aus. „Ist das hier der richtige Weg?“, rief Mike über die Schulter und schüttelte sich. Der Gestank hier drin wurde mit jedem Schritt ätzender. Der Fortschritt des Verwesungsprozesses war kaum zu überriechen, dachte Mike und holte etwas Luft durch die Nase, den Mund hielt er sich mit dem Handrücken zu.

„Das alles hier ist nur von sekundärer Bedeutung“, vernahm er den schlauen Spruch seines Begleiters, der ihn damit beinahe zum Stolpern brachte.

Mike schrammte mit der Schulter an einem Blechschrank vorbei und fluchte leise. „So alt bist du doch gar nicht, und einen belesenen Eindruck machst du auf mich auch nicht unbedingt. Ich bin keine Frau, der du zu imponieren brauchst, also lass den Scheiß. Wo hast du diesen Unfug nur her?“, wollte Mike dann doch wissen, obwohl er die Antwort mehr als nur erahnen konnte. Jeder im Revier sprach von Jasmin. Die Männer sind schlimmere Tratschweiber als die meisten Frauen, dachte Mike und schritt weiter.

„Von Ihrer Kollegin, ist sie eigentlich Polizistin oder Anwältin?“

„Was soll diese dumme Frage?“, brummte Mike und rieb sich die Schulter.

„Ihre Aufmachung und so, wie sie sich kleidet, passt nicht wirklich zu einer Polizistin. Sie jedoch sehen wie ein richtiger Bulle aus.“

„Willst du mir damit schmeicheln?“ Mike sah vor die Füße, weil er eine Bewegung wahrnahm. Eine ganze Sippe von Ratten huschte quer zwischen seinen Beinen vorbei. Der graue Pelz glänzte feucht in dem gelben Strahl der Taschenlampe. Mike knurrte und trat die letzte weg zur Seite. Die Ratte, benommen von dem harten Treffer, brauchte einen Augenblick, um sich wieder zu orientieren. Humpelnd lief das scheinbar leicht verletzte Tier in eine ganz andere Richtung als seine Genossen. „Ich sehe deiner Meinung nach mehr wie ein Polizist aus?“, wollte Mike wissen, um sich damit gleichzeitig abzulenken.

„Wenn ich ehrlich bin und nochmal drüber nachdenke, so sehen Sie eher wie diese Digger aus.“

„Wie wer?“ Mike blieb für einen kurzen Moment stehen, ging dann aber doch weiter, weil der Gang endlich wieder höher wurde. Seine Wirbel knackten wie Reisig, als er sich endlich wieder aufrichten konnte und nicht mehr geduckt wie ein Greis laufen musste.

„Das sind Menschen, die tagein, tagaus durch die unterirdischen Gänge irren.“

„Da bist du ja!“, empfing Mike eine Frauenstimme, die direkt aus einem grellen Lichtstrahl, der ihn blendete, durch den Gang zu fliegen schien. Wie ein Geist.

„Jesus Christus, bist du das?“, scherzte Mike und schloss die Augen. „Deine Erscheinung hat mich geblendet“, fügte er mit gespielter Freude hinzu. „Jasmin, richte deine Funzel woanders hin“, schob er in rauem Ton nach, der nicht einmal einen Hauch von Heiterkeit in sich trug. Es hatte ganze drei geschlagene Sekunden gedauert, bis Jasmin begriffen hatte, was Mike von ihr wollte.

Endlich konnte er wieder die Augen öffnen, nachdem das Flutlicht gegen den Boden gerichtet wurde.

„Die Herren haben einen falschen Weg genommen.“ Jasmin lächelte. Die Freude stand ihr ins Gesicht geschrieben, auch wenn die Situation mehr als unpassend war. „Der hier ist wesentlich kürzer“, lautete ihre lakonische Antwort auf Mikes finstere Miene.

Gleich darauf warf er dem jungen Polizisten einen vernichtenden Blick zu.

Sein Begleiter machte zuerst große Augen, senkte dann den Kopf und gab sich Mühe, unsichtbar zu werden.

Jasmin rümpfte angewidert die Nase, während Mike auf sie zutrat. Ein dicker, klebriger, grauer Strang hing an seinem Kopf und schlug Wellen, nachdem ein Luftzug durch sein Haar fuhr. In dem Spinnennetz zuckten tote und lebendige Insekten. „Ich hasse Ungeziefer“, grummelte er und spuckte etwas auf den Boden, das mit den kleinen Füßchen schabend unter seinem Schuh verschwand. „Und wo ist der andere Eingang? Der mit dem roten Teppich?“, meinte er sarkastisch.

„Auf der linken Seite, aber dazu später. Willst du dir vielleicht den Toten ansehen?“ Jasmin reichte ihm zwei OP-Handschuhe. Über ihnen erzitterte die Decke. Einige kleine Brocken rieselten herab. Die U-Bahn rauschte über ihren Köpfen vorbei. „Warum bist du nicht rangegangen? Es hat erst beim fünften Versuch geklappt! Ich dachte schon, du wärst an einer Alkoholvergiftung krepiert.“ Bei diesem Satz hatte sie die Stimme gesenkt.

Mike prüfte mit einem verstohlenen Blick sein Handy. Tatsächlich, fünf verpasste Anrufe. Das kam davon, wenn ein Mensch des Schlafs beraubt wurde, dachte er, dazu kam gestern noch das Bier, ärgerte er sich über seine eigene Dummheit.

Mike blieb ihr die Antwort schuldig. „Wo geht es dieses Mal hin?“, fragte er stattdessen und zog die Handschuhe über. Hier roch die Luft noch fieser, und über allem lag der süßliche Gestank einer seit Tagen verwesenden Leiche. Jasmin war eine junge, naive Polizistin, ambitioniert - auch träumte sie immer noch von einer besseren Welt, dachte Mike und ging ihr voraus.

„Hast du schon einen Blick auf den Toten werfen können? Und wer hat ihn gefunden?“, murmelte Mike genervt, weil der zweite Handschuh nicht über seine Finger wollte.

„Nein, und es war ein Freund des Toten, aber er weigert sich zu kooperieren. Er ist keine Ratte, die mit Bullen spricht, war alles, was er zu sagen bereit war.“

„Du hättest doch behaupten können, dass du eine Anwältin bist“, griff Mike auf die Worte des jungen Polizisten zurück und erntete dafür einen leichten Stoß gegen die

Rippen. „Aua“, lachte Mike gedämpft auf und wappnete sich gegen das, was er gleich zu sehen bekäme, sobald er den Raum betrat. Über dem runden Bogen hing ein Warnschild. Die roten Lettern auf weißem Hintergrund hatten Luftblasen und zackige Rostflecken. Auch hier hatte der Zahn der Zeit seine Spuren hinterlassen, dachte Mike und zog mit verkniffenem Mund an dem widerspenstigen Gummihandschuh.

Tatsächlich war hier der Gang nicht nur breiter, sondern auch aufgeräumter, aber das alles änderte nichts an dem ekelerregenden Leichengestank. „Danke, dass du mir hier den Rücken freigehalten hast. Hast du eigentlich schon eine Leiche gesehen, an der sich Tausende von Ratten gütlich getan haben?“

Jasmin lief hinter ihm und schwieg.

Mike hatte es endlich geschafft, beide Handschuhe über seine Finger zu ziehen. Die bläuliche Gummischicht warf Falten und ließ seine Hände jetzt schon schwitzen. „Dann wollen wir doch nachschauen, was uns hier erwartet“, murmelte er, schob einen großen Karton ein Stück zur Seite und schritt über ein umgeworfenes Glas. Seine Stimme klang wieder ruhig. Die Körperhaltung war entspannt. Ein Schritt folgte auf den anderen, den Blick vor den Fußspitzen, scannte er die Beschaffenheit des Untergrunds ab, um keine Spuren zu verfälschen.

Mike trat in den Raum, der von innen von einem Strahler erleuchtet wurde, und lauschte einen Moment lang in die Stille. Irgendwo schabte und fiepte eine Ratte. „Das, was uns diese Viecher hinterlassen haben, nennt man Residual, ist dir dieser Begriff geläufig, Jasmin?“ Mike wollte damit nicht Zeit schinden, aber er brauchte einen Moment, um zu verschnaufen. Die Halogenlampe wurde von Beamten aufgerichtet, konstatierte Mike, ohne den Gedanken laut auszusprechen.

„Du meinst, wir haben nur die Reste bekommen?“ Jasmin unterdrückte ein Würgen und wurde sofort weiß im Gesicht, was ihr peinlich war. Und weil man es ihr sofort anmerkte, wurde sie noch bleicher. Jasmin war von sich selbst enttäuscht, gab sich jedoch stoisch und hielt ihren Körper kerzengerade.

„Kannst du bitte herkommen und zwei Paar Schuhüberzieher mitnehmen?“ Mike winkte einen Mann herbei, der in einem Tyvek-Overall steckte und nur auf seine Anweisungen zu warten schien. Tatsächlich nickte der Mann, beugte sich nach unten und hob einen kleinen Koffer auf. Mike konnte den Mann, der in einem weißen Schutzanzug steckte, dessen Gesicht hinter einer Maske und einer durchsichtigen Brille verborgen war, nicht sofort erkennen, doch dann fiel ihm der ungewöhnliche Gang auf. Es war Max Gehring, ein guter Polizist von der Spurensicherung. Er grüßte Mike mit einem knappen Nicken, händigte ihm zwei blaue Überzieher aus, und bot ihm sogar einen Mundschutz, den der Hauptkommissar verneinend ablehnte. „Hast du vielleicht auch eine Kotztüte dabei? Für unsere Dame - ich möchte nicht, dass sie sich bekleckert“, sagte Mike gedämpft, während er sich die blauen Tüten über die Sneaker stülpte.

„Ich werde mich nicht übergeben“, schnaubte Jasmin und riss dem Kriminaltechniker den Mundschutz aus den Händen. Ihre Gesichtszüge verhärteten sich, sie sah

Mike mit einer leisen Entrüstung an. Mike zwinkerte ihr zu und lief auf das zu, was von dem Toten übrig geblieben war.

Im Hintergrund konnte man ein monotones Tröpfeln ausmachen. Eine absolute Stille herrschte hier nie, sinnierte Mike und machte sich einen ersten Eindruck von dem länglichen Raum, der früher als Abstellkammer für mittelschwere Gerätschaften benutzt wurde.

Nachdem er genug gesehen hatte, lief er tiefer hinein.

Max Gehring folgte ihm dichtauf. Jasmin ließ sich jedoch Zeit.

Mike ging vor dem Leichnam in die Knie und betrachtete ihn von allen Seiten, sein Augenmerk galt insbesondere dem Kopfbereich. Er sah nichts als fleischige Masse. Die Augen fehlten, weil sie von den Nagern weggefressen wurden, genauso wie die Nase, Lippen und die Ohren. Der Tote starrte ihn mit seinen schwarzen Löchern an und grinste breit. Statt weißer Zähne ragten schwarze Stümpfe aus seinen Kiefern. Auf dem Boden waren außer schwarzen Lachen auch noch Blutflecken zu sehen, einige hatten eine Ringform. Der Tote hatte Blut gespuckt. Mike sah sich weiter um. Der restliche Körper wies unzählige Einstiche auf, aber auch Bissspuren. Auch die Genitalien hatten die Tiere abgenagt, denn in seinem Schritt klaffte ein Loch. „Kannst du auch fotografieren?“ Die Frage galt Max, der hinter dem Kommissar stand.

„Ja klar“, antwortete der im tiefen Bariton.

„Dann tu dir keinen Zwang an, ich schau mich derweil hier um. Halt!“, schrie er beinahe, weil seine Augen an etwas kleben blieben. „Wir haben einen Schuhabdruck“, murmelte er dann.

„Nicht nur einen“, entgegnete Max Gehring ruhig.

„Schau dir die Schuhe des Toten an.“ Mike deutete mit der ausgestreckten Hand auf das linke Bein, das schräg angewinkelt war, sodass sie die abgenutzte Schuhsohle, der ein halber Absatz fehlte, direkt ansehen konnten.

„Und?“, entgegnete der Polizist trocken.

„Nix und, seine Schuhe haben kein Profil, dieser hier ist ziemlich neu.“

„Hmm, möglich.“

Erneut vernahm Mike ein enigmatisches Lachen. Beim ersten Mal hielt er dieses gluckende Geräusch für etwas, das man nicht unbedingt einem Menschen zuordnete. Da war es wieder, wie das ungenierte Gelächter eines Verrückten, das weit weg zu sein schien und dennoch gut hörbar war, wie eine Stimme aus einer Erinnerung, die man sich einbildete. Verlor er gerade eben den Verstand? Doch an Max' Augen, der jetzt dicht neben ihm kauerte, weil er sich den Abdruck genauer ansehen wollte, erkannte Mike, dass auch er diesen ungehemmten Gefühlsausbruch gehört hatte.

„Das ist Klaus, er ist kurz vorm Durchdrehen“, ertönte Jasmins Stimme, die nichts als ein heiseres Krächzen war. Dann schluckte sie schwer und rannte hinaus. Mike hörte das Gurgeln und das Platschen ihres Mageninhalts auf den Boden.

„Und was haben wir da?“, fragte Mike und knipste seine Taschenlampe an. Der Lichtstrahl wurde von einem zerknüllten Zettel reflektiert. Er deutete mit dem Kinn zu seinem Begleiter und zeigte auf das Stück Papier. Ein knappes Nicken, worauf ein helles Aufblitzen folgte, war die Reaktion auf Mikes stumme Anweisung. Mike streckte den Arm aus und griff mit spitzen Fingern danach. Der Polizist von der Spurensicherung fotografierte den Schuhabdruck und sah sich derweil nach weiteren Hinweisen um.

Mike faltete das Blatt auseinander und las die kurze Botschaft. „Na, wie gefällt dir das?“, stand dort in krakeliger Handschrift geschrieben. Er tütete das Objekt ein und dachte kurz darüber nach. Im Hintergrund hörte er eine männliche Stimme. „Der Tatort war noch gar nicht gesichert, es ist unsere Aufgabe ...“

„Aber ihr hättet da kaum Platz gehabt, außerdem ging keiner von euch ran“, schnitt Jasmins Stimme dem Mann das Wort ab. Sie klang immer noch angeschlagen.

„Das wird noch Konsequenzen haben“, brummte der Mann, verstummte jedoch. Weitere Blitze erhellten das Umfeld und gaben für einen kurzen Augenblick das eigentliche Entsetzen preis, das im Verborgenen der Dunkelheit versteckt lag.

Mike musste immer wieder die ätzende Säure hinunterschlucken, die ihm den Hals hoch in den Mund schoss. Aber er durfte keine Blöße zeigen. Der überbordende Hass, der in ihm loderte, lenkte ihn davon ab, sich zu übergeben. „Seit wann wird der Mann vermisst?“, fragte er in die Stille und bekam keine Antwort. Für gemeinhin war er nicht immer auf sich allein gestellt. Jürgen, sein früherer Partner, stand ihm immer tatkräftig zur Seite und stärkte Mike den Rücken. „Jasmin!“, rief er laut und wartete einen Augenblick lang.

„Ja“, hallte ihre Stimme durch den Gang.

„Frag diesen Klaus, oder wie auch immer er heißt, wie lange sein Kumpel von der Bildfläche verschwunden war, bevor er ihn hier gefunden hat. Auch will ich wissen, wie der Tote heißt und ob er in letzter Zeit irgendwelche Probleme hatte.“

„Seit drei Tagen, Bernie und er waren sehr friedliche Männer“, rief sie zurück, ohne den Raum zu betreten.

Mike hob den Arm des Toten leicht an, um sich zu vergewissern, ob die Leichenstarre sich gelöst hatte. Die Muskelkontraktion war nicht mehr vorhanden. Die Zeitangabe stimmte also so in etwa.

„Ich habe hier noch etwas entdeckt, das du dir anschauen solltest, Mike“, sprach der Mann im weißen Anzug beherrscht und leuchtete mit seiner Taschenlampe auf das raue Mauerwerk. Es waren drei blutige Buchstaben. „Sieht ganz danach aus, als hätte der Tote eine Botschaft hinterlassen, die er im Sterben mit dem Finger an die Wand geschmiert hat.“ In seinen Augen lag eine Herausforderung, die nach Bestätigung heischte.

„L U K“, was kann diese Abkürzung wohl bedeuten, dachte Mike laut nach.

Max Gehring ließ seine Kamera erneut mehrmals aufblitzen.

Nach einer guten halben Stunde intensiver Suche ging Mike endlich zurück in den Gang hinaus und verspürte einen leichten Windzug, der ihm über den Nacken streifte.

„Ich dachte, dieser Klaus will mit den Bullen nichts zu tun haben, woher hast du die Information dann?“, keuchte Mike und wischte sich über die feuchte Stirn.

Jasmin war der Ausrutscher ihres Magens immer noch deutlich ins Gesicht geschrieben.

„Das muss dir nicht peinlich sein“, sprach Mike das Thema direkt an und wiederholte: „Wie bist du denn an diese Informationen gelangt?“

„Das waren die einzigen.“

„Seid ihr da drin fertig?“, schnaubte der Leiter der Spurensicherung.

„Ja, tobt euch nur aus“, sagte Mike ruhig und verzichtete auf eine zweckdienliche Antwort.

„Wo ist dieser Klaus?“, wandte er sich erneut Jasmin zu.

„Wer hat hier in den Gang gekotzt?“, empörte sich der Polizist und trieb Jasmin erneut die Schamesröte ins Gesicht.

Sie stieß einen leidgeprüften Seufzer aus. Mike berührte sie am Ellenbogen und ging mit ihr ein paar Schritte durch den schwach erleuchteten Tunnel.

„Das wirst du schon noch überleben. Wo ist dieser Klaus?“, hakte er nach.

„Aber er wird mit dir nicht reden wollen, du bist ein Polizist, Mike.“

„Der wie ein Digger aussieht.“ Mike zog die Handschuhe aus, die sich mit einem feuchten Schmatzen von seinen Fingern lösten.

„Ein was?“ Jasmin zog ihre Stirn kraus.

Mike zerrte das Haargummi aus seinem Haar und lockerte es, indem er sich mehrmals mit den gespreizten Fingern darüberfuhr. „Schau mich an, sieht für dich etwa so ein Bulle aus?“ Er breitete die Arme aus und drehte sich einmal im Kreis. Das dunkle Haar war von Spinnweben durchzogen. Sein T-Shirt war schmutzig und hatte einen tiefen Riss an der Schulter. Weil er an dem blöden Schrank hängen geblieben war, schmerzte die Stelle immer noch. Mike begutachtete kurz die Schramme, darüber hatte sich eine dunkle Kruste gelegt. Sein Gesicht hatte dunkle Striemen, im Bart und im Haar hatten sich einzelne tote Insekten verfangen. Damit konnte er ihr endlich ein flüchtiges Lächeln entlocken.

„Nach dem gestrigen Abend habe ich sogar Mundgeruch wie ein Digger. Denke ich."

„Was ist das?"

„Menschen, die in Abwasserkanälen leben, glaube ich. Und meine Schuhe stinken nach Pisse", fügte er hinzu und verzog angewidert das Gesicht.

„Dann steht dir nichts im Weg, dein Glück zu versuchen." Jasmin lächelte mit einem flüchtigen Funkeln in den Augen.

„Aber vorher musst du ihn laufen lassen, damit ich ihm irgendwo auflauern kann. Unsere Begegnung muss zufällig sein."

Jasmin überlegte.

„Mach schon, lange halte ich es in diesen Klamotten nicht mehr aus."

Jasmins Mundwinkel zuckten. Elegant, wie es sich für eine Dame gehörte, drehte sie sich um und lief zum Ausgang. Mike folgte ihr, blieb jedoch die ganze Zeit im Schatten.

Jasmin blieb plötzlich stehen. „Mike, vergiss die Schuhüberzüge nicht."

„Oh, verdammt“, flüsterte Mike und nahm die Überzüge ab. Der Gestank nach altem Urin schoss ihm in die Nase und ließ ihn würgen. Mike atmete keuchend und gab sich Mühe, sich nicht vor die Füße zu kotzen. Die Galle brannte in seiner Kehle, blieb jedoch drin. „Gott verdammt, was für ein beschissener Tag“, krächzte er und lief dann weiter. Jeder seiner Schritte verursachte ein schmatzendes Geräusch. Es war gar kein Wasserloch, sondern eine Mulde voller Pisse, zog ihn eine sarkastische Stimme, die in seinem Kopf lebte, lachend auf. Der innere Schweinehund lachte ihn tatsächlich aus. Aber auch das würde er irgendwie durchstehen, dachte Mike und versuchte, sich an etwas anderes zu erinnern. Doch statt etwas Schönem tauchte immer wieder der zerfleischte Kopf vor seinem geistigen Auge auf, der sich nicht mehr wegblinzeln ließ.

Mike rieb seine Schulter, die immer noch wehtat, und legte sich jetzt schon die Strategie zurecht, mit der er an den Mann herangehen wollte, um diesem Klaus mehr Informationen zu entlocken. Etwas schepperte vor seinen Füßen und rollte mit einem metallischen Klimpern davon. Mike knipste kurz die Stablampe an. Eine Sprühdose. Mike schnappte danach und schaltete das Licht wieder aus. Dann bin ich halt auch noch ein Sprayer, sinnierte er und bog nach rechts ab. Eine frische Brise kündigte an, dass sie bald irgendwo in der U-Bahn auftauchen würden. Mike verharrte einen Augenblick und spähte die Gleise entlang, die unmittelbar direkt vor seinen Füßen verliefen, aber seit langem nicht mehr befahren wurden. Ihnen fehlte der typische Glanz. Dann vernahm er jetzt schon menschliche Laute.

„Der Zeuge darf wieder gehen. Herr Siebert, Sie dürfen ..."

„Wir sind noch nicht fertig", widersprach eine tiefe, respekteinflößende Stimme.

Doch Jasmin ließ sich davon nicht beeindrucken. „Herr Sieber kann wieder gehen, so lautet die Anordnung von oben. Herr Hauptkommissar Wedekind hat es persönlich veranlasst, und für weitere Diskussionen haben wir keine Zeit", sagte Jasmin entschieden.

Tage später
Kapitel 30

Violetta fröstelte, ihr Körper verlangte nach Drogen. Da die Schmerzen, die ihr auf eine bestialische Art zugefügt wurden, nicht weichen wollten, sah sie keinen anderen Ausweg, als diese kleinen Pillen doch zu schlucken, die schon nach wenigen Minuten Linderung und ein Gefühl der Losgelöstheit mit sich brachten. In dieser Zeitspanne der Glückseligkeit wurde sie wieder zu einem Geschöpf, das glücklich war und keine Schmerzen hatte.

„Na, wie geht's denn meinem Püppchen? Ich habe eine gute Neuigkeit für uns beide“, freute sich Lukas, der anfänglich grob zu ihr gewesen war. Doch mit jedem Tag brachte er Violetta so etwas wie Empathie entgegen. „Boris hat dich, er hat ...“ Er verhaspelte sich mehrmals, weil er aufgeregt klang. Wie ein Kind, das vor der ganzen Klasse an der Tafel stand, um ein Gedicht aufzusagen, suchte er nach Worten und knetete die Hände, dann setzte er von Neuem an. Seine Stimme überschlug sich wieder. Er verschluckte sich an seiner eigenen Spucke und lief rot an. Auf seiner Glatze traten dünne Äderchen hervor. „Er hat dich mir geschenkt“, stammelte er mit geweiteten Augen und begann zu husten.

Erst jetzt fiel Violetta auf, dass sie in einem richtigen Bett lag. Das Kissen war weich. Der Raum war nicht kahl und steril, auch roch die Luft weder nach Medizin noch nach Reinigungsmittel, sondern nach Lavendel und Rosen. Vor ihr auf einem wuchtigen Tisch stand eine große Vase mit roten

Rosen. Lukas trug einen Anzug. In seinem weißen Kragen steckte eine Fliege. Auch sein Bart war gestutzt.

„Um Gottes Willen, ich will doch nicht heiraten", sprach er nun mit geklärter Stimme, weil er ihren Blick richtig gedeutet hatte. „Ich muss zu einem Konzert, das ist alles. Du bist immer noch eine Hure."

„Was bedeutet geschenkt?", sprach sie zuerst in ihrer Sprache den Gedanken laut aus, der sie sehr beschäftigte.

Lukas runzelte die Stirn und kam näher.

Violetta strengte sich an und gab sich Mühe, die Worte sinngemäß ins Englische zu übersetzen, hatte jedoch Angst, dass ihr das nötige Vokabular ausgehen könnte, wenn sie sich nicht beeilte. Ihr Wortschatz reichte bei weitem nicht aus, um frei sprechen zu können, sie beherrschte nur einzelne Brocken.

Lukas hörte ihr angestrengt zu. Seine Mundwinkel zuckten dabei. Endlich hellte sich sein Blick auf. „You and me together", sagte er und umschloss ihre Finger mit seinen warmen Händen. Dann ließ er ihre Hand los und griff hastig in seine Hosentasche, weil ihm etwas Wichtiges eingefallen war, im selben Moment ging die Tür auf. Lukas schnellte um seine eigene Achse, weil er mit keinem Besucher gerechnet hatte. Er wollte schon auffahren, doch er öffnete seinen Mund und schloss ihn wieder, ohne dabei einen einzigen Ton herausgebracht zu haben.

Lukas torkelte rückwärts und stieß mit dem Schuh gegen das Bettgestell. „Underdog?", stotterte er und ließ etwas Glänzendes zu Boden fallen. „Wie hast du mich hier gefunden?" Er klang hysterisch, seiner Stimme fehlte jegliche Farbe. „Bitte, lass mich in Ruhe. Du hast beim letzten Mal schon zu viel angerichtet, mein Labor zerstört, den kompletten Keller verwüstet, und der Frau das Gesicht abgezogen. Wer bist du, verdammt nochmal?! Du bist eine verfluchte Bestie!“ Sein Vorwurf klang wie der Schrei eines Verrückten. Er fiel rücklings aufs Bett und drückte sich weiter von dem Mann weg, der sich nicht rührte. Dabei strampelte Lukas unbeholfen mit den Füßen, weil einer seiner Schuhe sich in der Tagesdecke verfangen hatte. Er achtete jetzt auch nicht auf Violetta, die das ganze Szenario schweigend betrachtete.

Der Fremde stand einfach nur da und schätzte die Situation ab. Fast schon mit resignierter Miene sah er sich kurz um und ging auf das große Bett zu.

„Für den Verrat an dir hat Bernie mit seinem Leben bezahlt“, sprach der Eindringling. Lukas war nun auf der anderen Seite angelangt, sodass das Bett als Barriere zwischen den beiden stand. Lukas blickte sich verängstigt um, ohne den Mann länger als für eine Schrecksekunde aus den Augen zu lassen. Zu seinem Verdruss bestand die Möglichkeit zu einer Flucht nur dann, wenn er die Tür erreichte, sie befand sich jedoch auf der anderen Seite des großen Raumes. Die Gedanken rasten wie ein Schnellzug durch sein benebeltes Hirn, weil er erst vor kurzem eine Line gezogen hatte. Das weiße Pulver machte den Boden unter seinen Füßen zu Watte, der Raum begann sich zu verschieben.

Der Mann stand ihm direkt gegenüber. Im grellen Fensterlicht lag sein Gesicht im Schatten. „Lass mich gehen“, bat Lukas Manowski und schniefte mit der Nase. „Wie machst du das nur, verdammt?“

Underdog beugte sich nach unten und hob etwas auf. Es war ein Medaillon an einer dünnen Kette aus Gold. Er ließ es wie ein Pendel zwischen seinen Fingern hin- und herschwingen. „Ist es nicht das, was du den Mädchen schenkst, wenn du sie markierst? Eine Art Liebeserklärung. Nur, damit du sie später mit Drogen vollpumpen kannst?“

„Was hat das Ding jetzt mit deinem Auftauchen zu tun? Selma wollte zurück zu mir, verstehst du?! Nicht ich, sondern sie hat es gewollt!“

„Schon mal von einem GPS-Sender gehört?“, gab Underdog zur Antwort und irritierte damit den verängstigten Lukas nun komplett.

„Was laberst du für eine Scheiße?!“

„Dann brauche ich dir auch nicht zu erklären, was Triangulation und Peilsender sind.“

„Du hast da etwas eingebaut? Damit du mich aufspüren, damit du, du elendes ...“ Seine Stimme brach ab.

„So blöd, wie du aussiehst, bist du dann doch wieder nicht“, sprach der Mann weiterhin in gemäßigtem Ton und ließ sich nicht aus der Ruhe bringen.

„Wenn du mich in Ruhe lässt, gebe ich dir diesen Scheck. Du bist doch Underdog, stimmt's? Der Scheck ist gedeckt und unterschrieben, du musst ihn dir nur auszahlen lassen. Da sind zwanzig Riesen drauf. Ehrenwort.“ Mit zittrigen Fingern holte er das längliche Stück Papier aus der Innentasche seines Jacketts.

Der Mann legte das Medaillon bedächtig auf die Bettkante. Fixierte jedoch seine Gegenüber mit einem eisigen Blick. Ein metallisches Klicken durchzuckte die Stille. In der rechten Hand des Eindringlings blitzte etwas auf und warf einen kleinen Lichtkreis, der Lukas für einen Wimpernschlag blendete.

Just in diesem Moment sprang der Angreifer über das Bett. Manowski machte einen letzten Versuch und preschte nach vorne, weil er nur eines im Kopf hatte - die Tür. Doch bei seinem törichten Versuch landete er direkt in Underdogs Schwitzkasten. Underdog war flink. Sein Unterarm quetschte Lukas Manowski die Luft ab. Er keuchte. „Du kranker Wichser, lass mich los“, krächzte er und hatte Mühe zu schlucken, geschweige denn zu reden. „Ich habe nichts getan“, gab er nicht auf.

„Natürlich nicht, du hast einigen Menschen das Leben genommen, aber was zählt das Leben einer Hure schon“, meinte Underdog lakonisch. „Selma war alles, was mir im Leben geblieben ist.“

„Ich war das aber nicht.“

„Wer dann?“

„Pedro Mega, er war das.“

„Nein. Er war ein Feigling und ein Großmaul, mehr nicht. Du kannst dir deine Ausreden sparen, das war Boris, habe ich recht? Er hält die Fäden in der Hand, du bist nur eine seiner Marionetten. Und sein ewiger Begleiter, er hat mich an dem Tag ausgeknockt, habe ich recht? Du und er; ihr habt Silke geholt und in dein Versteck gebracht, damit du sie für deinen Boss wieder frisch machen konntest, aber er wollte sie nicht mehr, sie war zu verbraucht, also entschied er sich, sie zu deinem Geschenk zu machen - für deine Treue.“

Lukas schwieg. Schweiß lief ihm von der Stirn in die Augen und in den Mund. Er leckte sich über die Lippen. Der Bart wurde zunehmend feucht und klebrig. Ein kalter Schauer durchfuhr seinen Körper. Entsetzt stellte er fest, dass das kein Schweiß, sondern Blut war - sein Blut. Wie paralysiert wog er seine Situation ab und kam zu dem Entschluss, dass er geliefert war. Erst jetzt hörte er, ja, er hörte, wie die Klinge über seinen Schädelknochen schabte. Die Haut an dieser Stelle war wie betäubt, und dennoch vernahm er die Kühle und das Brennen gleichzeitig. Alles geschah wirklich, und dennoch glaubte er, in einem Albtraum gefangen zu sein. Vielleicht waren das nur Halluzinationen, die von den Drogen herrührten. „Lass mich los, du Hurensohn!“ Sein Wutausbruch klang wie das Betteln eines gebrochenen Mannes an einem kalten Wintertag.

„Nein. Du hast deine Chance verspielt. Habe ich nicht gesagt, du solltest das lassen?“

„Bitte.“ Blut färbte sein Gesicht rot.

Zwei schnelle Stiche in die Brust lähmten seinen Körper. Dann löste sich endlich der Griff. Lukas fiel zu Boden. Aus einem unerklärlichen Grund freute er sich darüber, dass er wieder atmen konnte. Doch das trügerische Gefühl der Freiheit stellte sich nach einem ersten Versuch, Luft zu holen, wieder ein und wich einem sengenden Brennen in der Lunge. Er hustete. Blut schoss aus seinem Mund wie eine Fontäne. Etwas Hartes drückte seine Rippen zusammen. Wie durch einen roten Schleier sah er das Gesicht des Mannes über sich - wie ein Hologramm. Der Mörder wirkte müde, erschöpft, und vom Leben gelinkt. Lukas hob die Hände. Er wollte den Mann am Hals packen und ihm die Gurgel zudrücken, so lange, bis die Wirbel zwischen seinen Fingern brachen. Doch er war zu schwach. Underdog, wie er von allen genannt wurde, schob sie mit einer lässigen Bewegung beiseite. Das Messer umrundete das blutüberströmte Gesicht und hielt auf der linken Seite inne. Der Mann legte die scharfe Waffe auf den Boden und zwang seinen müden Körper aufzustehen. Den rechten Fuß gegen die Brust gestemmt, trieb er die Finger unter die Haut des noch lebenden Lukas und packte den Hautlappen direkt am Kinn. Er drückte die Finger fest zu einer Faust zusammen und zog zweimal heftig daran. Die Haut löste sich mit einem feuchten Schmatzen vom Schädel und gab die Sicht auf nacktes Fleisch frei.

Violetta war viel zu verängstigt, um zu schreien. Sie kroch unter die Decke und rührte sich nicht. Jemand zog an dem feinen, goldschimmernden Stoff und sagte etwas auf Deutsch. Eine blutige Hand griff nach ihrem Bein und schloss sich fest um das Gelenk. Violettas Brust war wie zugeschnürt, doch dann entlud sich ihre Angst in einem langanhaltenden Schrei, der von der zweiten Hand abgewürgt wurde, die sich fest um ihren Mund klammerte.

Mit weit aufgerissenen Augen starrte sie in die Augen des Mannes, der langsam den Kopf schüttelte, um ihr damit zu verdeutlichen, dass sie mucksmäuschenstill sein musste.

Kapitel 31

Ich wusch mir die Hände vom Blut ab. Die Kruste unter den Fingernägeln ließ sich nicht so einfach abwaschen. Ich hatte herausfinden können, dass das Mädchen kein Wort deutsch sprach. Sie erfuhr, dass ich nur ein paar Fetzen englisch beherrschte, dennoch konnte ich sie davon überzeugen, dass es für uns beide besser wäre, wenn sie sich ruhig verhielt. Sie tat gut daran, meinen knappen Anweisungen zu folgen.

Nachdem ich sie mit einem durchtränkten Lappen in die Welt der Träume geschickt und in mein Versteck gebracht hatte, konnte ich meiner Arbeit nachgehen. Der letzte Schritt war bald getan. Ich wusste jetzt, wer der Grund des ganzen Übels war. Ich kannte seinen Namen und seine Adresse. Boris Steck war so gut wie erledigt. Er war kein sehr großer Fisch, wie er es sich einbildete, ein von sich selbst überzeugter Großkotz mit den Attitüden eines reichen Schnösels. Er war nur ein verdammtes Arschloch mit Beziehungen. Alles, was sich mir in den Weg stellen und mich davor abhalten konnte, ihm den Pelz über die Ohren zu ziehen, war sein Bodyguard, aber auch mit dem würde ich schon irgendwie fertig. Ich leerte eine weitere Kapsel und nippte an einer Tasse heißem Kaffee. Violetta regte sich wieder. Ihre Augenlider flatterten wie die Flügel eines Nachtfalters auf einer nassen Fensterscheibe. Sie weinte mit geschlossenen Augen. Langsam wachte sie auf.

„Good morning“, begrüßte ich sie und schritt langsam auf sie zu, so als hätte ich Angst, sie zu erschrecken.

Sie schwieg und starrte mich mit verklärtem Blick an. Ich ging in die Knie, prüfte die Gurte an ihren Gelenken und streifte ihr feuchtes Haar aus der Stirn. Ihre Fersen hatten sich entzündet. Die Wunden hatte ich sorgfältig gesäubert und neu verbunden.

„Please don't ..." Sie suchte nach Worten und gab dann nur einen leidgeprüften Seufzer von sich. Ihr Kinn zitterte. Violetta würgte an ihren Tränen.

„Keine Angst", sagte ich, „don't worry, I'm your friend", sprach ich weiter und hoffte, dass das, was ich da von mir gab, auch nur halbwegs einen Sinn ergab.

Violettas Augen füllten sich mit Tränen. „Ich muss jetzt gehen, wenn ich wieder da bin, werde ich dich in ein Krankenhaus bringen. We go to the Hospital", stotterte ich und verzog den Mund zu einem traurigen Lächeln.

Sie schüttelte den Kopf. Ein Weinkrampf ließ sie zusammenzucken. „Hast du Hunger? Hungry?", fügte ich das englische Wort hinzu und wartete auf eine Reaktion von ihr. Sie bewegte langsam den Kopf, hin und her. „Okay, ich bin bald wieder da." Ich fühlte erneut ihre Stirn. Sie war kalt. „No more drugs", hörte ich meine Stimme und stand wieder auf.

„Who are you?", wollte sie von mir wissen und hob leicht den Kopf an. Es lag keine Wut in dem, was sie sagte, nur unendliche Traurigkeit.

„Ich bin unsäglich müde, und es wäre besser für dich, wenn du mich vergisst", flüsterte ich und bewegte dabei nur meine Lippen. Dann drehte ich mich um, öffnete die Schublade und holte das Büchlein heraus. Ich tippte die Adresse ab und gab sie in Google Maps ein. Es dauerte eine

Weile, bis die Karte sich aktualisiert hatte. Die Strecke wurde ermittelt. Ich konnte mich für eine der drei möglichen Routen entscheiden.

„What's your name?“, ließ Violetta nicht nach.

Ich stand mit dem Rücken zu ihr und tat so, als würde ich sie nicht hören.

„Wie heißt du?“ Ihre Stimme wurde dringlicher und kostete sie enorme Kraft.

Ich schwankte in meiner Entscheidung, drehte mich um und taxierte sie mit einem festen Blick. „Underdog“, entgegnete ich und nestelte an dem Umschlag des Notizbuches.

„Deine Name! Wie deine Name?“, wiederholte sie ihre Frage.

„Ich heiße ...“ Mein Telefon klingelte und riss mich aus dem Zustand der unbändigen Traurigkeit heraus. „Ich muss gehen“, sagte ich schnell und begab mich auf die Suche nach meinem Handy, das ununterbrochen einen enervierenden Signalton von sich gab. Es war ein Handy, mit dem ich für andere erreichbar war. Ein billiges Teil, welches nicht nachverfolgt werden konnte und das keine Spur in dem Äther des weltweiten Netzes hinterließ. Ich fand es in meiner Hose, die ich gestern anhatte. An den Knien war sie dunkelbraun vom eingetrockneten Blut. Ich holte das Gerät aus der Tasche und sah schweigend zu, wie der Scheck, einem welken Blatt gleich, nach unten trudelte, den mir Lukas statt seines Lebens angeboten hatte. Nach einer vollführten Spirale landete das längliche Papier auf dem Boden. Ich hob es auf. Zwanzig Riesen, dachte ich nach und steckte den Scheck wieder ein. Dieses Geld würde ich spenden, entschied ich mich. Doch zuerst muss ich mein Vorhaben zu Ende bringen.

Ich ging nach weiteren zwei Pieptönen ran. „Ja?“

„Ist dein Arm wirklich gebrochen?“, erklang eine Frauenstimme - mechanisch und verzerrt.

„Ist das irgendwie von Belang?“

„Ich möchte nicht, dass du irgendwelche Dummheiten anstellst und mich in deine kriminellen Machenschaften mit hineinziehst. Ich habe Krebs und möchte den Rest meines beschissenen Lebens nicht in einem Knast verbringen.“ Ich hörte sie lachen, dann weinen. „Ich werde sterben, so wie du auch. Ist das, was du machst, der Mühe wert?“

„Ich weiß es nicht“, gab ich ehrlich zu.

„Beeil dich, solange ich es mir nicht anders überlegt habe. Reicht auch Baugips oder muss es irgendwas Spezielles sein?“

Jetzt musste auch ich grinsen. „Hauptsache, es sieht mehr oder weniger echt aus.“

„Dann habe ich alles.“

„Bis gleich.“

„Bis gleich.“

Kapitel 32

Mike schnupperte an seinen Händen. Er glaubte immer noch den Geruch nach Gülle zu riechen. Seine Fingernägel waren bis ans Fleisch abgeschnitten, an einigen Stellen waren sie sogar blutig. Die Haut an seinem Körper brannte immer noch, weil er sich mit einer harten Bürste den Dreck samt der obersten Hautschicht abgeschrubbt hatte, zumindest fühlte es sich so an. Er fuhr sich tastend über den Kopf, das kurze Haar unter seinen Fingern war gewöhnungsbedürftig, auch als er sich flüchtig über das Kinn strich, fühlten sich das frisch rasierte Kinn und die nackten Wangen fremd an. Zu diesem Entschluss kam er, nachdem er zwei Stunden unter der Dusche verbracht hatte, ohne dabei den Leichengestank und den Geruch nach feuchter Erde und vergammelten Essensresten losgeworden zu sein. Trotz des brütend heißen Wasserstrahls und Unmengen von Shampoo blieb der hartnäckige Geruch an seinen Haaren kleben: er roch noch Stunden später nach nassem Hund.

Jetzt saß er in seinem Büro und wartete auf Jasmin. Die Tür öffnete sich in dem Moment, während Mike auf sein Handgelenk sah.

„Guten Morgen, wie geht's dir ...?“ Ihr blieb der Rest des Satzes im Halse stecken. „Wer hat dich so zugerichtet?“, fragte Jasmin dann mit zuckenden Mundwinkeln. „Ich muss mich erstmal daran gewöhnen, dass mein verschollener Kollege ein passabel aussehender Mann ist“, zog sie ihn weiter auf und lief zu ihrem Tisch. „Hast du etwas herausfinden können?“

„Der redselige Klaus hatte mir von seinem Leben berichtet und von der Straße, aber ich konnte ums Verrecken nichts aus ihm herausquetschen, was uns in unserem Fall weiterbringt. Außer dem Straßennamen eines Mannes."

„Der da wäre?" Jasmin setzte sich auf die Kante des fein säuberlich aufgeräumten Tisches und legte die Beine übereinander. Sie trug heute einen hellblauen Hosenanzug und sah darin wieder mehr als nur gut aus.

„Underdog", brummte Mike und holte tief Luft.

Ein leichtes Zucken durchlief Jasmins Körper.

„Sagt dir der Name etwas?" Mike taxierte sie fragend.

Sie legte den Kopf leicht schräg.

„Ich habe mich nach der Klinik erkundigt, in der der Bruder des ersten Opfers einige Jahre zugebracht hatte. Er war psychisch labil und hatte die Unterstützung sehr nötig. Ich konnte sogar mit einer Frau sprechen, die ..." Jasmin ließ den Satz in der Schwebe und bückte sich nach vorne. Sie hob ihre Aktentasche und griff hinein. Mike erhaschte einen kurzen Blick auf ihr üppiges Dekolleté. Und sah sofort zur Wand. „Die Betreuerin hat auch den einen Namen erwähnt. Und dass er in einem Container lebe."

„In welchem Zusammenhang kann uns das nützlich sein?" Mike erhob sich und massierte sich die Hände.

„Sie meinte, er habe Herrn Steinwirth mehrmals besucht."

„Konnte sie ihn näher beschreiben?"

„Das liegt einige Jahre zurück. Sie hatte mir versprochen, mehr darüber zu berichten und zwar in",

Jasmin hob den Ärmel ihrer Jacke an und sah auf die Uhr, „zwei Stunden. Außerdem wollte ich mit dir zusammen dorthin fahren. Am Telefon bespricht man solche wichtigen Dinge nicht, und weil ich neu im Dezernat bin, konnte ich mir nicht erlauben, dies im Alleingang durchzuziehen. Wir haben Zeit, und ich habe noch nicht gefrühstückt. Du? Wir könnten uns doch bei einem Kaffee und einem frischen Brötchen auf das bevorstehende Gespräch vorbereiten und einige Ungereimtheiten schon im Vorfeld klären."

„Ich brauche einen starken Kaffee. Lass uns doch bitte zu diesem Pub fahren, dort gibt es einen Irischen Kaffee, nebendran habe ich eine Bäckerei gesehen. Ich würde liebend gern mit der jungen Frau sprechen wollen. Celina hieß sie, wenn mich nicht alles täuscht."

„Ja. Aber haben sie überhaupt um diese Zeit geöffnet?"

„Heute ist Samstag, natürlich haben sie das. Die Touristen stehen früh auf."

„Wenn du meinst." Jasmin holte tief Luft und ging auf die Tür zu. Mike folgte ihr.

„Hast du heute Abend schon etwas vor?", wollte er von ihr wissen, als sie in der Tür stehen blieb.

„Warum willst du das wissen?"

„Ich möchte dich meiner Frau vorstellen. Ich will, dass ihr euch näher kennenlernt. Ich arbeite immer noch daran, zu ihr zurückzukommen. Aber nun bist du hier aufgetaucht und hast einen dicken Strich durch meine Pläne gemacht."

„Eventuell ließe sich so ein Abendessen arrangieren. Aber würdest du dadurch deine Frau wirklich zurückholen können? Liegt es wirklich nur an meinem Erscheinen und nicht an deinem Benehmen und deiner Art, die Dinge anzugehen?“

„Ein Versuch wäre es doch wert. So könnte Katrin erfahren, dass wir beide nur gute Kollegen sind.“

„Wenn du mir dabei in die Augen und nicht auf meine Brüste schaust, könnte dein Plan aufgehen. Aber damit läufst du auch Gefahr, dich selbst ins Aus zu schießen.“

„Deiner Meinung nach, Katrin, meine Fast-Ex-Frau könnte eifersüchtig werden, nur weil ich mich nicht unter Kontrolle haben werde? So ansehnlich bist du nun auch wieder nicht“, sagte Mike, quetschte sich an Jasmin vorbei, die immer noch in der Tür stand, ohne sie dabei zu berühren. Gleichzeitig begriff er, dass er sich mit diesem Spruch auf ein gefährliches Spiel eingelassen hatte. Bezeichne niemals eine Frau als unattraktiv, das wusste er.

„Du meinst also tatsächlich, dass ich nicht sonderlich hübsch bin? Dein Image als Schürzenjäger hat sich nicht nur bei mir perpetuiert“, kam der Satz prompt aus ihrem Mund geschossen. Die Worte klangen gefährlich nach einer Herausforderung.

Mike hätte sich am liebsten für sein vorlautes Mundwerk die Zunge abgebissen, nun war es zu spät. Und für einen Rückzieher war er zu stolz.

„Ich habe es mir überlegt, und ich würde wirklich gerne, des Familienfriedens wegen, mitkommen, wenn du versprichst, dich zu benehmen“, rief sie ihm nach. Ihre Absätze klackerten schnell über den Boden, dann hakte sie sich bei ihm ein und bedachte ihn mit einem sexy Lächeln.

„So hässlich bist du eigentlich nicht, Mike. Wenn du wie ein Mann und nicht wie ein Neandertaler herumläufst, bist du sehr attraktiv. Nur an deinem Outfit müssen wir noch ein wenig arbeiten. Wir wollen doch, dass Katrin dich wieder bei sich aufnimmt?“ Sie schenkte ihm ein kokettes Lächeln, verpasste ihm einen leichten Schubs gegen die Schulter und befreite sich aus seinem Arm. Dann wurde Jasmin wieder ernst.

„Später möchte ich auf den Friedhof.“ Mikes Stimme klang sachlich.

Jasmin blieb für einen kurzen Moment stehen, Mike lief weiter. Jasmins Schritte wurden schneller. „Was ist passiert?“

„Ich habe da so ein Gefühl. Selma. Die erste Frau, die auf diese Art getötet wurde, liegt unter der Erde. Vielleicht hatte der Mörder eine viel innigere Beziehung zu ihr und bringt ihr jetzt Opfer dar.“

„Ist nicht dein Ernst?“, fragte Jasmin.

„Nein, ich möchte mich einfach dort umsehen. Vielleicht finden wir bei der Grabstätte irgendwelche Hinweise. An solchen Orten gibt es immer Besucher, die vielleicht etwas Auffälliges beobachten konnten. Vielleicht sucht der Mörder seine Opfer in regelmäßigen Zeitabständen auf, das gibt es oft“, murmelte Mike und lief die Treppe nach unten. „Ach ja, dieser Klaus sprach auch von Leif Stone. In welchem Zusammenhang er zu Underdog steht, gilt es für uns als Nächstes herauszufinden, nicht dass sich später herausstellt, dass es um ein und denselben Mann handelt“, rief Mike über die Schulter.

„Besser, wir haben zwei Namen als gar keinen“, hörte er Jasmins Stimme.

„Zu viele Hinweise können manchmal schlimmer sein als zu wenige“, entgegnete Mike ruhig und griff nach seinem Handy, weil er Katrin, seine Noch-Ehefrau, zu einem Abendessen einladen wollte.

„Isst du gern italienisch, Jasmin?“

„Wenn die nicht nur Pizza haben, dann schon.“

Mike blieb ihr die Antwort schuldig und lauschte den monotonen Freizeichen. Katrin ging erst nach einem dritten Versuch ran. „Was willst du, Wedekind?“

„Dich zum Essen einladen.“

Katrin legte auf.

Mike startete einen zweiten Versuch.

„Bist du schwer von Begriff, Mike?“

„Das habe ich ernst gemeint.“

Diesmal blieb Katrin dran und ließ ihn ausreden.

„Das wird deine letzte Chance auf eine Versöhnung sein.“

„Dann bis heute Abend“, beendete Mike das Telefonat mit einem lauten Wummern in der Brust. Das darfst du nicht verbocken Mike, sagte er zu sich selbst und grinste selbstzufrieden.

„Wo ist dieser Klaus jetzt?“, wollte Jasmin von Mike wissen, während sie zu den Parkplätzen gingen. „Er könnte ja schließlich nicht nur als Zeuge fungieren.“

„Du hältst ihn also für einen potentiellen Killer?“ Mike suchte nach einem Schlüssel.

Jasmin druckste herum, ohne ein Wort zu sagen.

„Darum habe ich ihn dazu überredet, es mit einer Therapie zu versuchen. Er befindet sich momentan in einer Klinik, die sich auf solche wie ihn spezialisiert hat."

„Das bedeutet?"

„Er ist unter Beobachtung. Stuck hat zwei Männer damit beauftragt, ihn zu bewachen. Wer weiß, vielleicht hat er wirklich Dreck am Stecken. Man darf nichts ausschließen, solange der Fall nicht abgeschlossen ist."

Endlich zerrte er den Schlüssel aus der Hose.

„Ich fahre dir nach", schlug Jasmin vor und ging zu ihrem Porsche.

Mike zuckte die Schultern, zwängte den Schlüssel ins Schloss, machte die Tür auf und ließ sich in den Sitz fallen. Am liebsten würde er die Augen schließen und eine Runde schlafen, dachte er. Dann schreckte ihn ein zweimaliges Hupen auf. Jasmin wartete in ihrem Porsche darauf, dass er aus der Parklücke fuhr. Mike drehte den Schlüssel um und startete den Motor.

Kapitel 33

„Wo hast du den aufgegabelt, Mirco?“, fragte Boris, der neben einem leblosen Körper in der Hocke saß. Er sah seinen treuen Fahrer von unten an, den Kopf leicht zur Seite geneigt. Sein Blick war von Drogen glasig geworden. Ein dümmliches Grinsen umspielte seine Lippen.

„Er kam einfach auf mich zu, da habe ich ihm einen Haken verpasst, wie schon einmal.“ Der Mann rieb selbstzufrieden seine rechte Faust. Ein Knöchel hatte eine frische Schürfwunde. „Danach habe ich ihn hierhergebracht und dich dann auch. Er lernt anscheinend nicht aus seinen Fehlern.“

„Auf dich ist halt Verlass. Warum hat er einen Gips um den linken Arm? Warst du das etwa auch?“

„Nein“, winkte Mirco ab und rieb mit der Schuhspitze über einen dunkeln Fleck im Staub. Der Fleck wurde heller. Es war Blut. „Er war schon kaputt, als ich ihn gefunden hatte“, bemühte sich der Mann um einen Scherz.

Boris lachte tatsächlich schallend auf und stand wieder auf. Er wankte etwas von zu viel Alkohol und Koks. „Du gefällst mit immer mehr, Mirco. Nachdem ich dir zwei Nutten geschenkt habe, blühst du richtig auf und reißt sogar Witze. Und was machen wir jetzt mit ihm?“, wollte Boris wissen und trat mit dem rechten Schuh gegen den eingegipsten Arm. „Ich glaube, er kommt wieder zu sich“, murmelte Boris, und trat noch einmal gegen den Gips, jetzt etwas beherzter. Der Arm schabte über den staubigen

Boden. Der Mann, der auf dem Boden lag, stöhnte und begann zu husten.

Mirco überlegte nicht lange, kam auf den gefesselten Mann zu und stampfte mit der rechten Hacke auf den Gips. Die weiße Schutzhülle brach mit einem trockenen Geräusch.

„Oaahhh", stöhnte der Mann und presste seine beiden Arme, die mit einem Kabelbinder an den Gelenken festgezurrt waren, gegen die Brust. Er beäugte die zwei Männer mit einem unsteten Blick.

„Wer bist du?"

„Er heißt Underdog!"

„Unterbrich mich nicht, Mirco", begehrte Boris plötzlich auf und wies seinen neu gewonnenen Freund in die Schranken. Boris' Stimmungsschwankungen waren von allen gefürchtet.

Das selbstgefällige Grinsen auf Mircos Mund gefror, und er verzog das Gesicht zu einer stupiden Maske.

Boris spuckte dem auf dem Boden kauernden Mann vor die Füße. „Du bist also dieser Underdog? Ein Schnüffler. Du hast demnach all die Jahre damit verbracht, mich auszuspionieren? Ich dachte, du bist auf der Suche nach dieser Nutte? Aber sie ist tot, verstehst du, sie wurde zuerst von fünf Männern in den Arsch gefickt, danach hat sich Pedro um den Rest gekümmert. Und weißt du, warum? Sie ist nur wegen ihrer Sturköpfigkeit gestorben, weil sie sich weigerte, das ungeborene Balg abzutreiben. Und wie der Hase läuft, bestimme hier noch immer ich", blaffte Boris, zog die Nase hoch und spuckte den glibberigen Rotzklumpen dem Mann ins Gesicht. „Mach ihn kalt, Mirco. Mach mit ihm genau das, was Pedro mit seinen Opfern immer gemacht hat. Apropos Pedro, hast du etwa sein Handwerk übernommen? Warst du es, der Silke das Gesicht abgezogen hat? Es wird Zeit, damit aufzuhören." Er starrte Underdog mit geröteten Augen durchdringend an, dann rieb er sich über die Nasenspitze und ging zurück zum Ausgang. Seine Schritte hallten in dem leeren Raum. „Danach wirfst du ihn in die Spree."

Plötzlich blieb Boris stehen. Hinter seinem Rücken vernahm er ein Rascheln.

Kapitel 34

Dieser Mirco hatte mir unwissentlich dabei geholfen, den Gips zu zertrümmern. Und ich hatte mir die ganze Zeit überlegt, wie ich das am besten bewerkstelligen könnte. Meine Freundin, deren Namen ich nicht einmal in Gedanken aussprechen wollte, hatte die Schicht zu dick aufgetragen. Doch zum Glück war der Tritt fest und präzise gesetzt worden. Unter dem Gips hatte ich mein Messer versteckt. Die Masse war nicht richtig ausgetrocknet und roch immer noch feucht. Sie bröckelte auseinander und bekam Risse. Ich habe mich von Mirco dieses Mal absichtlich k.o. schlagen lassen. Ich war ein sehr schlechter Schauspieler, aber dieser Typ hatte sich von meiner miesen Show täuschen lassen. Nun war ich genau dort, wo ich hinwollte. Mirco hatte mich zu seinem Boss geschleift, ohne dass ich ihn darum gebeten hatte. Ein weiterer Tritt erwischte mich weiter oben, der dritte traf mich am Handgelenk. Mein Arm summte, weil der Tritt mich genau an der Fessel traf. Die Kabelbinder schnitten dabei tief in mein Fleisch. Aber ich habe vorsorglich mehrere Schmerztabletten geschluckt, und es waren keine Paracetamol. Ich sah meinem Kontrahenten genau in die Augen. Ich hatte ihn angerufen und das Treffen in diesem Gebäude arrangiert. Dieser Tag war ein wichtiger für mich. Das Datum hatte sich in mein Gedächtnis eingebrannt wie ein bis zur Weißglut erhitztes Eisen. Sein ganzes Augenmerk galt meinem Gesicht. Er leckte sich langsam über die Lippen. Mircos Gesichtsausdruck war überheblich. Er genoss sichtlich die Situation, in der ich ein leichtes Opfer spielte. Mit der rechten Hand zerrte ich das Messer vorsichtig heraus und schob die Schneide zwischen meine beiden Handflächen. Die Messerklinge schnitt zweimal über die Kunststofffesseln. „Hör mir genau zu, alter Sack“, lenkte ich die Aufmerksamkeit des Mannes von meinen Händen ab. Sein zufriedenes Grinsen wurde zu einem verächtlichen Lächeln. Er machte einen Schritt auf mich zu und blickte sich um, zu seinem Boss, der uns aus der Ferne beobachtete. Die Arme vor der Brust verschränkt, stand er stumm da.

Etwas krachte unter Mircos Schuh, er stand dicht vor mir. Es war eine zerbrochene Glühbirne. Das Glas zerplatzte und begann zu knirschen. Mirco zermalmte die Scherben zu Staub. „Das Gleiche werde ich mit dir machen“, knurrte er. „Ich werde dich wie ein Insekt in den Boden einstampfen. Nichts wird mehr von dir übrigbleiben, du verdammte Kakerlake.“

Dann war ich endlich frei. Ich sprang auf die Beine und schnitt auch die unteren Bänder durch. Mirco griff mich sofort an. Doch dieses Mal hatte ich damit gerechnet und tauchte unter seinem Hook durch, auch seine Gerade streifte mich nur an der Schulter.

Mit einem hastigen Sprung stand ich direkt hinter ihm. Den Arm um seinen Hals geschlungen, drückte ich ihm die Kehle zu. Ich hörte ihn würgen und keuchen, dann erhöhte ich den Druck. Mein linker Arm, an dem immer noch der Gips hing, spannte sich weiter an. Mirco fluchte und packte mich mit beiden Händen. Er gab sich Mühe, sich aus dem tödlichen Griff zu lösen. Als er seine Ausweglosigkeit realisiert hatte, wandte er eine andere Strategie an. Er ließ sich nach vorne fallen und zog mich mit sich. Ich kämpfte um das Gleichgewicht und mobilisierte alle mir verbliebenen Kräfte. Boris sah uns zuerst perplex an. Er war wie vom Donner gerührt ob solcher Wendung, dass ich nicht mehr das Opfer war. Mit so einem Ausgang hatte keiner der beiden gerechnet. Mirco zog an meinem Arm, mit den Fingern tastend suchte er nach meinen Augen, ich biss ihn in den Daumen. Er schrie und spuckte. Sein gedämpfter Schrei ging in ein Gurgeln über. Als ihm der Befreiungsversuch misslang, stieß er mir seinem rechten Ellenbogen gegen meine Rippen. Er rammte ihn mehrmals nach hinten. Aber auch diesen Schlägen, die in einer kurzen Abfolge kamen, konnte ich geschickt ausweichen.

Dann endlich hörte er auf, sich zu wehren. Ich schöpfte Hoffnung, ohne den Würgegriff zu lockern.

Boris lief auf uns zu. Ich taumelte rückwärts und zerrte Mirco mit. Mit dem rechten Fuß knickte ich ein und fiel beinahe rücklings hin. Eine heiße Welle unsäglichen Schmerzes durchzuckte mein Sprunggelenk. Mit zusammengebissenen Zähnen fand ich jedoch den nötigen Halt.

„Ich werde sie loslassen“, keuchte Mirco. Auf einmal hielt er eine Handgranate in der Hand und hob sie in die Luft. Er hatte den einen Augenblick meiner Unaufmerksamkeit zu seinen Gunsten ausgenutzt und wandte sich aus meiner Umklammerung. Plötzlich standen wir uns direkt gegenüber. Meine Finger hielten ihn am Kragen. Ich zog ihn wieder zu mir und packte ihn an den Haaren. Ich roch seinen Atem: Minze, Zigarettenrauch und unbändige Wut.

„Mach doch“, knurrte ich und stieß ihm die Klinge zwischen die Rippen. „Du hast Bernie umgelegt“, zischte ich. „Du und Lukas, ich habe seine Handschrift erkannt, es ist dieselbe wie auf dem Scheck, den er mir ausgestellt hat.“

Mircos Augen wurden riesig. Den Mund zu einem Strich zusammengepresst, der eher einer Narbe glich, starrte er mich ungläubig an. Mirco hustete. Er ließ die Granate selbst dann nicht los, nachdem ich die Klinge mit einem feuchten Schmatzen aus seinem Brustkorb herauszog. Seine Gegenwehr erlahmte vollends. Im Augenwinkel sah ich, wie Boris Reißaus nahm. Er stolperte, fiel hin, stand auf, und rannte, ohne sich umzublicken, aus dem alten Fabrikgebäude. Mit kalten Fingern umschloss ich Mircos Faust , in der er die Granate hielt, und stieß mit der anderen Hand noch zwei weitere Male in seine Brust. Blut quoll aus seinem Mund. Er holte keuchend Luft und ließ sie langsam wieder entweichen. Seine Beine knickten ein. Mit jedem Atemzug wich das Leben aus seinem erschlafften Körper. Ich legte ihn auf den Bauch. Die Hand mit der Granate schob ich unter seinen Bauch und nahm die Verfolgung auf. Ich wartete auf den ohrenbetäubenden Knall. Aber der kam nicht. Mirco hielt sein Leben buchstäblich in der Hand.

Kapitel 35

„Und wer will das wissen?“ Ein Schrank von einem Mann stand hinter der Theke und polierte Gläser.

Mike stand dem muskulösen Kerl gegenüber und setzte eine gleichgültige Miene auf. „Darf ich zuerst fragen, mit wem ich es hier zu tun habe?“ Mike schnappte nach einem Bierdeckel und ließ ihn dann zwischen seinen Fingern kreisen.

„Mir gehört der Laden hier. Außerdem ...“ Er verstummte, nachdem Jasmin mit einer Tüte das Lokal betreten hatte.

Ihre Mundwinkel fuhren ein Stück nach oben. „Sie hatten nur gefüllte Croissants“, sagte sie. Jasmins Blick huschte zwischen den beiden Männern hin und her. „Wir essen sie im Auto“, versprach sie, dabei wurde ihre Stimme eine Oktave höher. Der Besitzer warf das Tuch auf den Tisch und stellte das Bierglas ab.

„Was soll das hier werden? Einer stellt mir dumme Fragen zu meiner Schwester, die andere bringt ihre Brötchen mit!“

Mike ließ sich auch jetzt nicht aus der Fassung bringen. „Wir sind von der Polizei“, sagte er in die Pause hinein und schob seinen Dienstausweis wie eine Spielkarte über die Theke, ohne sie vollends loszulassen. „Diese nette Dame ist meine Kollegin. Sie kann Sie aber auch festnehmen, dabei geht sie selten zimperlich vor. Ihre Handschellen sind nicht rosa, glauben Sie mir.“

Die Brust des Mannes blähte sich nur noch einmal auf. Er trug ein ärmelloses T-Shirt. Seine muskelbepackten Arme waren von bunten Tattoos übersät.

„Celina ist heute nicht da. Sie müssen deswegen mit mir vorliebnehmen. Wie kann ich euch also weiterhelfen?"

„Wird das Gebäude videoüberwacht?"

„Daher weht also der Wind. Ihr kommt wegen des Japaners."

„Er war ein Chinese."

„Ist doch egal, oder nicht? Die sehen doch alle gleich aus."

Mike beließ es dabei. Er wollte nicht, dass das Gespräch in einen Streit ausartete.

„Was wissen Sie über Aang Chen?"

Der Mann zog die Stirn kraus.

„Über den Japaner", mischte sich Jasmin ein und legte ihre Tüte auf die Theke.

„Nicht viel, er vertickte Drogen."

„Konsumierte Ihre Schwester was davon?" Jasmin setzte sich auf einen der Hocker und sah sich kurz um. Das Lokal war so gut wie leer. Nur zwei Halbstarke, vermutlich noch vom gestrigen Besäufnis betrunken, saßen in einer Ecke und schlürften, sich leise unterhaltend, ihr Bier.

„Auf der anderen Seite ist eine Lagerhalle, die haben Kameras installiert, wir nicht", lenkte der Barbesitzer vom Thema ab.

„Ihre Schwester kannte also den Mann?"

„Nein, er wollte ihr an die Wäsche, also habe ich ihn aus meinem Laden gejagt. Danach habe ich ihn nicht mehr gesehen, außer später in den Nachrichten. Muss ziemlich fett zugerichtet gewesen sein, wenn sie sein Gesicht verpixelt haben."

„Wie bitte?" Mike spielte erneut mit dem Bierdeckel, nachdem er seinen Dienstausweis zurück in die Hosentasche gesteckt hatte. Dann hob er den Kopf und fragte: „Was ist das?" Er sah einen Monitor im Spiegel, den nur der große Mann sehen konnte.

„Was?"

„Wollen Sie uns hier für dumm verkaufen? Ihren Namen und die Videos, die will ich auch haben." Mike beugte sich tief über die Theke und packte den Mann am Handgelenk.

„Akos Farkas, meine Schwester ist im Krankenhaus. Irgendein Idiot hat vorgestern ein Bierglas nach ihr geworfen und sie am Kopf verletzt. Tut mir leid, dass ich das mit den Überwachungskameras verschwiegen habe, aber einige zeigen auf die Straße, was gesetzeswidrig ist. Aber was soll ich machen? Hier tummeln sich einige Kreaturen und machen die Gegend unsicher. Meine Schwester kam an diesem Abend wie ein Geist zurück, sie war total durch den Wind. Sie quasselte von einem Kerl, der diesen bunten Vogel zusammengestaucht hatte. Das passiert hier oft. Ich hatte mir dabei nichts gedacht. Später hatte ich die Videos durchgeschaut. Darauf konnte ich nicht wirklich viel erkennen, darum habe ich sie wieder gelöscht. Und das mit der Lagerhalle, naja, das sind alles Attrappen, die Halle steht seit mehreren Monaten leer."

„Konnte Ihre Schwester den Mann beschreiben?"

„Nein, sie stand mit dem Rücken zu ihm. Er sprach sehr gut Deutsch, hatte eventuell einen leichten Akzent oder

Dialekt. Die beiden Männer müssen sich wohl gekannt haben."

„Warum haben Sie nicht sofort die Polizei informiert?"

„Weil ich damit nichts zu tun haben wollte. Außerdem hatte Celina schon Feierabend und war mehr als nur gut drauf."

„Nimmt Ihre Schwester Drogen?"

Akos antwortete nicht sofort. „Ab und zu ja, aber sie ist kein Junkie. Sie studiert Psychologie und hilft mir ab und zu aus. Ich bin ihr großer Bruder und bezahle für sie das Studium."

Mike fasste sich an die Schläfe. Wieder hatten sie nichts, was sie weiterbringen konnte.

„Wollen Sie vielleicht einen Kaffee? Geht alles aufs Haus." Akos sah die beiden mit einem verkniffenen Lächeln an.

„Nein, danke", winkte Mike ab und lief nach draußen. „Wir haben noch viel zu tun."

Jasmin blieb. „Ich nehme zwei, einen mit einem Schuss irischen Whisky."

Der Besitzer lächelte und machte sich sofort an die Arbeit. Die Kaffeemaschine zischte und blubberte. Das Mahlwerk klang laut und verströmte ein herbes Aroma nach frischem Kaffee.

„Jasmin, wo bleibst du?" Mike sah wieder herein und bemaß seine Kollegin mit einem gehetzten Blick.

„Ich kann mein Croissant nicht ohne einen Kaffee essen. Außerdem haben wir noch etwas Zeit."

Akos stellte zwei Kaffeebecher auf den Tisch, sah Jasmin ernst an und sagte mit gedämpfter Stimme: „Celina hat etwas von einem Underdog erzählt. Ob Sie das weiterbringt, weiß ich nicht. Aber der Mann kannte sie beim Namen, also war er hier des Öfteren. Aber mir ist niemand an diesem Abend negativ aufgefallen. Bis auf den Asiaten."

„Falls Ihnen noch etwas einfallen sollte", Jasmin schenkte dem Mann ein freundliches Lächeln, „können Sie mich jederzeit anrufen."

Die Augen des Mannes glänzten freudestrahlend. Auch wenn Jasmin etwas älter war als er, so hatte Akos, falls sie ihn ließe, mehr als nur keusche Absichten. Er zog sie in seinen Gedanken aus, wusste die Kommissarin. „Diese Nummer ist dienstlich." Mit diesen Worten verschwanden die Illusionen aus seinem Kopf, und auch das dünne Lächeln war wie weggewischt aus seinem kantigen Gesicht. Er räusperte sich und nahm das Kärtchen an sich, das er in eine kleine Schale warf.

„Natürlich."

Mike hielt die Tür offen. Jasmin reichte ihm den Becher mit Schuss. Mike schnupperte daran, sein Gesicht nahm weichere Züge an. „Worüber hast du mit ihm gesprochen?" Er deutete auf den großen Mann.

„Auch hier ist der Name Underdog gefallen. Wer ist er?", fragte Jasmin und lief zu ihrem Wagen.

Mikes Handy klingelte. Eine Nachricht. „Ich habe mir die Grabstätte von Selma beschreiben lassen, der Friedhof liegt auf dem Weg zur Psychiatrie. Lass uns bitte dort vorbeifahren. Vielleicht finden wir dort etwas, das uns weiterbringt."

„Ich glaube, dass es ganz pragmatische Gründe sind, die unseren Mörder dazu veranlassen, seine Opfer aus diesem Milieu herauszupicken, weil er sich hier wohlfühlt und nicht sonderlich aus der Masse heraussticht."

„Hier möchte ich dir widersprechen, nicht das Milieu spielt hier eine gewichtige Rolle ...", Mike schlürfte an seinem Kaffee, „... sondern der Grund, warum diese Leute dort gelandet sind. Wir suchen eigentlich nach dem Grund des Verfalls. Verstehst du? Und dieser Grund hat einen Namen, und dieser lautet nicht Underdog."

Jasmin verstand überhaupt nichts.

„Unser Mörder geht nach einem bestimmten Muster vor, aber manchmal weicht er davon etwas ab. Aber in allen uns bekannten Fällen sind die Taten von starken Gefühlen wie Hass, Wut, Anspannung und Rache geprägt. In der Sprache der Fallanalyse könnte man den Ausdruck ‚Übertötung' dafür verwenden, besser bekannt als ‚Overkill'. Wir suchen nach einem starken Mann, der fähig ist, die Haut abzuziehen, ebenso ist er abgebrüht und hat keine Angst, bei seinen Überfällen ertappt zu werden. Er hat nichts zu verlieren, weil sein Leben für ihn nichts mehr wert ist."

„Du meinst also, der latent vorhandene Drang, einen Menschen zu töten, wird unmittelbar vor dem Übergriff durch ein Gefühl wie Rache forciert?"

„Genau das meine ich. Er will ein Exempel statuieren. Er macht es nur, weil er von der Polizei enttäuscht wurde, darum nimmt er jetzt alles selbst in die Hand. Ich habe mir noch einmal die Akte von Selma Steinwirth durchgelesen." Mike stand vor seinem Golf, nahm einen letzten Schluck aus dem Becher und knüllte ihn dann zu einem Papierklumpen zusammen. „Dem Mädchen wurde das Gesicht verbrannt, doch vorher hatte man ihr die Haut abgezogen, oder ihr zumindest sehr tiefe Wunden zugefügt. Das hat mir Anton Butz auch bestätigt. Die Hautlappen an ihren Wangen und an der Stirn weisen eindeutige Merkmale für eine Abtrennung der Haut durch einen scharfen Gegenstand auf. Und das brachte mich zu der Überlegung, dass wir es hier mit zwei Tätern zu tun haben könnten. Die auf eine gleiche, aber nicht dieselbe Art vorgehen."

Jasmin schwieg und hörte angestrengt zu.

„Dieser Obdachlose, Bernhard Stolz, er wurde gefoltert, aber man hatte ihm die Haut nur verbrannt", er malte mit beiden Händen Gänsefüßchen in die Luft, „sein Gesicht wurde mit Hilfe eines Gasbrenners zerstört. Auch die Tiefe und die Form der Einstiche entsprachen nicht den bisherigen Perforierungen. Jetzt habe ich dir wohl zu viel erzählt", unterbrach Mike sich und fischte nach dem Schlüssel.

„Sagt dir der Name Pedro Mega was?"

Mike zog die Stirn kraus.

„Ihm hat man das Gesicht weggeschossen, der Fall wurde jedoch nie richtig geklärt. Die Akten wurden gelöscht. Der Täter ist in der Kartei nicht aufgelistet. Es war damals ein Riesenskandal, aber die Presse erfuhr damals nicht wirklich viel. Dementsprechend wurde darüber auch nicht viel berichtet. Jemand hat damals ganze Arbeit geleistet, das alles schnellstmöglich unter den Teppich zu kehren."

Mike nickte und kaute nachdenklich auf der Unterlippe. „Der jüngste Sohn eines Politikers, der die Karriereleiter seines Vaters zum Abstieg benutzt hat und nicht für den Aufstieg, so wie seine anderen beiden Brüder. Einer der beiden ist Anwalt geworden ..."

„Und der andere wurde zum erfolgreichen Architekten", vervollständigte Jasmin.

„Morgen werde ich mir die Akten noch einmal genauer anschauen, auch wenn sein Ableben nicht identisch mit den anderen Opfern ist, so sah sein Gesicht nicht minder verunstaltet aus wie bei den anderen."

„Nimm dir nicht zuviel vor", murmelte Mike.

„Mich beschäftigt noch etwas. Womit soll diese lange Phase erklärt werden?", wollte Jasmin wissen. „Es sind gute vier Jahre vergangen nach dem ersten Mord. Selma war das erste uns bekannte Opfer. Danach kam lange nichts, wenn man diesen Pedro Mega nicht hinzuzieht."

„Nach einem ersten Mord kann eine vorübergehende Zeitspanne des Abkühlens eintreten, eine sogenannte Cooldown-Phase. Sie dient zur inneren Abkühlung und setzt meistens direkt nach solch einer Tat ein und dauert länger an als die darauffolgenden. Bis der Drang erneut so stark anschwillt, dass er sich wieder dazu entschließt, zu töten."

„Aber sind vier Jahre nicht zu lang?"

„Da magst du wohl recht haben. Jetzt lass uns aber fahren, sonst kommen wir mit unseren Vorsätzen für den heutigen Tag nicht wirklich weit."

Kapitel 36

Violetta rührte sich nicht, den Blick gegen die Decke gerichtet, versuchte sie einfach, an nichts zu denken. Die Welle des Schmerzes war über sie geschwappt und verebbte wieder. Ihr ganzer Körper war feucht. Der Schweiß lag wie ein kühler Nebel auf ihrer Haut und ließ sie frösteln. Das Laken klebte wie ein Leichentuch an ihren Beinen und hing ein gutes Stück vom Bett herunter.

Apathisch lag sie da und hörte dem leisen Klopfen und Summen einer Fliege zu, die fortwährend und unermüdlich gegen die Scheibe flog. Violetta hatte Einblicke in die morbide, perverse Welt erhalten und alles am eigenen Leib erfahren. Sie wusste nun, was es bedeutete, Opfer sexueller Übergriffe und kranker Phantasien eines Mannes zu sein, der nur darauf fixiert war, eine Frau zu erniedrigen und sie zu verletzen. Tränen liefen in dünnen Bächen aus ihren Augen und mäanderten über die Schläfen. Ihr Kissen war feucht. Sie wollte ihrem Exfreund imponieren, dass sie endlich das geschafft hatte, wovon er ihr nur erzählt hatte.

Das Summen der Fliege wurde durch das mehrmalige Klopfen und gedämpfte Rufen einer Männerstimme unterbrochen. Violetta blinzelte die Tränen weg und hob den Kopf an.

Das kratzige, metallische Schaben eines Schlüssels, der in das Schloss geschoben wurde, trieb ihr einen dicken Kloß durch die Luftröhre. Violetta hielt die Luft an und starrte auf die Tür. Ihre Halsmuskeln brannten vor

Anstrengung. Die Fesseln hielten sie fest und ließen nicht los. Ihre Fersen begannen laut zu pochen.

Jemand trat ein und warf einen prüfenden Blick hinein. Der Mann musste sich erst einmal an das schummrige Licht hier im Wohnwagen gewöhnen. Draußen schien die Sonne. Das gleißende Licht schimmerte als sattes Gelb durch die Vorhänge. Die Silhouette des Mannes nahm schärfere Konturen an, als er näher an Violettas Bett trat. Der Eindringling sah sich wieder um. Etwas blitzte in seiner Hand auf. Er hatte ein Messer dabei.

Violetta wurde es schwarz vor den Augen. Lieber Gott, lass es bitte schnell geschehen, war ihr einziger Gedanke, während sie den Kopf langsam auf das von Tränen durchnässte Kissen bettete.

Kapitel 37

Boris lag auf dem Boden. Er war nackt. Sein Peiniger tigerte durch den Raum. Er wirkte gehetzt. Boris flehte den Mann um Gnade an, doch aus seinem Mund kam nichts als ein langanhaltendes „Hmmm“, weil tief in seinem Rachen ein schmutziger Lumpen steckte.

Dieser Kerl war zu allem entschlossen, wusste Boris, und schalt sich einen Narren, weil er mit Mirco allein dorthin gefahren war. Noch immer hallte der laute Knall der explodierten Granate in seinen Ohren. Mirco war in Stücke gerissen, bald würde er seinem einzigen treuen Begleiter folgen. Aber so einfach würde er nicht davonkommen, das wusste er, denn das, was vor ihm auf dem Boden lag, trieb ihm einen heißen Stich durch die Brust. Die Instrumente glänzten nicht, sie waren rostig, wie aus einem Gruselkabinett. Ketten, Sägen, Messer mit schartigen Klingen, Zangen in unterschiedlichen Ausführungen, sogar ein Stempeleisen konnte er ausmachen, das in einem Eimer steckte, in dem Kohlen hellrot glühten.

„Nein!“, schrie Boris in Gedanken und schloss die Augen, öffnete sie jedoch sogleich wieder, weil er sich in der Dunkelheit hinter seinen Lidern noch mehr fürchtete. Der Mann schnappte nach dem Stempeleisen und kam auf ihn zu. Wollte er mich etwa brandmarken wie ein verdammtes Pferd?, verirrte sich der böse Gedanke in seinen Kopf. Weiße Funken explodierten wie kleine Feuerwerke, nachdem das glühend heiße Ende auf dem Boden aufschlug und metallisch darüber schabte. Noch mehr Funken stoben auf.

„Nein!“, schrie Boris erneut und hörte wieder nur ein „Hmmm“. Dann verdunkelte sich alles um ihn herum, weil das Metall mitten auf seine Brust gesetzt wurde. Er roch das verbrannte Fleisch. Seine Haut warf Blasen und zog sich zusammen. Boris strampelte mit den Füßen. Seine Beine, die an den Knien und Fußgelenken mit einem Stacheldraht fixiert waren, fühlten sich wie ein Fremdkörper an. Blut spritzte auf den Boden. Die Hände waren hinter seinem Rücken gefesselt. Die rechte Schulter trat durch die Haut hervor, weil sein Oberarm nach einem Sturz aus dem Gelenk gesprungen war.

Boris verlor kurz das Bewusstsein. Doch ein Schwall kaltes Wasser brachte ihn wieder zurück in die Hölle.

„Du hast Selma umbringen lassen, weil sie sich geweigert hatte, dir hörig zu sein. Du hast sie gedemütigt, sie täglich vergewaltigt und geschlagen“, sprach der Mann mit vor Wut zitternder Stimme. „Du hast ihre Fersen mit einem Miniaturpenis durchstochen, damit sie nicht von dir wegläuft.“ Erst jetzt nahm er das Eisen weg. Verkohlte Hautfetzen hingen daran. Boris spürte, wie sich das Fleisch von den Rippen löste. Weiße Knochen schimmerten durch das dunkle Loch.

Boris würgte und schmeckte seine eigene Kotze im Mund. Der Mann ging wieder zurück zu seinem Folter-Arsenal und griff nach einem Hammer und mehreren rostigen Nägeln, die allesamt krumm waren.

Mit einem hastigen Blick und dunkel unterlaufenen Augen verfolgte er jeden Schritt des Mannes, bis er aus seinem Blickfeld verschwand. Er stand vor seinen nackten Füßen. Boris zog die Beine an. Doch der erste Hammerschlag traf ihn am Knie. Knochen splitterten. Boris' Lider flackerten, die Augen rollten vor Schmerz nach oben, man sah nur das Weiß, welches von einem roten Spinnennetz aus aufgeplatzten Äderchen umwoben war.

Der erste Nagel drang tief in die rechte Ferse ein und schrammte dicht am Knochen vorbei. Boris zitterte am ganzen Körper und wusste nicht, was hier mit ihm geschah. Alles kam einem surrealen Traum gleich, der sich verdammt real anfühlte, dachte er und verlor zum wiederholten Mal die Besinnung. Ein scharfer Geruch nach Riechsalz zerrte ihn zurück in den Raum, in dem Pedro Mega umgebracht wurde. Das war sein Plan. Aber irgendwas war damals schiefgelaufen, und dieses Arschloch war nach einem Jahr Knast wieder auf freiem Fuß.

„So schnell wirst du mir nicht abnibbeln", sagte der verrückte Typ ruhig und verpasste ihm einen Tritt gegen die Rippen. „Du hast mich in die Falle gelockt", sagte der Mann, als hätte er Boris' Gedanken gelesen. „Du dachtest, ich würde im Gefängnis hopsgehen, hast sogar dafür gesorgt, dass sich ein paar von den schweren Jungs um mich kümmern. Pedros Vater hasste zwar seinen Sohn mehr als die Pest, aber er war sein Fleisch und Blut. Obwohl er ihm ein Dorn im Auge war und seine Familie befleckt hatte, so war er immer noch sein Kind. Benito Mega war einerseits dankbar dafür, dass sein Sohn draufgegangen war, aber nicht auf diese Weise, er wollte die Mörder nicht ungeschoren davonkommen lassen. Sein älterer Sohn hatte alles in die Wege geleitet, um mich da rauszuholen, und weißt du, warum?"

Boris konnte nicht antworten. Das Stoffknäuel in seinem Mund steckte fest zwischen seinen Zähnen.

Der Mann lachte hysterisch auf. „Damit ich meine Schnauze halte. Alle Beweise sprachen gegen meine Unschuld. Die Polizei hat geschlampt und etwas falsch eingetragen. Paolo war mein Anwalt, er wollte, dass ich dich finde und dich töte. Alles, was er im Gegenzug für meine Freilassung verlangt hat, sind Beweisfotos und ein Versprechen, dass du nicht schnell sterben würdest. Ich ging auf diesen Deal sofort ein, weil ich kurz nach der Einbuchtung erfahren habe, wer Selma umgebracht hatte. Auch du hast Feinde, Boris. Paolo hat ein weiches Herz, und er hat seinen jüngeren Bruder geliebt." Underdog stand breitbeinig vor ihm und schoss mehrere Bilder von Boris mit seinem Smartphone. „Wie du siehst, halte ich mein Versprechen ein. Aber ich habe auch Selma versprochen, dass ich mich an ihrem Mörder rächen werde. Als Letztes nehme ich mir dein Gesicht vor. Du hättest nicht damit angeben sollen, was du mit Frauen anstellst, falls sie dir nicht hörig sind. Silke hat dich verpfiffen. Ich habe sie zuerst verschonen wollen. Sie sogar von den Drogen wegholen und ihr eine zweite Chance geben." Underdog ging in die Knie und fuhr mit einem der Nägel über Boris' Stirn. „Weißt du, warum ich all diese Männer umgebracht habe?"

Boris war zu keiner Regung fähig.

„Sie alle haben dafür gesorgt, dass Selma so tief fallen konnte, mehr noch, sie zogen sie immer tiefer hinein in den Sumpf. Deine Silke hat sie zu einem kleinen Fick mit dir überredet, damit sie sich den nächsten Schuss leisten konnte. Karim war derjenige, der ihr die erste Nadel gesetzt und den Himmel auf Erden versprochen hatte. Selma und ich hatten Stress, das stimmt, aber wir waren früher ein Paar, verdammt“, presste er die Worte durch die Zähne und stieß ihm den Nagel ins Auge. „Du hast sie gefickt, als wäre sie ...“ Seine Worte wurden von Tränen erstickt. „All diese Kreaturen, denen ich die Haut vom Gesicht abgezogen habe, waren für den Tod meiner Verlobten verantwortlich. Sie alle haben ihn verdient. Du bist jedoch nicht das letzte Schwein, das ich umbringen werde, da draußen läuft noch jemand herum, der den Tod verdient hat, und der für all meine Taten verantwortlich gemacht werden wird. Er wird für seine Untaten sühnen!“, brüllte er und zog den Nagel wieder raus.

Boris würgte und drohte zu ersticken. Sein Peiniger zerrte ihm den von Galle durchtränkten Lappen aus dem Mund. Dabei brachen Boris zwei Schneidezähne heraus. Er übergab sich immer wieder, so lange, bis sein Magen komplett leer war. „Töte mich“, krächzte Boris mit kaum hörbarer Stimme. „Bitte, töte mich“, keuchte er und sah Underdog mit seinem guten Auge flehentlich an, das andere war nur noch eine blutige Wunde.

Underdog schüttelte langsam den Kopf und stand wieder auf.

„Noch bin ich mit dir nicht fertig, noch nicht“, sagte er und hielt die Nagelspitze gegen Boris‘ linke Ferse gedrückt. Der Hammer schwang erneut geräuschlos durch die Luft. Die schiere, lodernde Wut trieb Underdog weiter an.

Hinter seinen Augen waren Erlebnisse eingeschlossen, die jeden um den Verstand gebracht hätten.

Tränen der Verzweiflung und des Hasses vernebelten ihm die Sicht. Seine Hand erschlaffte. Der Hammer rutschte zwischen seinen von Blut besudelten Fingern durch und flog durch den Raum. Underdog atmete einmal tief aus und taumelte auf ein von Brettern zugenageltes Fenster zu, weil ihm die Luft wegblieb. Die Gedanken in seinem Kopf bewegten sich wie durch einen Zeitraffer, manche erfroren zu einem Standbild und flimmerten, um kurz darauf von anderen ersetzt zu werden, die noch schlimmer waren. „Selma, es tut mir wirklich leid, dass ich dich an diesem Abend nicht nach Hause begleitet habe“, flüsterte er und schnappte nach Luft. Sein Atem stockte. „Ich wusste nicht, dass deine Gefühlsschwankungen wegen der Schwangerschaft so aufbrausend und verletzend für mich waren.“ Er weinte jetzt laut und hieb mit der Faust gegen eines der Bretter, das sich löste und nach unten flog. Aber bald würde er allem ein Ende setzen. Nur noch bis morgen warten, dann war alles vorbei, sagte er zu sich selbst, drehte sich um, lehnte sich mit dem Rücken an die Wand und ließ sich zu Boden gleiten.

Kapitel 38

Mike wischte mit dem Zeigefinger über das Display seines Handys. An mehreren Stellen hatte es gezackte Haarrisse, eine Ecke war eingedrückt. Ich werde mir demnächst ein neues besorgen, dachte er im Stillen. Bedächtig betrachtete er mehrere Fotos nacheinander, die er von dem Grabstein gemacht hatte, und suchte nach Hinweisen.

Jasmin saß neben ihm. Mit einem Laptop auf dem Schoß surfte sie im Internet. Mit flinken Fingern gab sie erneut mehrere Suchbegriffe ein und scrollte die Ergebnisse nach oben, den Blick fest auf den Bildschirm gerichtet.

Sie beide saßen in einem Raum, der von Kletterpflanzen und Ranken in eine Art botanischen Garten umgewandelt wurde. Die Luft war stickig, warm, und roch nach feuchter Erde.

„Wenn ich hier noch eine weitere Stunde verbringen muss, werde ich echt zu einem Primaten“, grummelte Mike und sah auf die Uhr auf seinem Smartphone. Wie aufs Stichwort ging hinter ihm die Tür auf. Jasmin klappte das schmale Gerät zu und blickte über die Schulter. Mike folgte ihrem Blick und sah, wie eine sehr korpulente Frau den Raum betrat. Sie hielt eine Mappe unter dem linken Arm geklemmt und atmete schwer.

„Ich habe mich erneut mit meinen Kolleginnen und Kollegen beraten. Auch in der Psychiatrie müssen die Regeln eingehalten werden, wir sind hier schließlich nicht in einem Irrenhaus.“ Sie lachte über ihren Witz und wuchtete ihren massigen Körper in den Stuhl, der protestierend ächzte.

„Nicht?“, entrang sich Mike das eine Wort, ohne es wirklich beabsichtigt zu haben.

Die Frau bedachte ihn mit einem bohrenden Blick und lachte schallend auf. „Nein, wenn Sie auf der Suche nach einem Irrenhaus sind, dann müssen Sie schon im Bundestag anrufen und sich dort einen Termin geben lassen, da sitzen nämlich die hoffnungslosen Fälle in ihren Stühlen und dürfen alles machen und tun, ohne dafür zur Rechenschaft gezogen zu werden.“ Jetzt lachte sie noch lauter und wischte sich die Tränen aus den Augen. „Eine offene Anstalt für hoffnungslose Fälle. Unsere Politiker wollten früher alle Clowns werden, aber aus dem Traum wurde wohl nichts, sowas wird als Realitätsverlust bezeichnet“, giggelte sie und wischte sich abermals über die Augen. „Nun zurück zu unserem vorigen Gespräch“, sagte sie dann und wurde wieder ernst. „Wie ich schon angedeutet habe, hat mich Ihre Vorgehensweise nicht gerade positiv gestimmt. Auch gab mir Ihre Art, die Dinge anzugehen, wenig Anlass, Ihnen noch mehr Auskunft über unsere Patienten zu erteilen.“

„Wir wollten lediglich einige Informationen haben bezüglich eines einzigen Mannes ...“, unterbrach Mike die Frau, wurde jedoch selbst zum Schweigen gebracht, indem ihm die Leiterin mit erhobener Hand Einhalt gebot. Mike schwieg und schluckte seinen Unmut hinunter.

Demonstrativ langsam öffnete die Frau die Mappe, die sie mitgebracht hatte, und blätterte mit geschürzten Lippen darin herum. „Hier haben wir unseren Simon Steinwirth“, murmelte sie und hielt ihren Finger über eine Zeile. Ihre Augen wurden enger. Sie begann laut vorzulesen:

„Sein Verhalten war stets distanziert. Er war nicht wirklich aufgeschlossen, eher zurückhaltend und nach innen gekehrt. Ein introvertierter junger Mann, der nicht wirklich negativ auffiel." Sie legte eine kurze Pause ein, hob ostentativ die Augenbrauen und musterte zuerst Mike, dann Jasmin. Beide nickten kaum merklich und hörten zu, ohne etwas zu erwidern. Scheinbar zufrieden leckte sich die Frau über die Kuppe ihres rechten Zeigefingers, der blau von Tintenflecken war und verengte die Augen zu noch engeren Schlitzen, weil sie sich konzentrieren musste, da die Handschrift sehr klein geraten war, wie Mike von seiner Position aus feststellen konnte. Die Frau litt selbst an einem starken Realitätsverlust, dache Mike hämisch, sie wollte scheinbar nicht einsehen, dass sie eine Brille nötig hatte. „Er war nie flüchtig oder aufbrausend, besuchte regelmäßig alle Kurse und hielt sich mit Vorschlägen zurück, aber man darf ihm das nicht zum Vorwurf machen. Er blieb nicht wirklich lange bei uns und wurde aus persönlichen und für uns unbekannten Gründen in eine andere Einrichtung versetzt." Es entstand eine Pause. Mike räusperte sich und wagte einen weiteren Versuch, mehr von der Frau zu erfahren.

„Bekam er Besuch? Sagt Ihnen der Name Leif Stone etwas?"

Die Frau rieb sich das Kinn und nestelte dann an ihrem Ohrläppchen. Ihr rot gefärbtes Haar, das ziemlich kurz geschnitten war und ihrem Gesicht nicht wirklich schmeichelte, schien in den Sonnenstrahlen zu leuchten. „Wie gesagt, Simon konnte nur sehr schwer eine emotionale Bindung zu seinen Mitmenschen herstellen. Jeder würde sich in so einer Situation aus der Gesellschaft ausgestoßen fühlen. Dann kommt man sich schnell wie ein nutzloses Teil vor, das Aufgrund einer minimalen Abweichung ausgesondert wurde.“ Während sie das sagte, ließ sie die Blätter zwischen ihren Fingern rascheln. „Mag sein, dass Simon antisoziale Persönlichkeitsstörungen hatte, aber haben wir die nicht alle?“ Sie hob den Kopf und sah die beiden mit einem mehrdeutigen Lächeln an. „Wir sind doch alle Sklaven unserer Zwecke“, fügte sie hinzu und zerrte ein Foto aus der Folie. „Da haben wir es ja.“ Sie hielt das ausgeblichene Bild, welches an den Ecken kleine Löcher von Stecknadeln aufwies, Mike entgegen.

Als Mike sich regte und Anstalten machte, danach zu greifen, zuckte sie zurück. „Nur anschauen - nicht anfassen“, ermahnte sie ihn und hob eine Augenbraue.

Wenn Mike nicht eine ziemlich gute Idee in petto gehabt hätte, so wäre sein so schon aufgekratztes Gemüt tatsächlich aufgebracht und seine Laune im Keller gewesen, so aber griff er nach seinem Handy und rutschte samt dem Stuhl ein gutes Stück näher zum Tisch. Er machte gute Miene zum bösen Spiel und schaffte es sogar, ein zuckendes Grinsen aufzusetzen. „Tut mir leid, mein Fehler, auch meine Augen sind nicht mehr die jüngsten. Aber ich bin ja auch viel älter als Sie, zehn Jahre mindestens“, schmeichelte ihr Mike.

„Ich muss mich an die Regeln halten, so wie Sie auch.“ Die Frau beugte sich über das Foto, vergewisserte sich, dass der rote Fingernagel auf die richtige Person deutete, insgesamt waren auf dem Foto drei Männer abgebildet, klopfte zweimal auf das Gesicht und sagte: „Das müsste dieser Herr Stone sein“, ihr Finger rutschte weiter zur Mitte, der spitze Fingernagel rutschte weiter in die

Mitte, „das hier ist Herr Steinwirth, und dieser Mann“, nun lag ihr Finger auf dem dritten Mann, der die anderen beiden nur um einen halben Kopf überragte, „er hieß“, sie kniff die Augen zusammen weil sie nachdenken musste, „ach ja, er hieß Tristan Jakobson oder Martinson. Er kannte unseren Simon näher als Herr Stone. Ein sehr netter, sympathischer Mann. Simon war nach seinem letzten Besuch noch stiller geworden, er verkroch sich noch tiefer in sein Schneckenhaus.“

Mike rutschte noch ein Stück weiter vor. „Können Sie das Foto vielleicht ...“

„Meinetwegen“, sagte die Frau und streckte ihren Arm aus. Das Bild zitterte zwischen ihren Fingern. „Auf der Rückseite stehen eine Nummer und eine Nachricht.“ Sie drehte es für wenige Augenblicke um, sodass auch Mike einen kurzen Blick darauf werfen konnte.

„Ich habe die Nachricht nicht entziffern können. Dürfen wir das Foto ausleihen?“, versuchte Mike erneut, die Frau dazu zu überreden, in diesem Fall eine Ausnahme zu machen und sich über die Regeln hinwegzusetzen.

„Erst dann, wenn Sie eine richterliche Einwilligung mitbringen, und nur dann erhalten Sie eine Erlaubnis zur Akteneinsicht. Leider gehört dieses Foto zu den persönlichen Dingen, die ich Ihnen nicht aushändigen kann. Sie wissen das besser als ich.“

„Ja, Sie halten sich nur an die Regeln“, sprach Mike affektiert und gab sich enttäuscht.

„Ich würde sagen, wir machen für heute Schluss.“

Mike stand auf, blieb kurz stehen, wartete, bis auch Jasmin sich erhoben hatte, und ging aus dem Zimmer.

„Und, was sagst du, Mike?“ Jasmin musste sich beeilen, wenn sie mit Mike Schritt halten wollte.

„Ich sage es mal so, die nette Dame hatte es offensichtlich nicht für wichtig befunden, sich mit wildfremden Menschen über triviale Angelegenheiten ihrer früheren Patienten zu unterhalten. Das alles ist für sie mit mehr Arbeit verbunden. Mit anderen Worten ausgedrückt: Wir sind ihr scheißegal.“

„Also haben wir wieder nichts in der Hand?“ Jasmin klang enttäuscht.

„Ein guter Ermittler hat immer einen Plan B in petto, dabei ist er nicht selten besser als Plan A. Ich konnte einige Momentaufnahmen mitnehmen.“ Mike grinste zufrieden und drückte ihr sein ramponiertes Handy in die Hand.

Jasmin sah auf das Display, lächelte und verpasste Mike einen leichten Stups gegen die Schulter. „Du hast das Foto fotografiert?“, konstatierte sie.

„Nein, ich habe es gefilmt“, berichtigte er sie und drückte auf den Play-Button.

Jasmin schüttelte leicht den Kopf. „Ich kann die Telefonnummer ablesen“, flüsterte sie und sah sich schnell um.

„Kannst du sie mir diktieren? Später werden wir uns um diesen Tristan Jakobson kümmern müssen, aber von dieser dürftigen Information erhoffe ich mir ehrlich gesagt nicht viel.“

Jasmin wartete einen Augenblick, bis Mike ein kleines Schreibheftchen aus seiner Gesäßtasche gezückt hatte. Er hielt einen Minikugelschreiber zwischen seinen Fingern und sagte: „Ich wäre dann so weit.“

„Da steht aber auch noch eine Nachricht.“ Jasmin hob das Handy näher an die Augen. „Falls du Hilfe brauchst, ruf mich an. Leif“, las sie mit konzentrierter Stimme.

„Und wieder taucht dieser Name auf“, brummte Mike und wartete geduldig auf die Zahlen.

„Soll ich?“

Mike nickte nur.

„Null, eins ...“

Kapitel 39

Ich war total erschöpft. Meine sämtlichen Muskeln waren zum Zerreißen gespannt. „Warum gehst du nicht ran?“, wandte ich mich an niemand bestimmten und starrte auf mein Handy. Die ohrenbetäubende Stille, die sich über den Raum herniedergelassen hatte, nachdem diese Kreatur endlich verstummt war, machte mir Angst, sie war wie ein schlechtes Omen. Ich sah zur Decke empor und wählte erneut die Telefonnummer von Stone. Alles hatte sich gegen mich gewandt. Das, was viele als Schicksal bezeichneten, sah ich als Prüfung an, dieses Leben war nur eine von vielen Etappen. Ein großes, schwarzes Nichts in mir, das sich nach Selmas Tod in meiner Seele aufgetan hatte und immer größer zu werden schien, nahm mir jeglichen Sinn des Daseins. Alles Menschliche wurde von diesem schwarzen Loch verschluckt, ich war zu einer Bestie geworden, die nicht imstande war, so etwas wie Empathie oder Mitleid zu empfinden. Die Ärzte hatten bei mir etwas diagnostiziert, das man mit einem psychischen Zusammenbruch vergleichen konnte, etwas in mir war kaputt gegangen. Könnte auch daran liegen, dass der Krebs meine Gehirnzellen angegriffen hatte. Jetzt war ich auf einem Rachefeldzug. Meine Finger waren klebrig von geronnenem Blut. Nun brauchte ich nicht darauf zu achten, keine verräterischen Spuren mehr zu hinterlassen.

Auch ich hatte eine psychologische Beratung über mich ergehen lassen, aber was wussten die schon davon? Nach dem dritten Versuch habe ich dem alten Herrn nahegelegt, so schonend, wie ich zu der damaligen Zeit fähig war, dass er mit seinen Ratschlägen bei mir nicht durchkam und deswegen könnte er mich samt seinen Weisheiten am Arsch lecken.

Das Tuten aus dem Hörer stimmte mich aufs Neue traurig. Wieder wurde ich im Stich gelassen. Eigentlich war Leif immer für mich dagewesen. Aber jetzt? Warum ging er nicht ran? Mit einem enttäuschten Gefühl zwängte ich mich auf die Beine und wankte auf den leblosen Körper zu. Er lag in einer dunklen Blutlache, aber er war noch nicht tot, auch wenn er den Anschein erweckte, dass er seinen Verletzungen, die ich ihm zugefügt hatte, erlegen war.

Nein, noch durfte er nicht sterben. Ich griff nach einem Seitenschneider und trennte den Stacheldraht. Meine Geisel rührte sich wieder und spuckte Blut. Ich hob ein Teppichmesser auf und ging vor dem Mann in die Hocke. Die Messerklinge ließ sich leicht aus dem Knauf herausfahren. Die Spitze fuhr ins Fleisch und hinterließ eine tiefe Wunde. Boris Steck stöhnte und brabbelte wirres Zeug. Ich fügte ihm noch weitere Schnitte zu, jeder rote Strich für ein Jahr, das ich ohne Selma gelebt hatte. Ich stand auf, holte einen Eimer Wasser, und leerte die Essigflasche hinein. Der Schwall platschte mit Wucht auf den von Blut getränkten Körper. Die dunkle Lache auf dem Boden wurde zu einer großen Pfütze aus Blut, Wasser und Urin, die nun auch noch nach Essig stank. Boris gab einen gutturalen Laut von sich. Ich verpasste ihm einen heftigen Tritt gegen den Kopf, der Schrei blieb in seinem Hals stecken. Ich wählte erneut die Nummer von Stone. Aber auch jetzt hörte ich nur das Freizeichen. „Es war Pedro“, vernahm ich die Laute, die nichts als ein Röcheln waren. Nur mit Mühe konnte ich das Gesagte entziffern. „Er hat deine Schwester ... er hat sie getötet. Nicht ich.“ Boris hustete, sein Körper verkrampfte sich.

„Aber du warst derjenige, der ihn dazu gezwungen hat.“

„Aber ich habe“, Boris verschluckte sich und spuckte Blut, „ich habe sie nicht getötet.“

„Du hast aber auch nichts unternommen, um das ungeborene Kind zu retten. Silke hat mir alles von deinem Plan erzählt, weil du bis obenhin mit Drogen vollgepumpt warst. Mit dieser Tat wolltest du für alle deine Huren ein Exempel statuieren. Sie alle mussten dir hörig werden. Du warst der King, und diese Schlampen hatten zu spuren, weil sie nichts als Dreck sind. Während du an dem besagten Abend auf Silke lagst und darauf gewartet hast, dass dein Schwanz endlich hart wird, hast du ihr dein ganzes Herz ausgeschüttet. Du hast ihr erzählt, wie dreckig es dir als Kind ergangen ist. Dein Vater war immer auf der Arbeit, und deine Mutter war stets mit dem Haushalt beschäftigt.“

„So war es nicht“, krächzte er. Ich packte Boris am Bein und zog ihn in die Ecke. Dort stand ein Kanister bereit.

Boris flehte erneut um Gnade, ich hörte ihm nicht mehr zu. „Aber ich verrate dir noch etwas, nicht Pedro hat Selma umgebracht. Er war nur der Sündenbock, nicht er.“

Boris Finger schleiften über den Boden und hinterließen schmale Blutspuren.

Kapitel 40

Akos Farkas lief um die Lagerhalle herum. Er lief durch den schmalen Weg, dort, wo vor kurzem ein Mann bestialisch zerfleischt wurde. Bei diesem Gedanken lief es ihm kalt den Rücken hinunter.

Akos hatte einen seiner Mitarbeiter gebeten, den Laden kurz alleine zu schmeißen. Da war im Moment eh nicht viel los, und diese Kommissarin hatte es ihm ganz schön angetan, darum hatte er sich entschlossen, einen Rundgang um das Gebäude zu machen. Überall hingen Schilder am mannshohen Maschendrahtzaun: Privatgelände! Betreten verboten!

Dass es sich um privaten Besitz handelte, das videoüberwacht wurde und jedes unbefugte Betreten untersagte, würde sofort Konsequenzen nach sich ziehen, das war nicht zu übersehen.

Akos hielt den Kopf tief in den Nacken gelegt, weil er glaubte, ein Rufen vernommen zu haben, das einem Tier glich. Das Geräusch kam aus dem zweiten Stock. An einem der Fenster glaubte er, einen Schatten vorbeihuschen gesehen zu haben. Das längliche Loch sprang ihm förmlich ins Gesicht. Die Fenster waren entweder von innen zugestellt oder mit schwarzer Folie überzogen. Da war es wieder. Akos hielt den Atem an und lauschte angestrengt in die Stille. Nun war es wieder weg. Er richtete seinen Blick auf eine der Kameras. Das typische Blinken eines Kontrolllämpchens konnte er jedoch nicht erkennen. Aber musste so eine Überwachungskamera unbedingt ein

Lämpchen besitzen?, fragte er sich. Er hatte sich nur etwas eingebildet, gestand er sich ein, und spürte, wie das Gefühl der Enttäuschung in seiner Brust emporstieg. Er verharrte weitere fünf Herzschläge, ohne zu atmen, doch alles blieb still, bis auf die alltäglichen Geräusche, von denen er umgeben war. Das weit entfernte Hupen eines Wagens löste ihn aus seiner Starre. Soll ich Jasmin anrufen?, fragte er sich und rieb sich am Kinn. Wäre doch ein guter Grund, sie wiederzusehen. Er konnte ja behaupten, dass er durch das Loch eine Person erhaschen konnte, die ihn einen Augenblick lang angestarrt hatte. Später würde er sagen, dass es vielleicht nur eine optische Täuschung gewesen sein könnte - wegen der hohen Bäume, die Schatten auf das Gebäude geworfen hatten, danach würde er sich für die Unannehmlichkeiten entschuldigen und sie auf einen Kaffee einladen.

Gemächlichen Schrittes beendete er die Runde und lief zurück zu seinem Lokal. Jasmins Kärtchen lag ja immer noch in der Schale.

Er merkte, dass er aufgeregt war. Sein Puls beschleunigte sich. Wer weiß, vielleicht könnte daraus doch was werden?, ermunterte er sich selbst und beschleunigte seinen Gang.

Kapitel 41

Mike saß in der Kantine und stocherte in einem fast vollen Teller herum. Das Essen schmeckte genau so, wie es aussah.

„Hallo, Mike“, ließ ihn eine sonore Stimme hochschrecken. Mike legte die Gabel an den Tellerrand und blickte auf.

„Hallo, Emil“, begrüßte er einen seiner Kollegen aus der Abteilung für Computer-Kriminalität. Der Mann setzte sich ihm gegenüber. Er hatte den Körperbau eines Ringers, auch seine verunstalteten Ohren, die wie zwei Teigtaschen an seinem runden Kopf klebten, zeugten davon, dass er zumindest früher dieser Sportart nachgegangen war. Sein dunkelblondes Haar war nach Armeemanier geschnitten.

„Was wolltest du von mir wissen?“ Er sah auf den Teller und kräuselte die Lippen. „Ich esse lieber eine Bratwurst“, murmelte Emil und hüstelte. „Nun, sprich, ich habe eigentlich gar keine Zeit für dein Anliegen“, fügte der Kriminaltechniker rasch hinzu, die Stimme gesenkt, in dem Bemühen, seiner Dringlichkeit noch mehr Bedeutung zu verleihen. Mike schob ihm einen Zettel hin, auf dem eine Handynummer stand, und stellte fest, dass Emil genau wie er graue Haare hatte. Nur weil er blond war, fiel es nicht so auf wie bei Mike. Wir werden alle älter, dachte er, sagte jedoch laut: „Kannst du für mich herausfinden, ob diese Nummer noch existiert? Und falls ja, wo befindet sich deren Besitzer? Das ist echt wichtig.“

Emil nahm den Zettel an sich, hob den Hintern an, zerrte ein Smartphone aus seiner Hose und wählte die

Nummer. Mit neutraler Miene drückte er das Gerät ans Ohr und lauschte. Seine Augen verengten sich. „Hier ist Emil Stroganov, mit wem ...“, er unterbrach sich und warf Mike einen fragenden Blick zu.

„Ist jemand rangegangen?“, fragte Mike ungläubig und kam sich selbst etwas blöde vor.

„Willst du mich auf den Arm nehmen?“ Mikes Gegenüber drückte auf die grüne Taste und schaltete auf Lautsprecher. Erneut meldete sich eine Stimme, die durch ein mechanisches Rauschen bis zur Unkenntlichkeit verzerrt war, dann wurde die Leitung wieder unterbrochen.

„Sieht ganz nach einem Funkloch aus.“

„Kannst du dieses Gerät lokalisieren, Emil?“

„Hat deine Ex einen Freund? Wenn es hier darum geht, dann bin ich aus der Sache raus.“ Er hob resigniert die Arme in die Luft.

„Erstens geht mein Privatleben nur mich was an, zweitens ist Katrin meine Noch-Frau, und drittens würde ich dich wegen solcher Belanglosigkeiten niemals behelligen.“ Mike hielt drei Finger gestreckt und zählte sie stumm nach, so als brauche er Zeit, seinen nächsten Gedanken in Worte zu fassen. „Am besten den gesamten Verlauf der letzten vierundzwanzig Stunden. Ich will wissen, wo er die letzten zwei Tage war.“

„Aber ich kann das nicht hier machen, außerdem brauche ich Zeit, was wiederum bedeutet, dass ich Überstunden machen muss.“ Emil rieb den linken Daumen an seinem Zeigefinger.

„Hallo, ihr beiden, da steckst du also“, erschallte eine Frauenstimme. Die beiden Männer schauten sich um und sahen, wie Jasmin auf sie zulief.

„Es geht um ihren Ex, verstehst du? Sie möchte damit abschließen, aber er lässt ihr keine Ruhe. Er heißt Simon Steinwirth oder Leif Stone, er hat zwei Identitäten, er kommt aus dem Ausland, war früher ein Agent. Wer weiß, vielleicht hast du bei ihr eine Chance. Du bist doch Single?“, flunkerte Mike und klopfte Emil kumpelhaft auf die Schulter, damit machte er seinen Kollegen zum Komplizen. „Ich werde für dich ein gutes Wort bei ihr einlegen. Das bleibt aber unter uns“, fügte er rasch hinzu. Er sprach schnell und leise. „Schön, dich zu sehen“, hob Mike dann seine Stimme an und stand auf.

„Mike, hast du einen Moment Zeit?“ Sie blieb zwei Schritte vor den beiden Männern stehen und beäugte Emil mit einem flüchtigen Lächeln. „Hallo“, sagte sie und nickte knapp zur Begrüßung.

„Ja klar“, entgegnete Mike, tupfte sich die Lippen mit einer Stoffserviette ab und warf sie in den Teller.

„Es ist eine fast schon persönliche Frage, ich habe da jemanden am Telefon, und er ...“, sie beendete den Satz nicht, dabei warf sie einen schrägen Blick in Emils Richtung und zog Mike mit sich mit.

Mike ließ sich ziehen, sah kurz über die Schulter und hob den Daumen. Emil nickte mit zerknirschter Miene, stand auf und begab sich zur Essensausgabe.

„Schieß los.“ Mike sah Jasmin fragend an.

„Akos hat wegen der Halle, ich meine wegen dieses Lagergebäudes angerufen, er meinte, er hätte dort etwas gesehen. Wie viel Zeit kann vergehen, bis man von einem Richter einen genehmigten Durchsuchungsbeschluss bekommt?“, sprang sie zu der Frage, die sie so beschäftigte.

„Wenn keine unmittelbare Gefahr im Verzug besteht, dann mehrere Tage“, lautete seine schlichte Antwort. Er kratzte sich an der rasierten Wange, ohne den Bart spürte er jeden Windhauch auf seiner nackten Haut.

„Mist“, fluchte Jasmin verärgert und blickte sich kurz auf die Schuhspitzen. Sie trug schwarze Pumps. „Kann man das nicht irgendwie umgehen?“, versuchte sie es erneut und hob den Kopf.

„Wir können reinspazieren und uns dort umschauen.“

„Wirklich?“ Ihre Augen funkelten.

„Nein“, entgegnete Mike und konnte sich ein Grinsen nicht verkneifen.

„Und wenn uns dieser Hinweis bei den Ermittlungen weiterbringt?“

„Wie war denn der genaue Wortlaut?“ Mike begann ungeduldig zu werden, und das zeigte er Jasmin auch. Ihre Naivität war süß, aber jetzt war kein richtiger Zeitpunkt für Nettigkeiten.

„Er habe da verdächtige Geräusche vernommen und eventuell eine Person erspäht.“

„Eine ziemlich dürftige Beschreibung, findest du nicht?“

Sie schwieg und blinzelte nur.

„Wir betreten quasi ein Terrain, das im privaten Besitz ist, und stellen fest, dass dort ein Wachmann seine Runden dreht, und dann? Spazieren wir einfach so heraus?“

„Dann werde ich wohl diesen Beschluss beantragen."

„Wirst du nicht! Was glaubst du, mit wie viel Papierkram das Ganze verbunden ist, und wie viele Überstunden dieser kleine Ausflug nach sich ziehen wird? Wir fahren dahin."

Von Emotionen gepackt, umarmte Jasmin ihn und drückte ihm einen flüchtigen Kuss auf die Wange.

„Einen Haken hat die Sache aber dennoch, ich muss das Abendessen absagen, Katrin reißt mir den Kopf ab, weil ich es schon mal verschieben musste. Langsam wird sie sauer und glaubt, ich nehme sie auf den Arm." Er presste die Lippen zusammen und wischte sich über die Stelle, auf der Jasmins Lippen ihn berührt hatten. Eine wohlige Wärme breitete sich in seiner Brust aus, aber er durfte sich nicht gehen lassen, ermahnte er sich. Jasmin wurde zu einer Sperrgebiet-Zone erklärt.

„Ich übernehme das für dich."

„Lass das nur."

„Nein, ich werde ihr alles erklären können. Wir haben uns schon mal so getroffen. Privat - zweimal", sagte sie und versuchte es mit einem Lächeln.

Mike schwante dabei nichts Gutes. „Tu, was du nicht lassen kannst. Wir treffen uns in einer halben Stunde an meinem Wagen. Danach fahren wir zu deinem Akos und müssen noch den heutigen Bericht abgeben, das wird wieder spät werden. Noch etwas: Sich ohne konkrete Beweise auf eine Ermittlungsrichtung einzulassen, kann manchmal ins Auge gehen, was bedeutet, dieser Ausflug wird eine Ausnahme bleiben. Außerdem schuldest du mir danach einen Gefallen."

„Alles, was du willst", freute sich Jasmin.

„Ich nehme dich beim Wort", sagte Mike und verließ die Kantine.

Jasmin sah ihm einen Moment nach und griff dann zum Handy, das sie die ganze Zeit in der Hand hielt. „Akos, wir sind in zwei Stunden bei dir, halte du solange die Stellung."

Kapitel 42

Leif verließ das Krankenhaus, nachdem er die junge Frau dort abgeliefert und die Situation beschrieben hatte, ohne jedoch den Fundort und die Umstände, unter denen er sie gefunden hatte, näher zu beschreiben. Seine Angaben waren vage, jedoch klangen sie plausibel und sehr überzeugend. Er wollte Tristan nicht unnötig belasten. Vielleicht war doch alles anders, als der anfängliche Eindruck ihm das Gesehene vermittelt hatte.

Die Sonne hatte seit mehreren Stunden den Zenit passiert und wurde jetzt von weißen Wolken verdeckt, dennoch war die schwüle Luft erdrückend. Leif zündete sich eine Zigarette an und rief sich in Erinnerung, dass das, was er tat, in erster Linie nicht seinem Wohle diente, aber er musste seine Pflicht erfüllen. Sein Smartphone quakte zwei Mal. Er überprüfte die Nachricht. Wieder zwei verpasste Nachrichten. Auch diese Nummer war ihm nicht bekannt, er würde den Teufel tun, sie zu wählen, am Ende könnte so ein Anruf sein Kontolimit sprengen. Als er es wieder in die Hose stecken wollte, ertönte eine Melodie. Das Gerät fing an zu vibrieren. Genervt starrte er auf das Display, dieses Mal war ihm der Anrufer mehr als bekannt. Es war Simon.

„Hey, Mann wo steckst du? Seit Tagen habe ich nichts mehr von dir gehört, Kumpel."

„Lass die Floskel", sagte Simon schnell, ohne dabei grob zu klingen. Die Dringlichkeit in seiner Stimme war nicht zu überhören. „Hör mir jetzt genau zu, Leif. Du kannst dich doch sicher daran erinnern, in welchem Haus ich damals von der Polizei verhaftet wurde."

Leif lief es kalt de Rücken runter, die Stimme gehörte nicht Simon. Das Rauschen knisterte im Hörer und tat in den Ohren weh. Aber Leif legte nicht auf. „Was machst du dort? Willst du dieses Mal auch mich ins Gefängnis bringen?" Es war Underdog.

Die Spitze schien dem Mann am anderen Ende der Leitung zu entgehen, seine Stimme klang verwässert, so als stünde er unter Drogen. „Du sollst auf direktem Wege hierherkommen", fuhr er unbeeindruckt mit seinem monotonen Singsang fort.

Ein leises Fluchen entrang sich Leifs Kehle. Er dachte nach.

„Und keine Polizei, Leif."

Leif wollte auffahren, besann sich aber anders. „Was willst du von mir?", brummte er in den Hörer, ärgerlicher als beabsichtigt. „Was hatte diese Frau in dem Wohnwagen zu suchen, welchen ich für dich organisiert habe? Ich habe ihn eigentlich für mich gekauft, und was finde ich da vor? Eine Frau, die ans Bett gefesselt wurde! Bist du dieser Perversling?" Nach dieser einen Frage sah sich Leif verstohlen um und schenkte einer alten Dame mit Rollator ein freundliches Lächeln. Er ballte die linke Hand zu einer Faust und suchte nach passenden Worten. Ein weiterer Ausrutscher dieser Art durfte ihm nicht mehr passieren. „Okay, schick mir bitte die Adresse, damit ich zu dir kommen kann. Danach möchte ich eine ausführliche Erklärung."

„Ist abgemacht."

Leif kniff unwillkürlich die Augen zusammen. Insgeheim hatte er mit so einer Wendung gerechnet, aber nicht gehofft, geschweige denn sich darüber gefreut. Solche Ereignisse waren stets mit Problemen verknüpft, die er aus der Welt schaffen musste. „Ich bin in einer Stunde bei dir. Ich warte auf deine Nachricht.“ Nachdem Leif aufgelegt hatte, ploppte eine E-Mail-Nachricht auf. „Hi, versuche dich seit Stunden zu erreichen. Folge bitte dem Link“, lautete die Botschaft. Leif folgte der Anweisung, ohne die Absenderadresse zu überprüfen, weil er davon ausgegangen war, dass diese verschlüsselte und wenig aussagekräftige Botschaft von dem Anrufer kam. Er wurde auf eine Seite geleitet, die sich nach einem kurzen Augenblick in Nichts auflöste. ‚Update wurde erfolgreich ausgeführt‘, tauchte ein weiteres Fenster auf. Leif drückte auf den Okay-Button. „Was war das denn jetzt?“, flüsterte er und furchte die Stirn. In der linken oberen Ecke leuchtete das WhatsApp-Zeichen auf. Leif tippte darauf. Es war eine Nachricht von Underdog.

Er überflog schnell die Adresse und lief zu seinem Wagen. Was hatte dieser Kerl nur vor, beherrschte ihn dieser einzige Gedanke und trieb ihn dazu an, in einen schnelleren Laufschritt überzugehen.

Kapitel 43

„Da ist nichts!“, sagte Mike und breitete die Arme aus. „Nichts, nur eine leere Halle!“, fügte er hinzu und machte auf dem Absatz kehrt. „Lass uns hier verschwinden, die Tür, die ich wegen deines Akos‘ aufbrechen musste, werden wir beide bezahlen müssen, falls irgendwo ein stummer Alarm angegangen ist. Wo ist er eigentlich, dein Verehrer?“ Mike lief denselben Weg zurück.

Jasmin blieb stehen.

Mike drehte den Kopf zur Seite und sah sie unverwandt an. „Was ist los?“ Er konnte ihr ansehen, wie es hinter ihrer Stirn zu arbeiten begann.

„Hörst du es denn nicht?“, flüsterte sie kaum hörbar und drehte sich in eine bestimmte Richtung, aus der auch Mike nun undefinierbare Geräusche zu vernehmen glaubte. „Wenn du deine Waffe zückst, darfst du deinen Zeigefinger nicht auf den Abzug legen, nur auf den Bügel, hast du mich verstanden? Und ja keine dummen Mätzchen, à la cooler Cop mit einer Vorwärtsrolle. Du bleibst hinter mir, hast du mich verstanden?“ Mikes Stimme vibrierte vor Anspannung und klang eindringlich.

Jasmin nickte. Nachdem sie die große Halle, aus der von der Decke lose Kabeln hingen und der graue Boden von einer dicken Staubschicht bedeckt war, verlassen hatten, blieben sie erneut stehen. Ihre Blicke waren auf eine schmale Treppe gerichtet, die nach unten führte. Mike drückte sich mit dem Rücken an die Wand und lief langsam nach unten.

„Ich glaube, die sind oben, Mike." Jasmin bewegte nur ihre Lippen, ihre Stimme war kaum mehr als ein Flüstern.

„Was?", fragte er ganz leise.

Sie deutete mit ihrem rot lackierten Fingernagel zur Decke.

Just in diesem Augenblick hallten laute Stimmen durch den Treppengang auf der anderen Seite des Flures und wurden von schweren Schritten begleitet. Mike ging von mindestens fünf Personen aus. „Keine Bewegung!", dröhnte eine tiefe Stimme. Gleich darauf tauchte ein stämmiger Mann mit einem Vollbart und einer schwarzen Baseballkappe auf. Er trug eine schwarze Uniform.

„Wir sind von der Polizei", rief Mike mit ruhiger Stimme.

Der kleine Trupp aus vier Männern blieb stehen. Security, las Mike die weiße Aufschrift auf der linken Brusttasche des bärtigen Mannes, der die kleine Gruppe anführte.

„Gehört der junge Mann auch zu eurem Team?", wollte der Mann wissen und deutete mit dem Finger über seine breite Schulter.

Beide nickten.

„Warum ist er dann vor uns weggelaufen?"

Mike bedachte Jasmin mit einem bohrenden Blick. Schamesröte färbte ihre Wangen rosa.

Mike räusperte sich und setzte eine ernste Miene auf. Mit fester Stimme sagte er: „Uns wurde gemeldet, dass sich hier unbefugte Personen aufhalten sollen - wir mussten diesem Hinweis nachgehen. Außerdem wollen wir die

Überwachungsvideos anschauen, um uns davon zu überzeugen, dass hier alles mit rechten Dingen zugeht."

Der stämmige Mann hüstelte leise und wurde mehrere Zentimeter kleiner, seine Genossen machten einen Schritt nach hinten und blickten betreten drein.

„Können Sie sich ausweisen?", fragte der Bärtige jetzt mit weniger Nachdruck und behielt die Waffen im Auge, selbst war er mit einem Schlagstock bewaffnet.

Mike zeigte ihm seinen Dienstausweis.

„Morddezernat?" Der Mann klang irritiert und verängstigt zugleich. Seine Stimme klang auf einmal brüchig. „Die Kameras sind außer Betrieb. Wir haben eine Anlage eingebaut, die ein stummes Warnsignal auslöst. Aber hier ist niemand, das Gebäude steht leer, seit Jahren schon."

„Wer ist der Auftraggeber?"

„Eine Firma aus China. Ich kann den Namen nicht aussprechen."

„Okay. Meine Kollegin und ich schicken ein Team hierher. Sie warten solange auf sie, damit die sich hier umsehen können."

Der Mann atmete tief ein und ließ die Luft nur langsam entweichen. Mike vernahm einen leichten Geruch nach Tabak und Kaffee. „Wenn es sein muss", gab der Mann klein bei und steckte den Schlagstock zurück durch die Schlaufe an seinem Gürtel. „Wir warten dann solange draußen auf Ihre Leute", fügte er hinzu und winkte seinen Leuten zum Rückzug. „Ihr habt den Herrn Kommissar Wedekind gehört. Bald werden wir hier ein Team von Polizisten haben und ihnen alle Räume zeigen müssen."

Mike streckte den Arm aus und ließ Jasmin vor, sie sollte den Männern folgen. Sie drückte ihm leicht die Hand, um ihm zu signalisieren, dass es ihr leidtat, was sie hier angerichtet hatte, und setzte sich in Bewegung. In der Stille, die nur von schweren Schritten und gedämpften Stimmen gestört wurde, klang der Klingelton ziemlich laut, als Mikes Telefon zum Leben erwachte. Er steckte die Hand in die Hosentasche und hielt sich kurz darauf das Ding an sein Ohr. „Hallo, Emil", hörte er sich sagen.

„Ich habe da etwas für dich. Der Mann ist nicht wirklich ganz helle, er hat meinen Trojaner bei sich auf dem Telefon installiert."

„Einen was?"

„Nicht so wichtig. Ich kann ihn auf der Karte verfolgen. Sein GPS-Signal ist ziemlich konstant, aber die Bewegungsgeschwindigkeit lässt darauf schließen, dass er mit einem Auto unterwegs ist."

„Das ist gut, Emil. Aber wie soll ich den abfangen? Kannst du mir zumindest die Richtung, in die er sich bewegt, nennen?"

„Sein letzter längerer Aufenthaltsort war die Charité. In weniger als fünf Minuten wird er die Grenzen der Stadt verlassen haben. Ich kann dich auf dem Laufenden halten. Er hat die B158 genommen und bewegt sich Richtung Osten, Bad Freienwalde."

„Bad Freienwalde?", echote Mike.

„Dort wurde Pedro Mega tot aufgefunden", unterbrach ihn Jasmin.

Mike blieb abrupt stehen. „Was?" Diese Frage galt Jasmin. „Warte, Emil, bleib bitte in der Leitung", herrschte er den Mann an und vergaß, sich für seine grobe Art zu entschuldigen.

„Ich habe da etwas weiterrecherchiert." Nun drehte sich auch Jasmin vollends um. Den kleinen Trupp der Männer ließen sie einfach weiterlaufen. „Ich bin ziemlich gut, was die Verschlüsselung angeht, und habe mir die Akten angesehen. Ich dachte, es könnte uns vielleicht weiterbringen. Ich habe mir sogar die Adresse notiert", schob sie diesen letzten Satz statt einer Entschuldigung nach und schluckte schwer.

„Emil, du bleibst bitte in der Leitung und lotst uns durch die Karte. Du, Jasmin, rufst Stuck an, er soll eine Streife vorbeischicken, die sich hier umsehen soll. Fürs Protokoll und so. Notier die Uhrzeit und ... was haben wir heute eigentlich für ein Datum?", grübelte er und wurde kreidebleich, weil er sich an etwas erinnert hatte. „Der dreizehnte September", hörte er seine raue Stimme und sah Bilder vor seinem inneren Auge auftauchen. „Selmas Todestag", sagte er und wischte den Grabstein aus seinem geistigen Blickfeld. „Sag Wilhelm, dass die Tür schon aufgebrochen war. Jetzt müssen wir uns aber sputen. Danach knüpfen wir uns deinen Akos vor."

„Wen?", wollte Emil wissen.

„Ihren Exfreund, der für diesen Schlamassel verantwortlich ist. Ich weiß schon, was dich später erwartet, Jasmin", bluffte Mike und rannte los, dabei nahm er zwei Stufen auf einmal. „Komm jetzt, ab sofort zählt jede Sekunde, der Schnitzer, dieser Gesichtslose, ist auf einem Rachefeldzug, und heute setzt er all dem, was er bisher angerichtet hat, die Krone auf", rief er laut, damit seine

Gedanken nicht einfach so irgendwo in seinem Kopf verschwinden konnten.

„Du meinst also, wir jagen ihren Bruder?“

„Hey, was soll das? Muss ich mir das ganze Gerede mit anhören, ich dachte wir spionieren Jasmins Ex aus?“

„Emil, halt einfach den Rand und konzentriere dich auf die Koordinaten. Bei jeder Abweichung musst du mich sofort in Kenntnis setzen, ansonsten bleib einfach ruhig.“

Mike stürmte nach draußen. Er schnaubte schwer und sah sich nach einem passenden Wagen um. „Gehört der Wagen euch?“ Er zeigte auf einen schwarzen Van mit getönten Scheiben. Einer der Männer nickte. „Schlüssel her“, rief Mike und fing sie gekonnt in der Luft auf.

„Hey“, begehrte der Boss der kleinen Gruppe auf, doch Mike saß schon hinter dem Steuer und startete den Motor. Jasmin plumpste nicht sehr ladylike in den Beifahrersitz, weil der Wagen mit durchdrehenden Rädern und Staub aufwirbelnd davonjagte.

Kapitel 44

Ich hörte Schritte. Leif erschien in der Tür. Sein Blick war gehetzt, ich hörte seinen schweren Atem, er war gerannt. „Bist du allein gekommen?“, fragte ich.

„Ja, verdammt. Kannst du mir das alles hier bitte erklären? Ich hin nicht gewillt, deinetwegen in den Knast zu wandern. Was soll das alles hier ...“ Ihm blieb die Frage im Hals stecken, als seine Augen den zerfetzten Körper von Boris sahen. Er hatte einen Moment lang gebraucht, damit sich seine Augen nach der hellen Sonne an das schummrige Licht gewöhnen konnten. Das, was er sah, ließ ihn zwei Schritte nach hinten taumeln. Ich atmete tief durch, bereitete mich auf den letzten Abschnitt meines Planes vor und hoffte, dass alles, was ich geplant hatte, auch aufging.

Adrenalin verfügte über eine signifikante Eigenschaft, die die menschlichen Sinne auf primäre Funktionen einstellte und sie schärfte. Das hatte ich in einem Buch gelesen und bekam jetzt die Bestätigung. Alles um mich herum lief wie in Zeitlupe ab, ich durfte nichts übersehen, alles musste jetzt glatt laufen, wie am Schnürchen. Ich würde bald sterben, aber diesen Schicksalsschlag habe ich akzeptiert. „Kannst du dich an Dinge erinnern, die auf den Tag genau vor fünf Jahren passiert sind?“

„Was willst du mit dieser Andeutung bezwecken, Underdog, oder darf ich deinen richtigen Namen verwenden, Tristan?“

„Ich weiß, wer Selma damals umgebracht hat“, sagte ich und wischte das blutige Springmesser an meiner Hose ab. Mit einem Taschentuch rieb ich über den Knauf.

„Pedro war‘s, das weiß doch jeder“, stammelte Leif, tat einen weiteren Schritt nach hinten und rutschte dabei beinahe aus.

„Das haben wir anfangs alle geglaubt. Wäre da nicht eine klitzekleine Unstimmigkeit gewesen. Kannst du mir da auf die Sprünge helfen, bester Freund?“

„Er hat sich damit gebrüstet, dass er ein Sprössling einer Mafia-Familie aus Sizilien war.“ Leif rang um Fassung.

„Und von mir denken alle, ich käme aus Irland“, unterbrach ich ihn kurz angebunden und legte das Messer auf den Boden. Mit dem Fuß schleuderte ich es in seine Richtung. Das Messer blieb direkt vor seinem rechten Schuh liegen. „Das ist doch dein Messer, habe ich recht?“ Ich erwartete keine Antwort. „Heb es auf“, befahl ich ihm.

Er weigerte sich.

„Wollen wir die Situation durchspielen, was mit dir passiert, wenn du nicht das machst, was ich dir hier sage?“

Er schwieg beharrlich.

Ich griff in meine Hosentasche und holte ein Feuerzeug raus. „Alles fliegt hier in Fetzen. Riechst du das etwa nicht? Die Luft ist nass von explosiven Gasen. Ein Funke, und du bist nichts als eine Erinnerung.“

„Du gehst aber mit drauf.“ Die Angst brachte seine trotzige Stimme zum Vibrieren.

„Das spielt für mich überhaupt keine Rolle. Ich werde den Löffel so oder so abgeben müssen, und zwar demnächst. Der Krebs hat sich fest in meinem Körper verbissen. Seitdem ticke ich nicht ganz richtig." Ich lachte müde auf. „Heb das Messer auf, oder ich werde hier alles in die Luft jagen."

Langsam beugte er sich nach vorne.

„Finger weg von der Pistole", brüllte ich ihn an, nachdem ich sah, wie seine rechte Hand verstohlen nach der Waffe griff, die hinten in seinem Hosenbund steckte. Er zuckte unmerklich zusammen und nahm die Hand weg. Dann schlossen sich seine Finger um den Knauf des Messers.

„Mit derselben Pistole hast du Pedro das Hirn weggeblasen. Nur ist dein Plan nicht ganz aufgegangen, weil ich mich verspätet hatte. Du musstest fliehen und hast versehentlich die Waffe von Pedro auf dem Boden liegen lassen und nicht die, mit der du ihn erschossen hast. Warum?"

„Was soll der ganze Scheiß hier?", knurrte er.

„Jemand war dir gefolgt, ich vermute, es waren Pedros Brüder. Habe ich recht?"

„Halt die Fresse. Wenn deine Ex nicht so blöd wäre ..."

„Du hast sie immer schon haben wollen. Auch du hast dich unsterblich in sie verliebt. Das habe ich gespürt. Wir waren beste Freunde. Weißt du das noch, Leif?"

„Jetzt aber nicht mehr. Das Leben ist nun mal kein Bilderbuch. Ich frag dich jetzt noch ein einziges Mal, was soll der ganze Scheiß hier eigentlich? Du bist frei, deine Ex, die dich betrogen hat, ist tot. Pedro, der geschworen hat, mich bei seinen Brüdern zu verraten, weil ich den Bullen was von ihren Drogengeschäften gesteckt hatte, hat auch das

Zeitliche gesegnet. Lebe dein Leben, ich habe dir damit einen großen Gefallen getan."

„Sie war schwanger! Das ungeborene Kind hatte dieselbe Blutgruppe wie ich, daher hat man sich gegen eine DNA-Untersuchung entschieden, um Kosten und Zeit zu sparen", fuhr ich fort, ohne auf die blöden Kommentare näher einzugehen.

Leifs Miene verdüsterte sich. Durch die Bretter drangen die letzten Sonnenstrahlen des Tages hindurch und streiften sein Gesicht. Er blinzelte mehrmals und trat jetzt einen Schritt nach vorne. Ich sah Staubflusen durch die Luft schwirren. Draußen hörte ich das Motorengeräusch eines Wagens. Paolo war also auch schon da. „Aber das Kind war nicht von mir. Wie ich später herausgefunden habe, ist deine Blutgruppe auch Null positiv. Die häufigste Blutgruppe der hellhäutigen Europäer."

Er schwieg.

„Warum hast du sie umgebracht? Wollte sie das Kind behalten, und du warst dagegen?"

„Unter anderem", knurrte Leif. „Sie war HIV-positiv, aber nicht ich habe sie damit angesteckt. Was hätte ich mit einer todkranken Frau und einem infizierten Kind anfangen sollen?" Wieder zwei Schritte in meine Richtung.

„Darum hast du sie so brutal aus dem Weg geräumt?"

„Alles musste authentisch wirken, ich bin ein Perfektionist. Ich habe mich nur strikt an Pedros Erzählungen gehalten. Schließlich hatte er alles detailliert dargestellt. Erst die Haut abziehen, dann den Kopf in den Kamin stecken." Er klang dabei absolut ruhig. „Wir hatten an diesem Abend gestritten, sie war high. Da bin ich ausgerastet, dann lief alles automatisch ab, ohne dass ich mich dagegen wehren konnte." Sein Lachen klang wie ein Schnauben. „Aber wie bist du denn auf mich gekommen? Es war keiner da."

„Simon."

„Was?! Wovon redest du? Wir waren allein." Seine Stimme bekam einen nervösen Beiklang.

„Selma hat mit ihm geskypet. Er hat alles mitangesehen, ohne eingreifen zu können. Er war bei dem Mord live dabei."

„Warum ist er dann nicht zur Polizei gegangen?"

„Weil du die ganze Zeit mit dem Rücken zu ihm gestanden hast. Er dachte nämlich auch, dass Pedro seine Schwester umgebracht hat. Simon war an dem Abend sturzbesoffen und erinnerte sich nur bruchstückhaft an das Geschehen. Der Anblick seiner toten Schwester hatte ihm beinahe den Verstand geraubt. Erst nach unzähligen intensiven Gesprächen mit Psychologen, denen es gelungen war, in die Untiefen seiner zerstückelten Seele hineinzuschauen, kamen langsam die vergessenen Momente an die Oberfläche. Er war anfänglich gehemmt und sträubte sich dagegen. Ich saß im Knast und konnte ihm nicht beistehen. Nach dem späteren DNA-Test, auf den die beiden Brüder von Pedro bestanden hatten, konnte ich freigesprochen werden. Ich nahm Kontakt zu Simon auf und überredete ihn dazu, mich anzuhören. Nach und nach gewann er immer mehr Vertrauen und baute eine Beziehung zu mir auf, ich war sein letzter Halt."

Leif stand nur einen Schritt von mir entfernt. Das mit der Explosion war nur eine Finte, aber das behielt ich für mich. Er hielt das Messer fest in der Hand. In seinen Augen spiegelte sich die Entschlossenheit eines Mörders.

Die Schritte im Korridor wurden lauter, aber Leif hörte sie nicht. Er befand sich in einer emotionalen Starre. Er biss sich die Lippe blutig und leckte den roten Schimmer ab.

„Warum hast du die Frau deines besten Freundes gefickt, Leif?"

„Sie ist von alleine zu mir gekommen."

„Weil wir gestritten hatten, und anstatt sie zu trösten, hast du sie eine Line ziehen lassen."

„Es war nur einmal. Ein One-Night-Stand, der mir nichts bedeutet hat."

„Das ist eine Lüge", knurrte ich.

„Ich habe jetzt die Schnauze voll, Underdog. Warum das ganze Theater, warum hast du so viele Menschen getötet, anstatt mir die Kehle durchzuschneiden?"

„Das war ich doch gar nicht, das warst du", sagte ich mit einer mir bis dahin unbekannten Genugtuung, als ich die Erkenntnis in seinen Augen sah. „Mit diesem Messer hast du alle Zeugen aus dem Weg geräumt, deine Rivalen, das werden zumindest die Männer von der Polizei glauben, nachdem sie dich festgenommen haben."

„Was soll der Scheiß?" Seine Finger schlossen sich noch fester um den Griff.

„Du kannst jetzt weglaufen, aber Pedros Brüder werden dich finden und dir die Haut in Streifen abziehen, oder du gehst zur Polizei und stellst dich. Du sagst ihnen die

Wahrheit, auch wirst du ihnen klar machen müssen, dass nicht Boris Bernhard umgebracht hat, sondern du. Du hast auch Selma umgebracht, und deinetwegen musste Silke sterben, obwohl ich ihr eine zweite Chance gegeben hatte, aber du hast alles zerstört, indem du ihr die Nadel gesetzt hast.“

„Nicht ich habe ihr die Haut vom Gesicht abgezogen. Das warst du.“

„Sie war schon tot.“

Er lachte höhnisch auf. „Soll ich dir was verraten? Boris hat mir dafür sogar zehn Riesen hingeblättert, weil ich deine Selma abgemurkst habe und dabei alles noch gefilmt. Er wurde zum gefürchtetsten Freier in Berlin, danach ist keiner dieser billigen Fotzen mehr vor ihm weggelaufen. Er war der King.“ Leif legte den Kopf in den Nacken und jaulte wie ein Wolf. „War das geil, sie schreien zu hören. Weißt du, dass sie blind vor Schmerzen war? Nachdem ich ihr die Haut abgezogen und sie in den Kamin geworfen hatte, lief sie wie ein Zombie durch das Zimmer. Ich stieß sie mit dem Kopf voraus in die Glut und sah zu, wie sie lebendig verbrannte. Sie hat geröchelt wie ein verschnupftes Schwein. Ich hielt sie mit diesem Fuß fest, ich drückte gegen ihren Rücken und wusste, dass ich damit zwei Leben auslöschen werde.“ Er stampfte mit seinem schweren Schuh einmal gegen den Boden. Eine Staubwolke stob in die Luft.

Ich ballte die Hände zu Fäusten und ließ mich durch seine Provokationen nicht von meinem Plan abbringen, ich dufte mich von meinen Gefühlen nicht treiben lassen. „Simon wird gegen dich aussagen. Ich habe ihm eine Nachricht geschickt.“ Ich nahm mein Handy aus der Tasche und schaute auf das Display. Ein kurzer Ton erklang und trieb mir einen kalten Stoß durch die Brust. Der Empfang war weg. Ihre Nachricht konnte nicht gesendet werden, las ich nur mit den Augen. Ein leichtes Schwindelgefühl ergriff mich und machte meine Knie weich. Mein Hals wurde staubtrocken, alles stand und fiel mit dieser SMS, die irgendwo im Äther der digitalen Welt steckengeblieben war. „Verdammt“, fluchte ich. Plötzlich hörte ich, wie Leif in dem Moment meiner Unbedachtheit mit dem rechten Arm ausholte und knurrte: „Einen Scheiß werde ich tun.“ Mit der Wucht eines Wahnsinnigen rammte er mir das Messer in die Brust. Auch das gehörte zum Plan, aber die Nachricht, die Nachricht, die verdammte Nachricht, kreiste der einzige Gedanke in meinem Kopf. Ich hatte immer noch keinen Empfang, überlegte ich und packte Leifs Arm. Ich dachte oft an einen Selbstmord und hatte es sogar mehrmals in Erwägung gezogen, mich zu erhängen, aber ich konnte es nicht. Mir selbst das Leben zu nehmen, das war etwas, was ich niemals zustande gebracht hätte. Vor meinen Augen begann sich die Welt zu drehen. Meine Knie knickten ein. Ich musste Leif irgendwie aufhalten, grübelte ich hektisch, begriff jedoch auch, dass alles zu spät war. Leif würde fliehen können, nachdem er sich meiner entledigt hatte. Ich spürte einen zweiten Stoß zwischen meinen Rippen, der noch heftiger war als der erste. Kein Schmerz, nur eine Veränderung meines allgemeinen Empfindens und der erhöhte Puls in der durchlöcherten Brust waren alles, was ich zu empfinden vermochte, aber auch endlich diese lange herbeigesehnte Ruhe. Durch meine Adern floss Morphium, das mir Brigitte beschafft hatte. Eine Freundin die den Krebs besiegen konnte, weil ich ihr mein Knochenmark gespendet hatte, noch bevor ich von meiner Krankheit erfuhr und sie in mir ausgebrochen war. Erst seit kurzem weiß sie es mit Gewissheit, dass sie weiterleben darf.

Meine und ihre Krebszellen haben sich gegenseitig aufgefressen. Ich grinste bei diesem Gedanken dümmlich. Mein Blick war auf die Tür gerichtet, alles um mich herum verschwamm zu einem dunklen Aquarell.

Ich glaubte nie an Wunder, doch dann geschah etwas, das ich nicht für möglich gehalten hätte.

„Keine Bewegung, Polizei“, rief eine Stimme und brachte mein verletztes Herz, in dem das Messer steckte, dazu, einen Purzelbaum zu schlagen. Das war etwas, womit ich nun wirklich nicht mehr gerechnet hatte.

„Wo kommen die denn her?“, murmelte Leif und wollte sich aus meiner Umklammerung losreißen. Meine Finger hielten ihn einen Augenblick lang am Handgelenk fest und rutschten mit jedem Atemzug weiter auseinander, dabei hinterließen sie blutige Schlieren auf seiner Haut. Das Messer glitt aus meinem Körper heraus. Ich fiel nun wie ein gefällter Baum zu Boden. Ich roch das Benzin und mein eigenes Blut. Krampfhaft drückten meine Finger auf die Tasten des billigen Handys. Ich schrieb eine kurze Nachricht an Paolo. ‚Es wird Zeit, dass du hochkommst‘, lautete die Botschaft. Ich hatte wieder Empfang, was für eine Ironie, grübelte ich. Mein Kopf war wie mit Watte gefüllt. Aus einem mir unerklärlichen Grund zuckten meine Beine, so als wollten sie weglaufen. Die Finger verkrampften sich zu Klauen. Mein Atem ging stoßweise, ich spuckte Blut. Alles um mich herum wurde zu einem monochromen Film. Ich sah noch, wie Leif seine Pistole zückte. Ein Schuss fiel. Er sackte zu Boden. Ich holte noch einmal tief Luft, irgendwas lief hier nicht ganz richtig, wo blieb nur Paolo? Die Polizei musste ihn doch dabei erwischen, wie er Leif den Garaus machte. Ich hatte ihm versprochen, falls er mich aus dem Knast herausholt, werde ich ihm den Mörder seines Bruders ausliefern, aber dann habe ich erfahren, dass Paolo auch Dreck am Stecken hatte, er war ein Mafioso und der Kopf eines Drogenrings. Solche wie er hatten die Freiheit nicht verdient, die Bullen könnten ruhig alle beide hopsnehmen, dachte ich und wollte noch etwas sagen, aber mir fiel nichts mehr ein. Ich schluckte, mein Speichel schmeckte bitter. Noch mehr Blut floss aus meiner Brust. Ich lag in einer dunkelroten Lache. Hoffentlich hat Simon sich alles merken können, dachte ich. Dann schloss ich die Augen, die Lider waren bleiern, ich sprach ein Gebet - mit dem letzten Hauch wich nun auch das Leben aus meinem Körper - ich war fast tot.

„Du sollst in der Hölle schmoren", war das letzte, was Leif zu mir sagte. Er lag direkt neben mir, ich konnte sogar seinen Atem spüren.

Die Schwärze umnachtete mich und legte sich sanft über meinen toten Körper. Ich war endlich gestorben.

Kapitel 45

„Hast du ihn erschossen, Mike?“, fragte Jasmin ihren Partner.

Mike wischte sich mit dem Unterarm über die feuchte Stirn und sah auf den Mann, der am Boden lag und sich vor Schmerzen krümmte.

„Nein“, sagte der Kommissar gedämpft und lief auf die zwei schwer verletzten Personen zu. Dabei schaute er sich hastig um, ob sich nicht noch mehr von diesen Typen hier versteckt hielten, um sie beide aus dem Hinterhalt anzugreifen. Schnell holte Mike Wedekind ein Taschentuch heraus, mit dem er dem Angeschossenen die Waffe aus der Hand zog, und warf einen hastigen Blick auf den zweiten, der stark aus der Brust blutete. Der erste war ihm bekannt, es war Leif Stone.

„Ich habe ihn an der Schulter erwischt“, gab der Kommissar von sich und sah zu Jasmin. Dann geriet die Situation außer Kontrolle. Mehrere dunkel gekleidete, maskierte Männer stürzten in den Raum. „Wo kommen die alle her?“, knurrte Mike und drückte den angeschossenen Mann zurück auf den Boden, als er Anstalten machte, sich zu erheben.

„Ich habe um Verstärkung gebeten.“ Jasmin war mit dem ganzen Durcheinander etwas überfordert.

Lichtstrahlen von mehreren Taschenlampen und Stimmen durchzuckten die angespannte Atmosphäre. Schreie und noch mehr Schüsse. Dann eine Explosion im unteren Stockwerk. Das ganze Haus erzitterte. Von den morschen Wänden und der Decke bröckelte Stuck auf den Boden. Das marode Gebäude ächzte. Alle hielten die Luft an. „Bleibt zurück, sonst fliegt hier die ganze Bude noch in die Luft!“, schrie Mike und warf einen hastigen Blick durch den Raum.

„Wir haben noch einen Verletzten, und hier ...“, rief Jasmin, danach blieb ihr der Rest des Satzes im Halse stecken, nachdem sie einen weiteren Leichnam erhascht hatte. Eine Rauchwolke waberte durch die Ritzen der Dielen an der Decke. Jasmin wandte ihren Blick von dem Toten ab. Und hielt sich den Mund mit der Hand zu. Mike hörte seine Kollegin husten und würgen.

„Ich muss wieder kotzen“, sagte sie und unterdrückte ein Gurgeln.

„Er ist tot“, ertönte eine männliche Stimme. Der Polizist stand neben dem zerstückelten Körper.

„Der da auch“, hörte der Kommissar die weibliche Stimme einer Kollegin. Wie waren sie so schnell hierhergekommen?, beherrschte ihn diese Frage, für die er jedoch keine Zeit hatte. Männer von der GSG9 stürmten in den Raum und blendeten Mike mit ihren Taschenlampen. „Es ist alles sauber hier!“, brüllte Mike. „Wer hat euch hergeschickt, was passiert hier überhaupt?“

„Das würden wir selbst gerne wissen“, antwortete einer der Männer. „Wie es aussieht, haben wir Paolo Mega hochgenommen.“ Der Mann schien sich darüber sehr zu freuen. „Kommt, Jungs, lasst uns die restlichen einsammeln, das hier überlassen wir denen“, sagte er mit fester Stimme.

Die Polizistin beugte sich über den toten Tristan und leuchtete ihm mit ihrer Taschenlampe in die Augen. Dieses

Mal behielt sie alles in sich, auch stieg ihr die Galle nicht mehr hoch.

„Aus seiner Brust ist zu viel schwarzes Blut geflossen, als dass er diesen Angriff überlebt haben könnte“, flüsterte Mike und stand auf. „Das Messer und die Pistole sollen auf Fingerabdrücke überprüft werden“, sagte er zu einem Mann, der mit einem Koffer ausgerüstet war.

„Der hier lebt noch“, knurrte der Kommissar und starrte auf das bleiche Gesicht von Leif Stone. Er hechelte wie ein Hund. „Na, Kumpel, bist du für all diese Unordnung hier verantwortlich?“, frage er matt.

„Es war Tristan. Der Underdog.“

„Na klar, darum hat er sich mit diesem Messer das Leben genommen“, sage Mike verächtlich und schob die Tatwaffe mit der Schuhspitze beiseite, die von dem Polizisten aufgehoben und in einem Asservatenbeutel verstaut wurde.

„Er hat alles inszeniert“, krächzte Leif und krümmte sich zusammen, nachdem Mike ihn an der verletzten Schulter gepackt hatte und ihn grob auf die Beine zog. „Führ ihn weg und fasst hier ja nichts an, bis die Kollegen von der Spurensicherung eingetroffen sind“, gab er die knappe Anweisung und begab sich nach draußen.

Einige Tage später
Kapitel 46

Violetta lag in einem Zimmer und hörte sich die Fragen eines Mannes an, der ihr erklärt hatte, dass er von der Polizei sei. Sie schilderte ihm alles, woran sie sich erinnern konnte. Der Polizist war in Begleitung einer Frau gewesen, sie übernahm dann die intimen Details. Das war gestern oder vorgestern? Sie hatte jegliches Zeitgefühl verloren.

Eine junge Frau saß nun auf der Bettkante und übersetzte alles mit leiser und angenehmer Stimme.

„Wer hat Ihnen diese Verletzungen an den Füßen zugefügt?“, wollte dann Kommissar Wedekind von Violetta wissen.

„Sein Name war Boris.“

„Und wer hat Sie in den Wohnwagen gebracht?“

„Daran kann ich mich nicht erinnern“, gab sie ehrlich zu und sah zuerst den Kommissar, dann die blonde Dolmetscherin an.

„Kennen Sie diesen Mann?“ Er holte ein Foto aus der Mappe und hielt es vor ihre Augen.

Violetta nickte unschlüssig. „Ja, er hat mir gesagt, dass Leif Stone mir nichts mehr antun kann.“

Der Polizist runzelte die Stirn.

„Und dieser Mann?“

Sie sah auf das zweite Foto und nickte. „Er hat mich ins Krankenhaus gebracht. Haben Sie den Toten gefunden, der mich in seine Wohnung gebracht hatte? Er wurde umgebracht.“

„Ja, er hieß Lukas Manowski, wir haben seine Identität anhand eines Dentalstatus‘ ermitteln können.“

Violetta schwieg. „Ich kann Ihnen nichts mehr darüber sagen“, flüsterte sie dann müde.

„Danke. Das war‘s auch schon“, bedankte sich der Polizist und stand auf.

Die Frau mit den schwarzen Haaren reichte Violetta zum Abschied die Hand. „Es wird alles gut“, sprach sie ihr Mut zu und verabschiedete sich auch von der Dolmetscherin, die versprochen hatte, noch hierzubleiben. Violetta schloss die Augen und versuchte, an nichts zu denken.

Kapitel 47

Mike freute sich auf den heutigen Abend. Er saß in seinem Golf und warf einen kurzen Blick in den Rückspiegel. Er hatte das Haar kurz geschnitten und war frisch rasiert, obwohl er fand, dass er mit einem Dreitagebart ganz passabel aussah. Er beugte sich zur Seite und verstaute im Handschuhfach ein Kondom, das er mitgenommen hatte, weil er stark davon ausging, dass das Abendessen in seinem oder in Katrins Bett enden würde. Heute wollte er seiner Frau beweisen, dass er sich geändert hatte und zwischen ihm und Jasmin nichts laufen würde.

Sein Handy klingelte.

Er ging ran.

Es war Katrin.

„Du, Mike, bist du schon unterwegs?“

„Fast“, entgegnete er immer noch gut gelaunt.

„Kannst du bitte bei Jasmin vorbeifahren und sie mitnehmen? Ihr Wagen streikt, und dich selbst anzurufen traute sie sich nicht.“

Mike starrte durch die Windschutzscheibe. Das gespenstische Licht der Laternen spiegelte sich auf der nassen Scheibe, Regentropfen kullerten herunter und hinterließen durchsichtige Rinnsale.

„Mike“, ertönte Katrins Stimme.

Er räusperte sich und sagte dann mit kratziger Stimme: „Ja klar.“

„Gut, dann sehen wir uns im Restaurant. Und lass dir Zeit, ich werde mich etwas verspäten, weil Pascal noch nicht schläft, und Valentina, meine Nachbarin, die auf ihn aufpassen wollte, noch nicht da ist. Christoph kommt in zwei Wochen nach Hause. Ich sollte dich von ihm grüßen.“

„Danke, kannst du mir vielleicht noch ihre Adresse verraten?“, flunkerte er. Natürlich wusste er, wo Jasmin wohnte, aber er wollte auf Nummer sicher gehen.

Katrin brauchte einen Moment, doch dann nannte sie ihm die Straße und die Hausnummer.

Mike legte auf und wählte sofort Jasmins Handynummer. Er lauschte dem Freizeichen, niemand ging ran.

Er startete den Motor und navigierte den Wagen durch dunkle Straßen, die von Laternen und Bäumen umsäumt waren. Warum hatte sie kein Taxi genommen?, sinnierte er und gab sich Mühe, das leichte Kribbeln in seiner Brust zu unterdrücken. In Gedanken versunken hatte er Jasmins Wohnung erreicht und probierte es erneut mit einem Anruf. Auch dieses Mal ging Jasmin nicht an ihr Handy. Er stieg aus, atmete die abendliche Luft ein, die nach Regen roch, und schlenderte zeitschindend auf die Tür zu. Den Wagen ließ er einfach am Straßenrand stehen. Der Regen hatte aufgehört. Die Straße glänzte immer noch nass und dampfte, weil die Hitze des Tages den Asphalt zu sehr erwärmt hatte.

In einer der Pfützen spiegelte sich das gelbe Licht der Straßenbeleuchtung. Mike drückte auf die Klingeltaste, nachdem er den Eingang zu dem mehrstöckigen Haus erreicht hatte. Ein mechanisches Summen knatterte in der Stille. „Dritter Stock!“, ertönte eine Stimme aus der Sprechanlage.

„Jasmin?“ Wieder Stille. Mike haderte noch einen Moment, dann ging er rein und lief nach oben. Dabei nahm er zwei Stufen auf einmal. Die Tür zu Jasmins Wohnung stand einen Spalt breit offen. Er drückte sie auf und steckte nur den Kopf hinein.

„Komm rein, ich bin gleich soweit fertig“, rief Jasmin aus einem der Zimmer.

In der kleinen, aufgeräumten Wohnung roch es nach Kräutertee und einem Frauenparfüm. Mike durchmaß den kleinen Korridor, ohne die Schuhe auszuziehen, und stand nun unschlüssig vor der Tür, die ins Wohnzimmer führte.

Plötzlich kam Jasmin auf ihn zu. Sie trug nur einen Morgenmantel. Der Anblick raubte Mike den Verstand. Das Ganze schien ihm nicht mehr ganz koscher. Was ging hier eigentlich vor?, fragte er sich.

„Mike, mein Schrank klemmt. Kannst du mich ins Schlafzimmer begleiten? Darum habe ich deine Frau gebeten, dich anzurufen. Ich habe gelogen, aber ich konnte ihr ja schlecht sagen, dass mein Kleiderschrank kaputt ist und ich deswegen halb nackt vor dir stehe und nichts zum Anziehen habe.“ Sie lief rot an. Ihre Stimme zitterte vor Aufregung. Oder doch vor Erregung?, grübelte Mike und versuchte klar zu denken.

Mike rührte sich nicht. Er schloss kurz die Augen. Als er sie wieder öffnete, war Jasmin schon weg. Er ging auf eine Tür zu, die sich vor seiner Nase leise schloss und blieb abrupt stehen. Der Morgenmantel lag auf dem Boden, direkt vor seinen Füßen.

„Du schuldest mir noch einen Gefallen“, hörte er seine eigene Stimme im Kopf.

Er ließ die Tage Revue passieren. Wilhelm Stuck war ziemlich schlecht drauf gewesen, nachdem er erfahren hatte, dass die beiden ohne jeglichen Grund ein Gebäude betreten hatten, in dem sie nichts zu suchen hatten. Wollte sich Jasmin etwa auf diese Art bei ihm bedanken? Dafür, dass er sie vor ihrem Chef in Schutz genommen hatte? Er kratzte sich über die Wangen.

Fuck, fluchte er in sich hinein und verließ die Wohnung.

Er atmete schwer, während er im Wagen saß und überlegte, was er jetzt tun sollte. Dann beugte er sich wieder zur Seite und öffnete das Handschuhfach. Vielleicht klemmt die Tür wirklich, dachte er und griff nach der glänzenden Kondomverpackung. Katrin muss ja nichts davon erfahren, flimmerte der unschöne Gedanke in der hintersten Ecke seines Ichs auf.

Ein Klopfen gegen die Fensterscheibe brachte sein Herz zum Stehen. Er steckte das Kondom zurück und blickte auf. Katrin sah ihn durch das nasse Glas an und lächelte. Neben ihr stand Jasmin und grinste über beide Ohren. Was, zum Teufel, sollte das?, dachte er und stieg aus dem Golf. War er einem Frauenkomplott aufgesessen? Noch während er darüber nachdachte, küsste ihn seine Frau auf die Wange. „Du hast den Test bestanden. Jasmin kann nichts für diese inszenierte Intrige, das alles war meine Idee. Aber das musste sein, bei deinen Vorgeschichten“, plapperte sie wie ein Wasserfall und drückte ihn leicht an sich. Mike war mit der ganzen Situation mehr als nur überfordert. Er wollte sich gar nicht vorstellen, was alles hätte passieren können, wenn er das Schlafzimmer mit einem Kondom in der Hand betreten hätte. „Hast du etwa im Schlafzimmer auf mich gewartet, Katrin?“, krächzte er, weil ihm die Zunge am Gaumen kleben blieb, so trocken war sein Mund.

Katrin nickte knapp.

„Und ich war nicht nackt, ich trug dieses Kleid unter dem Morgenmantel“, fügte Jasmin als eine Art Entschuldigung hinzu.

„Also wirklich“, gab Mike sich gekränkt, löste sich aus der Umarmung und stieg zurück in den Wagen. Mit einer einzigen Bewegung schlug er die Tür zu, warf den Motor an, und ließ die beiden Frauen allein auf der Straße stehen. Diese Reaktion war nicht beabsichtigt, war aber wirklich nötig, dachte er und fuhr immer geradeaus. Zum Glück habe ich dieses scheiß Kondom nicht eingesteckt, dachte er und grinste breit. Noch einmal bin ich dem Schicksal von der Schippe gesprungen, freute er sich und drehte die Musik auf volle Lautstärke. Jetzt musste Katrin ihn um Entschuldigung bitten, genau! Er schrie die Worte des Sängers mit und schlug mit einer Hand gegen das Lenkrad.

Epilog

Mike saß in seinem Büro, die ausgestreckten Beine ruhten auf der Tischkante.

„Ich werde mit diesem Emil nicht ausgehen“, empörte sich Jasmin.

„Du hast es mir versprochen“, gab Mike schnippisch zurück und spielte immer noch den Beleidigten, weil sie und Katrin ihn so derb verarscht hatten.

„Aber er ist hässlich und riecht nach Zwiebeln“, widersprach Jasmin.

„Dann will ich Sex mit dir und meiner Frau.“

„Du bist ein Widerling, wie oft habe ich mich schon bei dir entschuldigt?“

Mike grinste in sich hinein und überflog derweil zum wiederholten Mal die Aussage von Simon Steinwirth, in der Selmas Ermordung detailliert beschrieben wurde. Simon war als Kronzeuge für den bevorstehenden Gerichtsprozess eingetragen worden, Brigitte Wirtz als Hauptzeugin. Auch sie hatte einige Details zu Protokoll gegeben. Mike schloss mit einem tiefen Seufzer die Mappe mit der Aufschrift: Tristan Peterson.

Er setzte sich aufrecht im Stuhl auf. Gähnte und sprach erneut zu Jasmin, ohne sie direkt anzuschauen: „Dann übernimmst du den ganzen Papierkram hier. Die Richterin will alles in drei Tagen auf ihrem Tisch liegen haben. Und die Staatsanwaltschaft schon übermorgen.“

Ein „Okay“ war alles, was Jasmin von sich gab. Mike verglich erneut die Handschrift von Leif Stone mit der Drohung, die auf dem kleinen Zettel geschrieben stand, den er neben dem toten Obdachlosen gefunden hatte. „Wie gefällt dir das?“, murmelte er, weil er die Worte laut gelesen hatte. Dann sah er die blutigen Buchstaben an der morschen Mauer. L U K Lukas, schlussfolgerte er die Nachricht von Bernhard. Lukas Manowski hatte den Obdachlosen umgebracht.

„Überhaupt nicht“, zischte Jasmin, die damit begonnen hatte, Berge von Akten einzusortieren.

Mike schloss kurz die Augen, weil sie vor Anstrengung zu brennen begonnen hatten. Ich habe ihn geheiratet, damit ich mich um seine Beerdigung kümmern konnte, ich habe ihm das versprochen, weil er mir das Leben gerettet hat. Das waren Brigittes Worte, eine junge Dame, die den Krebs besiegt hatte, aber nur, weil Tristan ihr etwas von seinem Knochenmark gespendet hatte.

Sie hatten sich im Krankenhaus kennengelernt, was eigentlich eine Ausnahme war, denn der Empfänger und der Spender waren durch Anonymität voreinander geschützt.

Die Tür ging nach einem kurzen Klopfen auf. Wilhelm Stuck kam herein und grüßte die beiden mit einem knappen „Abend“.

„Sind wir jetzt auch noch suspendiert?“, stichelte Mike und ging zum Fenster.

„Der Gerichtsprozess wird auf eine unbestimmte Zeit vertagt“, sagte der Kommissionsleiter und brachte Mike dazu, sich umzudrehen.

Jasmin warf einen großen Stoß Ordner um.

„Was?“ Mike legte die Stirn in Falten und kreuzte die Arme vor der Brust.

Jasmin sah ihren Boss unschlüssig an und richtete den schiefen Stapel erneut zu einem Turm.

„Dieser Leif Stone hat gestern statt Limonade Säure in sich gekippt. Keine Rettungsversuche haben ihn retten können, alle Maßnahmen haben sein Leiden nur unnötig in die Länge gezogen. Er starb nach zehn Stunden. So einen Tod wünsche ich nicht einmal meinem ärgsten Feind", murmelte Wilhelm Stuck und hüstelte, weil er noch etwas sagen wollte, was ihn zu sehr beschäftigte, als dass er es einfach so sagen konnte. „Ich möchte mich bei euch beiden entschuldigen für die harte Zurechtweisung von vorhin, die sich nun als ungerecht herausgestellt hat."

„Für welche in den letzten Tagen? Weil ich ein Depp bin oder weil ich mit keinem guten Beispiel ..."

„Es geht um die Halle", unterbrach der Polizeihauptkommissar seinen Kollegen, der einfältig grinste und die Situation mehr als genoss. Wilhelm Stuck warf mehrere DIN A4-große Hochglanzfotos auf den Tisch. „Kommt euch das Gebäude bekannt vor?"

„Ist das eine Fangfrage?", wollte Jasmin wissen und breitete die Blätter nebeneinander in einer Reihe aus.

„Nein. Seht ihr diese Bilder?"

Mike schaute auf den Finger seines Vorgesetzten und nickte. „Das hätte eine städtische Einrichtung werden sollen, die mit Steuergeldern für vierhundert Millionen saniert wurde, um später als baufällig deklariert und für fünf weitere Millionen repariert zu werden, um den Komplex später an eine Privatperson zu verkaufen, die wiederum einen Kaufvertrag mit Chinesen abgeschlossen hatte."

Jasmin atmete laut ein.

Mike schüttelte nur den Kopf. „Und was passiert nun damit?“ Mike deutet auf die Akten, die für den Gerichtsprozess gegen Leif Stone gesammelt und nummeriert wurden. Jasmin sah die beiden Männer abwartend an.

„Die kommen ins Archiv.“

„Wie bitte?“

„Bei dem Übergriff ging den Jungs von der GSG9 einer der Söhne von Sennor Mega ins Netz. Er und seine Kumpane waren bis an die Zähne bewaffnet.

Dank eures Handelns haben wir einen der größten Drogenringe ausgehebelt, zumindest haben wir einen der Köpfe hinter schwedische Gardinen gebracht. Auch wenn ich befürchte, dass ihn seine Familie bald aus dem Knast herausholen wird, so können wir es trotzdem als einen Erfolg für uns verbuchen. So, ich muss jetzt Feierabend machen. Meine Tochter und meine Enkelin warten auf mich. Sie haben ein Abendessen vorbereitet, das mir besonders gut schmecken soll. Was das ist, erfahre ich, wenn ich mit geschlossenen Augen das Essen errate, ohne davon etwas zu probieren.“ Er lachte kurz auf und schüttelte mit einem sanften Lächeln den Kopf. „Das hat sich Mariechen, mein kleiner blonder Engel, ausgedacht. So, nun muss ich aber wirklich gehen.“ Er warf einen kurzen Blick auf die Uhr an seinem Handgelenk und eilte nach draußen.

Auch Jasmin packte ihre Sachen und verließ das Büro. Sie blieb kurz in der Tür stehen und sagte: „Das, was ich vorhabe, macht uns beide quitt - und keine Verkupplungsversuche mehr. Sonst werde ich unserem Chef erzählen, dass du mir an die Wäsche wolltest.“

„Das sagt die richtige, die mit meiner Frau unter einer Decke steckt“, entgegnete Mike, doch Jasmin war schon gegangen.

Mike fläzte sich in den Stuhl, legte erneut die Füße auf den Tisch, verschränkte die Arme im Nacken und legte den Kopf nach hinten. Eine geschlagene Minute starrte er einfach an die Decke. Dann klingelte sein Handy. Zuerst wollte er gar nicht drangehen, doch der Anrufer gab selbst nach dem dritten Versuch nicht auf. Leise fluchend zerrte er das Smartphone aus seiner Hose, richtete sich auf und staunte. Es war seine Noch-Frau.

„Ja?“

„Ich bin es, deine Exfrau. Und bevor du auflegst, will ich nur etwas loswerden. Pascal übernachtet heute bei Jasmin. Ich habe noch etwas von der Lasagne übrig und eine Flasche Wein. Wenn du dich beeilst, werde ich dir die Tür aufmachen.“

„Klingt vielversprechend. Oder ...“

„Ich dachte, ich werde dir noch eine weitere Chance geben, die deine letzte sein wird, Mike.“

Er verbiss sich eine böse Bemerkung. Und versuchte, ruhig zu atmen. „Ich werde in einer Stunde da sein. Soll ich noch etwas mitnehmen?“

„Wir werden nur zusammen zu Abend essen und vielleicht einen Film anschauen.“

Sein Herz machte einen Luftsprung. Früher hatte dieser Satz eine ganz andere Bedeutung, wusste er. Er legte auf und streckte siegessicher beide Hände in die Luft. Vermassele es dieses Mal nicht, Mikie, jubelte er, und gab einen langanhaltenden Schrei von sich.

Ein junger Mann riss die Tür auf und lugte hinein.

„Nein, hier wird niemand gefoltert“, sagte Mike, löschte das Licht und klopfte dem jungen Polizisten fest auf die Schulter. „Zeit für einen Neuanfang, findest du nicht?“ Der verdutzt dreinschauende Mann blinzelte dümmlich, weil er nichts kapierte. Aber das war Mike egal, er schloss die Tür ab und lief mit einem breiten Grinsen den langen Korridor entlang. Ich werde sogar einen Blumenstrauß kaufen, dachte er, pfiff eine lang vergessen geglaubte Melodie und stellte sich seine Frau vor, wie sie ihn sanft auf die Lippen küsste.

Ende

Printed in Poland
by Amazon Fulfillment
Poland Sp. z o.o., Wrocław

86767938R00195